나도향 소설 9선

나도향 소설 9선

초판 1쇄 인쇄	2014년 04월 25일
초판 1쇄 발행	2014년 05월 02일
지은이	나 도 향
엮은이	편 집 부
펴낸이	손 형 국
편집인	선일영
편집	이소현 이윤채 조민수
디자인	이현수 신혜림 김루리
제 작	박기성 황동현 구성우
마케팅	김회란
펴낸곳	에세이퍼블리싱
출판등록	2004. 12. 1(제2011-77호)
주소	153-786 서울시 금천구 가산디지털 1로 168, 우림라이온스밸리 B동 B113, 114호
홈페이지	www.book.co.kr
전화번호	(02)2026-5777
팩스	(02)2026-5747

ISBN   979-11-85742-02-1 04810
        978-89-6023-773-5 04810(SET)

에세이퍼블리싱은 ㈜북랩의 문학 전문 브랜드입니다.

이 도서의 국립중앙도서관 출판시도서목록(CIP)은 서지정보유통지원시스템 홈페이지(http://seoji.nl.go.kr)와 국가자료공동목록시스템(http://www.nl.go.kr/kolisnet)에서 이용하실 수 있습니다.
(CIP제어번호 : 2014014270)

일제강점기 한국현대문학 시리즈

10

나도향

소설 9선

편집부 엮음

AY

일러두기

※ 〈일제강점기 한국현대문학 시리즈〉로 출간하는 한국 근현대 작품집은 공유
저작물로 그 작품을 집필하신 저자의 숭고한 의지를 받들어 최대한 원전을
유지하였다.

※ 오기가 확실하거나 현대의 맞춤법에 의거하여 원전의 내용 이해에 문제가 없
을 정도의 선에서만 교정하였다.

※ 이 책은 현대의 표기법에 맞춰서 읽기 편하게 띄어쓰기를 하였다.

※ 이 책은 원문을 대부분 살려서 옛글의 맛과 작가의 개성을 느끼도록 글투의
영향이 없는 단어는 현대식 표기법을 따랐다.

※ 한자가 많이 들어간 글의 경우는 의미 전달이 어려운 경우에 한해서 한글 뒤
에 한자를 병기하여 그 뜻을 정확히 했다.

※ 이 책은 낙장이나 원전이 글씨가 잘 안 보여서 엮은이가 찾아 볼 수 없는 경
우에는 굳이 추정하여 쓰지 않고 원전의 내용을 그대로 살렸다.

※ 중학생 수준의 독자가 이해하기 어려운 단어, 어휘에 대해서는 본문 밑에 일
일이 각주를 달아 가독성을 높였다.

들어가는 글

나도향은 염상섭, 김동인, 현진건 등과 함께 1920년대의 한국 근대 소설의 확립에 기여한 대표적인 작가이다.

25세의 나이로 요절하였는데, 그의 모든 작품이 20대에 쓰이고 발표되었다는 것 때문에 '천재작가'라는 평을 받기도 했다. 나도향은 당시 가장 촉망되는 소설가로서 열정적으로 글을 써 많은 작품을 세상에 내놓았다.

이번에 엮게 된 중·단편소설들은 민중들의 비참한 삶과 아픔에 관심을 두고 냉혹한 현실에 기반을 둔 사실주의적 작품들로 구성하였다. 이 소설들이 시대를 이해하고 나를 돌아보고 이웃을 이해하는 계기가 되기를 바란다.

2014년 봄
편집부

차 례

벙어리 삼룡이

나
도
향

소
설

9
선

1

내가 열 살이 될락 말락 한때이니까 지금으로부터 십사오 년 전 일이다.

지금은 그곳을 청엽정青葉町이라 부르지만 그때는 연화봉蓮花峰이라고 이름 하였다. 즉 남대문에서 바로 내려다 보면은 오정포午正砲가 놓여 있는 산등성이가 있으니 그 산등성이 이쪽이 연화봉이요, 그 새에 있는 동네가 역시 연화봉이다.

지금은 그곳에 빈민굴이라고 할 수밖에 없이 지저분한 촌락이 생기고 노동자들밖에 살지 않는 곳이 되어 버렸으나 그때에는 자기네 딴은 행세한다는 사람들이 있었다.

집이라고는 십여 호밖에 있지 않았고 그곳에 사는 사람들은 대개 과목밭을 하고, 또는 채소를 심거나, 아니면 콩나물을 길러서 생활을 하여 갔었다.

여기에 그중 큰 과목밭을 갖고 그중 여유 있는 생활을 하여 가는 사람이 하나 있었는데, 그의 이름은 잊어버렸으나 동네 사람들이 부르기를 오생원吳生員이라고 불렀다.

얼굴이 동탕[1]하고 목소리가 마치 여름에 버드나무에 앉아서 길게 목 늘여 우는 매미 소리같이 저르렁저르렁하였다.

그는 몹시 부지런한 중년 늙은이로 아침이면 새벽 일찍이 일어나서 앞뒤로 뒷짐을 지고 돌아다니며 집안일을 보살피는데 그 동네에는 그가 마치 시계와 같아서 그가 일어나는 때가 동네 사람이 일어나는 때였다. 만일 그가 아침에 돌아다니며 잔소리를 하지 않으면 동네 사람들이 이상하여 그의 집으로 가보면 그는 반드시 몸이 불편하여 누웠다. 그러

---

1) 동탕: 얼굴이 두툼하고 잘생기다.

나 그와 같은 때는 일 년 삼백육십일에 한 번 있기가 어려운 일이요, 이 태나 삼 년에 한 번 있거나 말거나 하였다.

그가 이곳으로 이사를 온 지는 얼마 되지는 아니하나 언제든지 감투를 쓰고 다니므로 동네 사람들은 양반이라고 불렀고, 또 그 사람도 동네 사람들에게 그리 인심을 잃지 않으려고 섣달이면 북어쾌, 김톳을 동네 사람에게 나눠 주며 농사 때에 쓰는 연장도 넉넉히 장만한 후 아무 때나 동네 사람들이 쓰게 하므로 그 동네에서는 가장 인심 후하고 존경을 받는 집인 동시에 세력 있는 집이다.

그 집에는 삼룡三龍이라는 벙어리 하인 하나가 있으니 키가 본시 크지 못하여 땅딸보로 되었고 고개가 빼지 못하여 몸뚱이에 대강이를 갖다가 붙인 것 같다. 거기다가 얼굴이 몹시 얽고 입이 크다. 머리는 전에 새 꼬랑지 같은 것을 주인의 명령으로 깎기는 깎았으나 불밤송이 모양으로 언제든지 푸 하고 일어섰다. 그래 걸어 다니는 것을 보면, 마치 옴두꺼비가 서서 다니는 것같이 숨차 보이고 더디어 보인다. 동네 사람들이 부르기를 삼룡이라고 부르는 법이 없고 언제든지 '벙어리' '벙어리'라고 하든지 그렇지 않으면 '앵모' '앵모' 한다. 그렇지만 삼룡이는 그 소리를 알지 못한다.

그도 이 집 주인이 이리로 이사를 올 때에 데리고 왔으니 진실하고 충성스러우며 부지런하고 세차다. 눈치로만 지내 가는 벙어리지마는 듣는 사람보다 슬기로운 적이 있고 평생 조심성이 있어서 결코 실수한 적이 없다.

아침에 일어나면 마당을 쓸고, 소와 돼지의 여물을 먹이며, 여름이면 밭에 풀을 뽑고 나무를 실어들이고 장작을 패며, 겨울이면 눈을 쓸며 장 심부름과 진일 마른일 할 것 없이 못 하는 일이 없다.

그럴수록 이 집 주인은 벙어리를 위해 주며 사랑한다. 혹시 몸이 불편

한 기색이 있으면 쉬게 하고, 먹고 싶어 하는듯한 것은 먹이고, 입을 때 입히고 잘 때 재운다.

그런데 이 집에는 삼대독자로 내려오는 그 집 아들이 있다. 나이는 열일곱 살이나 아직 열네 살도 되어 보이지 않고 너무 귀엽게 기르기 때문에 누구에게든지 버릇이 없고 어리광을 부리며 사람에게나 짐승에게 잔인 포악한 짓을 많이 한다.

동네 사람들은,

"후레자식! 아비 속상하게 할 자식! 저런 자식은 없는 것만 못해."

하고 욕들을 한다. 그래서 그의 어머니는 아들이 잘못할 때마다 그의 영감을 보고,

"그 자식을 좀 때려 주구려. 왜 그런 것을 보고 가만두?"

하고 자기가 대신 때려 주려고 나서면,

"아뇨, 아직 철이 없어 그렇지. 저도 지각이 나면 그렇지 않을 것이 아뇨."

하고 너그럽게 타이른다.

그러면 마누라는 왜가리처럼 소리를 지르며,

"철이 없긴 지금 나이가 몇이오. 낼 모레면 스무 살이 되는데, 또 며칠 아니면 장가를 들어서 자식까지 날 것이 그래 가지고 무엇을 한단 말이오."

하고 들이대며,

"자식은 꼭 아버지가 버려 놓았습니다. 자식 귀여운 것만 알았지 버릇 가르칠 줄은 모르니까…."

이렇게 싸움만 시작하려 하면 영감은 아무 말도 하지 않고 바깥으로 나가 버린다.

그 아들은 더구나 벙어리를 사람으로 알지도 않는다. 말 못 하는 벙어

리라고 오고 가며 주먹으로 허구리를 지르기도 하고 발길로 엉덩이도 찬다.

그러면 그 벙어리는 어린것이 철없이 그러는 것이 도리어 귀엽기도 하고 또는 그 힘없는 팔과 힘없는 다리로 자기의 무쇠 같은 몸을 건드리는 것이 우습기도 하고 앙증하기도 하여 돌아서서 방그레 웃으면서 툭툭 털고 다른 곳으로 몸을 피해 버린다.

어떤 때는 낮잠 자는 벙어리 입에다가 똥을 먹인 때도 있었다. 또 어떤 때는 자는 벙어리 두 팔 두 다리를 살며시 동여매고 손가락과 발가락 사이에 화승불을 붙여 놓아 질겁을 하고 일어나다가 발버둥질을 하고 죽으려는 사람처럼 괴로워하는 것을 보고 기뻐하였다.

이러할 때마다 벙어리의 가슴에는 비분한 마음이 꽉 들어찼다. 그러나 그는 주인의 아들을 원망하는 것보다도 자기가 병신인 것을 원망하였으며 주인의 아들을 저주한다는 것보다 이 세상을 저주하였다.

그러나 그는 결코 눈물을 흘리지 않았다. 그의 눈물은 나오려 할 때 아주 말라붙어 버린 샘물과 같이 나오려 하나 나오지를 아니하였다. 그는 주인의 집을 버릴 줄 모르는 개 모양으로 자기가 있어야 할 곳은 여기밖에 없고 자기가 믿을 것도 여기 있는 사람들밖에 없을 줄 알았다. 여기서 살다가 여기서 죽는 것이 자기의 운명인 줄밖에 알지 못하였다. 자기의 주인 아들이 때리고 지르고 꼬집어 뜯고 모든 방법으로 학대할지라도 그것이 자기에게 으레 있을 줄밖에 알지 못하였다. 아픈 것도 그 아픈 것이 으레 자기에게 돌아올 것이요, 쓰린 것도 자기가 받지 않아서는 안 될 것으로 알았다. 그는 이 마땅히 자기가 받아야 할 것을 어떻게 해야 면할까 하는 생각을 한 번도 하여 본 일이 없었다.

그가 이 집에서 떠나가려거나 또는 그의 생활환경에서 벗어나려는 생각은 한 번도 해보지 못하였다 할지라도 그는 언제든지 그 주인 아들이 자기를 학대하고 또는 자기를 못살게 굴 때 그는 자기의 주먹과 또는 자기의 힘을 생각하여 보았다.

주인 아들이 자기를 때릴 때 그는 주인 아들 하나쯤은 넉넉히 제지할 힘이 있는 것을 알았다.

어떠한 때는 아픔과 쓰림이 자기의 몸으로 스미어들 때면 그의 주먹은 떨리면서 어린 주인의 몸을 치려하다가는 그것을 무서운 고통과 함께 꽉 참았다.

그는 속으로,

'아니다, 그는 나의 주인의 아들이다. 그는 나의 어린 주인이다.' 하고 꾹 참았다.

그리고는 그것을 얼핏 잊어버렸다. 그러다가도 동넷집 아이들과 혹시 장난을 하다가 주인 아들이 울고 들어올 때에는 그는 황소같이 날뛰면서 주인을 위하여 싸웠다. 그래서 동네에서도 어린애들이나 장난꾼들이 벙어리를 무서워하여 감히 덤비지를 못하였다. 그리고 주인 아들도 위급한 경우에는 언제든지 벙어리를 찾았다. 벙어리는 얻어맞으면서도 기어드는 충견 모양으로 주인의 아들을 위하여 싫어하지 않고 힘을 다하였다.

2

벙어리가 스물세 살이 될 때까지 그는 물론 이성과 접촉할 기회가 없었다. 동네의 처녀들이 저를 '벙어리' '벙어리' 하며 괴상한 손짓과 몸짓으로 놀려먹음을 받을 적에 분하고 골나는 중에도 느긋한 즐거움을 느끼어 본 일은 있었으나 그가 결코 사랑으로써 어떠한 여자를 대해 본 일은 없었다.

그러나 정욕을 가진 사람인 벙어리도 그의 피가 차디찰 리는 없었다. 혹 그의 피는 더욱 뜨거웠을는지도 알 수 없었다. 뜨겁다뜨겁다 못하여 엉기어 버린 엿과 같을지도 알 수 없었다. 만일 그에게 볕을 주거나 다시 뜨거운 열을 준다면 그의 피는 다시 녹을는지도 알 수 없었다.

그가 깜박깜박하는 기름등잔 아래에서 밤이 깊도록 짚신을 삼을 때면 남모르는 한숨을 아니 쉬는 것도 아니지마는 그는 그것을 곧 억제할 수 있을 만큼 정욕에 대하여 벌써부터 단념을 하고 있었다.

마치 언제 폭발이 될는지 알지 못하는 휴화산 모양으로 그의 가슴속에는 충분한 정열을 깊이 감추어 놓았으나 그것이 아직 폭발될 시기가 이르지 못한 것이었다. 비록 폭발이 되려고 무섭게 격동함을 벙어리 자신도 느끼지 않는 바는 아니지마는 그는 그것을 폭발시킬 조건을 얻기 어려웠으며 또는 자기가 여태까지 능동적으로 그것을 나타낼 수가 없을 만큼 외계의 압축을 받았으며, 그것으로 인한 이지가 너무 그에게 자제력을 강대하게 하여 주는 동시에 또한 너무 그것을 단념만 하게 하여 주었다.

속으로 '나는 벙어리다', 자기가 생각할 때 그는 몹시 원통함을 느끼는 동시에 나는 말하는 사람들과 똑같은 자유와 똑같은 권리가 없는 줄 알았다. 그는 이와 같은 생각에서 언제든지 단념 않으려야 단념하지 않을 수 없는 그 단념이 쌓이고 쌓이어 지금에는 다만 한 개의 기계와 같이 이 집에 노예가 되어 있으면서도 그것을 자기의 천직으로 알고 있을 뿐이요, 다시는 자기가 살아갈 세상이 없는 것 같이 밖에 알지 못하게 된 것이다.

3

그해 가을이다. 주인의 아들이 장가를 들었다. 색시는 신랑보다 두 살 위인 열아홉 살이다. 주인이 본시 자기가 언제든지 문벌이 얇은 것을 한탄하여 신부를 구할 때에 첫째 조건이 문벌이 높아야 할 것이었다. 그러나 문벌 있는 집에서는 그리 쉽게 색시를 내놓을 리가 없었다. 그러므로 하는 수 없이 그 어떠한 영락한 양반의 딸을 돈을 주고 사오다시피 하였으니, 무남독녀의 딸을 둔 남촌 어떤 과부를 꿀을 발라서 약혼을 하고 혹시나 무슨 딴소리가 있을까 하여 부랴부랴 성례식을 시켜버렸다.

혼인할 때의 비용도 그때 돈으로 삼만 냥을 썼다. 그리고 아들의 처갓집에 며느리 뒤 보아 주는 바느질삯, 빨래 삯이라는 명목으로 한 달에 이천오백 냥씩을 대어 주었다.

신부는 자기 아버지가 돌아가기 전까지 상당히 건디기도 하고 또는 금지옥엽같이 기른 터이라, 구식 가정에서 배울 것 읽힐 것 못 하는 것이 없고 게다가 또는 인물이라든지 행동거지에 조금도 구김이 있지 아니하다.

신부가 오자 신랑의 흠절이 생기기 시작하였다.

"신부에게다 대면 두루미와 까마귀지."

"아직도 철딱서니가 없어."

"색시에게 쥐여 지내겠지."

"신랑에겐 과하지."

동넷집 말 좋아하는 여편네들이 모여 앉으면 이렇게 비평들을 한다. 어떠한 남의 걱정 잘하는 마누라님은 간혹 신랑을 보고는 그대로 세워놓고,

"글쎄, 인제는 어른이 되었으니 셈이 좀 나요, 저리구 어떻게 색시를 거느려 가누. 색시 방에 들어가기가 부끄럽지 않담."

하고 들이대다시피 하는 일이 있다.

이럴 적마다 신랑의 마음은 그 말하는 이들이 미웠다. 일부러 자기를 부끄럽게 하려고 하는 것 같아서 그 후에 그를 만나면 말도 안 하고 인사도 하지 아니한다. 또 그의 고모 되는 이가 와서 자기 조카를 보고,

"인제는 어른이야. 너도 그만하면 지각이 날 때가 되지 않았니. 네 처가 부끄럽지 아니하냐."

하고 타이를 적마다 그의 마음은 그 말하는 사람이 부끄럽다는 것보다도 자기를 이렇게 하게 한 자기 아내가 더욱 밉살머리스러웠다.

"여편네가 다 무엇이냐? 저 빌어먹을 년이 들어오더니 나를 이렇게 못살게들 굴지."

혼인한 지 며칠이 못 되어 그는 색시 방에 들어가지를 않았다. 집안에서는 야단이 났다. 마치 돼지나 말 새끼를 혼례 시키려는 것같이 신랑을 색시 방으로 집어넣으려 하나 막무가내였다. 그럴 때마다 신랑은 손에 닥치는 대로 집어 때려서 자기의 외사촌 누이의 이마를 뚫어서 피까지 나게 한 일이 있었다. 집안 식구들이 하는 수가 없어 맨 나중에는 아버지에게 밀었다. 그러나 그것도 소용이 없을 뿐더러 풍파를 더 일으키게 하였다. 아버지께 꾸중을 듣고 들어와서는 다짜고짜로 신부의 머리채를 쥐어 잡아 마루 한복판에 태질을 쳤다.

그리고는,

"이년, 네 집으로 가거라. 보기 싫다. 내 눈앞에는 보이지도 마라."

하였다. 밥상을 가져오면 그 밥상이 마당 한복판에서 재주를 넘고, 옷을 가져오면 그 옷이 쓰레기통으로 나간다.

이리하여 색시는 시집오던 날부터 팔자 한탄을 하고서 날마다 밤마다 우는 사람이 되었다.

울면 요사스럽다고 때린다. 또 말이 없으면 빙충맞다고 친다. 이리하

여 그 집에는 평화스러운 날이 하루도 없었다.

이것을 날마다 보는 사람 가운데 알 수 없는 의혹을 품게 된 사람이 하나 있으니 그는 곧 벙어리 삼룡이었다.

그렇게 예쁘고 유순하고 그렇게 얌전한, 벙어리의 눈으로 보아서는 감히 손도 대지 못할 만큼 선녀 같은 색시를 때리는 것은 자기의 생각으로는 도저히 풀 수 없는 의심이었다.

보기에도 황홀하고 건드리기도 황홀할 만큼 숭고한 여자를 그렇게 하대한다는 것은 너무나 세상에 있지 못할 일이다. 자기는 주인 새서방에게 개나 돼지같이 얻어맞는 것이 마땅한 이상으로 마땅하지마는, 선녀와 짐승의 차가 있는 색시와 자기가 똑같이 얻어맞는 것은 너무 무서운 일이다. 어린 주인이 천벌이나 받지 않을까 두렵기까지 하였다.

어떠한 달밤, 사면은 고요적막하고 별들은 드문드문 눈들만 깜박이며 반달이 공중에 뚜렷이 달려 있어 수은으로 세상을 깨끗하게 닦아낸 듯이 청명한데, 삼룡이는 검둥개 등을 쓰다듬으며 바깥마당 멍석 위에 비슷이 드러누워 하늘을 쳐다보며 생각하여 보았다.

주인 색시를 생각하면 공중에 있는 달보다도 더 곱고 별들보다도 더 깨끗하였다. 주인 색시를 생각하면 달이 보이고 별이 보이었다. 삼라만상을 씻어 내는 은빛보다도 더 흰 달이나 별의 광채보다도 그의 마음이 아름답고 부드러운 듯하였다. 마치 달이나 별이 땅에 떨어져 주인 새아씨가 된 것도 같고 주인 새아씨가 하늘에 올라가면 달이 되고 별이 될 것 같았다. 더구나 자기를 어린 주인이 때리고 꼬집을 때 감히 입 벌려 말은 하지 못하나 측은하고 불쌍히 여기는 정이 그의 두 눈에 나타나는 것을 다시 생각할 때 그는 부들부들한 개 등을 어루만지면서 감격을 느꼈다. 개는 꼬리를 치며 자기를 귀여워하는 줄 알고 벙어리의 손을 핥았다.

삼룡이의 마음은 주인 아씨를 동정하는 마음으로 가득 찼다. 또는 그를 위하여서는 자기의 목숨이라도 아끼지 않겠다는 의분에 넘치었다. 그것은 마치 살구를 보면 입 속에 침이 도는 것같이 본능적으로 느껴지는 감정이었다.

4

새댁이 온 뒤에 다른 사람들은 자유로운 안 출입을 금하였으나 벙어리는 마치 개가 맘대로 안에 출입할 수 있는 것같이 아무 의심 없이 출입할 수가 있었다.

하루는 어린 주인이 먹지 않던 술이 잔뜩 취하여 무지한 놈에게 맞아서 길에 자빠진 것을 업어다가 안으로 들여다 누인 일이 있었다. 그때에 아무도 안에 있지 않고 다만 새색시 혼자 방에서 바느질을 하고 있다가 이 꼴을 보고 벙어리의 충성된 마음이 고마워서, 그 후에 쓰던 비단 헝겊 조각으로 부시쌈지2) 하나를 만들어 준 일이 있었다.

이것이 새서방님의 눈에 띄었다. 그래서 색시는 어떤 날 밤 자던 몸으로 마당 복판에 머리를 푼 채 내동댕이가 쳐졌다. 그리고 온몸에 피가 맺히도록 얻어맞았다.

이것을 본 벙어리는 또다시 의분의 마음이 뻗쳐 올라왔다. 그래서 미친 사자와 같이 뛰어 들어가 새서방님을 내어던지고 새색시를 둘러메었다. 그리고 나는 수리와 같이 바깥사랑 주인 영감 있는 곳으로 뛰어가 그

---

2) **부시쌈지**: 부시, 부싯깃, 부싯돌 따위를 넣어서 주머니 속에 넣어 가지고 다니는 작은 쌈지.

앞에 내려놓고 손짓과 몸짓을 열 번 스무 번 거푸 하며 하소연하였다.

그 이튿날 아침에 그는 주인 새서방님에게 물푸레로 얼굴을 몹시 얻어 맞아서 한쪽 뺨이 눈을 얼러서 피가 나고 주먹같이 부었다. 그 때릴 적에 새서방의 입에서 나오는 말은,

"이 흉측한 벙어리 같으니, 내 여편네를 건드려!"

하고 부시쌈지를 빼앗아 갈가리 찢어서 뒷간에 던졌다.

"그리고 이놈아! 인제는 주인도 몰라보고 막 친다. 이런 것은 죽여야 해!"

하고 채찍으로 그의 뒷덜미를 갈겨서 그 자리에 쓰러지게 하였다.

벙어리는 다만 두 손으로 빌 뿐이었다. 말도 못 하고 고개를 몇 백 번 코가 땅에 닿도록 그저 용서해 달라고 빌기만 하였다. 그러나 그의 가슴에는 비로소 숨겨 있던 정의감이 머리를 들기 시작하였다. 그는 아픈 것을 참아 가면서도 북받치는 분노심술을 억제하였다.

그때부터 벙어리는 안방에 들어가지 못하였다. 이 들어가지 못하는 것이 더욱 벙어리로 하여금 궁금증이 나게 하였다. 그 궁금증이라는 것이 묘하게 빛이 변하여 주인 아씨를 뵈옵고 싶은 심정으로 변하였다. 뵈옵지 못하므로 가슴이 타올랐다. 몹시 애상의 정서가 그의 가슴을 저리게 하였다. 한 번이라도 아씨를 뵈올 수가 있으면 하는 마음이 나더니 그의 마음의 넋은 느끼기를 시작하였다. 센티멘털한 가운데에서 느끼는 그 무슨 정서는 그에게 생명 같은 회열을 주었다. 그것과 자기의 목숨이라도 바꿀 수 있을 것 같았다. 어떤 때는 그대로 대강이로 담을 뚫고 들어가고 싶도록 주인 아씨를 뵈옵고 싶은 것을 꾹 참을 때도 있었다.

그 후부터는 밥을 잘 먹을 수가 없었다. 일도 손에 잡히지 않았다. 틈만 있으면 안으로만 들어가고 싶었다.

주인이 전보다 많이 밥과 음식을 주고 더 편하게 하여 주었으나 그것이 싫었다. 그는 밤에 잠을 자지 않고 집 가장자리를 돌아다녔다.

5

하루는 주인 새서방님이 술이 취하여 들어오더니 집안이 수선수선하여지며 계집 하인이 약을 사러 갔다 들어오는 것을 보고 그 계집 하인을 붙잡았다. 그리고 무엇이냐고 물었다.

계집 하인은 한 주먹을 뒤통수에 대고 얼굴을 쓰다듬으며 둘째손가락을 내밀었다. 그것은 그 집 주인은 엄지손가락이요, 둘째손가락은 새서방이라는 뜻이요, 주먹을 뒤통수에 대는 것은 여편네라는 뜻이요, 얼굴을 문지르는 것은 예쁘다는 뜻으로 벙어리에게 쓰는 암호다.

그런 뒤에 다시 혀를 내밀고 눈을 뒤집어쓰는 형상을 하고 두 팔을 싹 벌리고 뒤로 자빠지는 꼴을 보이니, 그것은 사람이 죽게 되었거나 앓을 적에 하는 말 대신의 손짓이다.

벙어리는 눈을 크게 뜨고 계집 하인에게 한 발자국 가까이 들어서며 놀라는 듯이 멀거니 한참이나 있었다.

그의 가슴은 무섭게 격동하였다. 자기의 그리운 주인 아씨가 죽었다는 말이나 아닌가, 그는 두 주먹을 마주 치며 한숨을 쉬었다. 그리고는 자기 방에서 무엇을 생각하는 것처럼 두어 시간이나 두 눈만 껌벅껌벅하고 앉았었다.

그는 밤이 깊어 갈수록 궁금증 나는 사람처럼 일어섰다 앉았다 하더니 두시나 되어서 바깥으로 나가서 뒤로 돌아갔다.

그는 도둑놈처럼 조심스럽게 바로 건넌방 뒤 미닫이 앞 담에 서서 주저주저하더니 담을 넘었다. 가까이 창 앞에 서서 문틈으로 안을 살피다가 그는 진저리를 치며 물러섰다.

어두운 밤에 그의 손과 발이 마치 그 뒤에 서 있는 감나무 잎같이 떨리더니 그대로 문을 박차고 뛰어 들어갔을 때, 그의 팔에는 주인 아씨가 한 손에는 기다란 명주 수건을 들고서 한 팔로 벙어리의 가슴을 밀치며 뻗

디디었다. 벙어리는 다만 눈이 뚱그래서 '에헤' 소리만 지르고 그 수건을 뺏으려 애쓸 뿐이다.

집안이 야단났다.

"집안이 망했군!"

"어디 사내가 없어서 벙어리를!"

"어떻든 알 수 없는 일이야!"

하는 소리가 이 구석 저 구석에서 수군댄다.

6

그 이튿날 아침에 벙어리는 온몸이 짓이긴 것이 되어 마당에 거꾸러져 입에서 피를 토하며 신음하고 있었다. 그 곁에서는 새서방이 쇠줄 몽둥이를 들고서 문초를 한다.

"이놈!"

하고는 음란한 흉내는 모조리 하여 가며 건넌방을 가리킨다. 그러나 벙어리는 손을 내저을 뿐이다. 또 몽둥이에는 살점이 묻어 나왔다. 그리고 피가 흘렀다.

벙어리는 타들어가는 목으로 소리도 못 내며 고개만 내젓는다. 그는 피를 토하며 거꾸러지며 이마를 땅에 비비며 고개를 내흔든다. 땅에는 피가 스며든다. 새서방은 채찍 끝에 납 뭉치를 달아서 가슴을 훔쳐 갈겼다가 힘껏 잡아 뽑았다. 벙어리는 그대로 거꾸러지며 말이 없었다.

새서방은 그래도 시원치 못하였다. 그는 어제 벙어리가 새로 갈아 놓은 낫을 들고 달려왔다. 그는 그 시퍼렇게 날선 낫을 번쩍 들었다. 그래서 벙어리를 찌르려 할 때 벙어리는 한 팔로 그것을 받았고, 집안사람들은 달려들었다. 벙어리는 낫을 뿌리쳐 저리로 내던졌다.

주인은 집안이 망하였다고 사랑에 누워서 모든 일을 들은 체 만 체 문을 닫고 나오지를 아니하며, 집안에서는 색시를 쫓는다고 야단이다. 그날 저녁에 벙어리는 다시 끌려 나왔다. 그때에는 주인 새서방이 그의 입던 옷과 신짝을 주며 눈을 부릅뜨고 손을 멀리 가리키며,

"가! 인제는 우리 집에 있지 못한다."

하였다. 이 소리를 듣는 벙어리는 기가 막혔다. 그에게는 이 집 외에 다른 집이 없다. 살 곳이 없었다. 자기는 언제든지 이 집에서 살고 이 집에서 죽을 줄밖에 몰랐다. 그는 새서방님의 다리를 껴안고 애걸하였다. 말도 못 하는 것을 몸짓과 표정으로 간곡한 뜻을 표하였다. 그러나 새서방님은 발길로 지르고 사람을 불렀다.

"이놈을 좀 내쫓아라."

벙어리가 죽은 개 모양으로 끌려 나갔다. 그리고 대갈빼기를 개천 구석에 들이박히면서 나가 곤드라졌다가 일어서서 다시 들어오려 할 때에는 벌써 문이 닫혀 있었다. 그는 문을 두드렸다. 그의 마음으로는 주인 영감을 찾았으나 부를 수가 없었다. 그가 날마다 열고 날마다 닫던 문이 자기가 지금은 열려 하나 자기를 내어 쫓고 열리지를 않는다. 자기가 건사하고 자기가 거두던 모든 것이 오늘에는 자기의 말을 듣지 않는다. 어려서부터 지금까지 모든 정성과 힘과 뜻을 다하여 충성스럽게 일한 값이 오늘에는 이것이다.

그는 비로소 믿고 바라던 모든 것이 자기의 원수란 것을 알았다. 그는 모든 것을 없애 버리고 자기도 또한 없어지는 것이 나은 것을 알았다.

그날 저녁 밤은 깊었는데 멀리서 닭이 우는 소리와 함께 개 짖는 소리만이 들린다. 난데없는 화염이 벙어리 있던 오생원 집을 에워쌌다. 그

불을 미리 놓으려고 준비하여 놓았는지 집 가장자리 쪽 돌아가며 흩어 놓은 풀에 모조리 돌라붙어 공중에서 내려다보면 집의 윤곽이 선명하게 보일 듯이 타오른다.

불은 마치 피 묻은 살을 맛있게 잘라 먹는 요마妖魔의 헛바닥처럼 날름날름 집 한 채를 삽시간에 먹어 버리었다. 이와 같은 화염 속으로 뛰어들어가는 사람이 하나 있으니 그는 다른 사람이 아니라 낮에 이 집을 쫓겨난 삼룡이다. 그는 먼저 사랑에 가서 문을 깨뜨리고 주인을 업어다가 밭 가운데 놓고 다시 들어가려 할 제 그의 얼굴과 등과 다리가 불에 데어 쭈그러져 드는 것을 알지 못하였다.

그는 건넌방으로 뛰어들었다. 그러나 색시는 없었다. 다시 안방으로 뛰어들었다. 그러나 또 없고 새서방이 그의 팔에 매달리어 구원하기를 애원하였다. 그러나 그는 그것을 뿌리쳤다. 다시 서까래에 불이 시뻘겋게 타면서 그의 머리에 떨어졌다. 그러나 그는 그것을 몰랐다. 부엌으로 가보았다. 거기서 나오다가 문설주가 떨어지며 왼팔이 부러졌다. 그러나 그것도 몰랐다. 그는 다시 광으로 가보았다. 거기도 없었다. 그는 다시 건넌방으로 들어갔다. 그때야 그는 색시가 타죽으려고 이불을 쓰고 누워 있는 것을 보았다. 그는 색시를 안았다. 그리고는 길을 찾았다. 그러나 나갈 곳이 없었다. 그는 하는 수 없이 지붕으로 올라갔다. 그는 비로소 자기의 몸이 자유롭지 못한 것을 알았다. 그러나 그는 자기가 여태까지 맛보지 못한 즐거운 쾌감을 자기의 가슴에 느끼는 것을 알았다. 색시를 자기 가슴에 안았을 때 그는 이제 처음으로 살아난 듯하였다. 그는 자기의 목숨이 다한 줄 알았을 때, 그 색시를 내려놓을 때는 그는 벌써 목숨이 끊어진 뒤였다. 집은 모조리 타고 벙어리는 색시를 무릎에 뉘고 있었다. 그의 울분은 그 불과 함께 사라졌을는지! 평화롭고 행복스러운 웃음이 그의 입 가장자리에 엷게 나타났을 뿐이다.

물레방아

나도향

소설 9선

1

덜컹덜컹 홈통에 들었다가 다시 쏟아져 흐르는 물이 육중한 물레방아를 번쩍 쳐들었다가 쿵 하고 확 속으로 내던질 제 머슴들의 콧소리는 허연 겻 가루[1]가 켜켜 앉은 방앗간 속에서 청승스럽게 들려 나온다.

쏼 쏼 쏼, 구슬이 되었다가 은가루가 되고 댓줄기같이 뻗치었다가 다시 쾅 쾅 쏟아져 청룡이 되고 백룡이 되어 용솟음쳐 흐르는 물이 저쪽 산모퉁이를 십 리나 두고 돌고, 다시 이쪽 들 복판을 오 리쯤 꿰뚫은 뒤에 이방원芳源이가 사는 동네 앞 기슭을 스쳐 지나가는데 그 위에 물레방아 하나가 놓여 있다.

물레방아에서 들여다보면 동북간으로 큼직한 마을이 있으니 이 마을의 가장 부자요, 가장 세력이 있는 사람으로 이름을 신치규申治圭라고 부른다. 이방원이라는 사람은 그 집의 막실幕室살이[2]를 하여 가며 그의 땅을 경작하여 자기 아내와 두 사람이 그날그날을 지내 간다.

어떠한 가을밤 유난히 밝은 달이 고요한 이 촌을 한적하게 비칠 때 그 물레방앗간 옆에 어떠한 여자 하나와 어떤 남자 하나가 서서 이야기를 하는 소리가 들리었다.

그 여자는 방원의 아내로 지금 나이가 스물두 살, 한참 정열에 타는 가슴으로 가장 행복스러울 나이의 젊은 여자요, 그 남자는 오십이 반이 넘어 인생으로서 살아올 길을 다 살고서 거의 거의 쇠멸의 구렁이를 향하여 가는 늙은이다.

그의 말소리는 마치 그 여자를 달래는 것같이,

---

1) 겻 가루: 쌀을 찧을 때 나오는 먼지.
2) 막집살이: 머슴살이.

"얘, 내 말이 조금도 그를 것이 없지? 쉰네 할멈에게도 자세한 말을 들었을 터이지마는 너 생각해 보아라. 네가 허락만 하면 무엇이든지 네가 하고 싶다는 것은 내가 전부 해줄 터이란 말야. 그까짓 방원이녀석하고 네가 몇 백 년 살아야 언제든지 막실 구석을 면하지 못할 터이니. 허허, 사람이란 젊어서 호강해 보지 못하면 평생 호강 한 번 하여 보지 못하고 죽을 것이 아니냐. 내가 말하는 것이 조금도 잘못하는 것이 없느니라! 대강 너의 말을 쉰네 할멈에게 듣기는 들었으나 그래도 너에게 한 번 바로 대고 듣는 것만 못해서 이리로 만나자고 한 것이다. 너의 마음은 어떠냐? 어디 허허, 내 앞이라고 조금도 어떻게 알지 말고 이야기해 봐, 응."

이 늙은이는 두말할 것 없이 신치규다. 그는 탐욕스러운 눈으로 방원의 계집을 들여다보며 한 손으로 등을 두드린다.

새침한 얼굴이 파르족족하고 기다란 눈썹과 검푸른 두 눈 가장자리에 예쁜 입, 뾰로통한 뺨이며 콧날이 오똑한데다가 후리후리한 키에 떡 벌어진 엉덩이가 아무리 보더라도 무섭게 이지적理智的인 동시에 또는 창부형娼婦型으로 생긴 여자이다.

계집은 아무 말이 없이 서서 짐짓 부끄러운 태를 지으며 매혹적인 웃음을 생긋 웃고는 고개를 돌렸다. 그 웃음이 얼마나 짐승 같은 신치규의 만족을 사게 되었으며, 또는 마음을 충동시켰는지 희끗희끗한 수염이 거의 계집의 뺨에 닿도록 더 가까이 와서,

"응? 왜 대답이 없니? 부끄러워서 그러니? 그렇게 부끄러워할 일은 아닌데."

하고 계집의 손을 잡으며,

"손도 이렇게 예쁜 줄은 여태까지 몰랐구나. 참 분결3)같다. 이렇게 얌

---

3) 분결: 분의 곱고 부드러운 결.

전히 생긴 애가 방원 같은 천한 놈의 계집이 되어 일평생을 그대로 썩는다는 것은 너무 가엾고 아깝지 않으냐? 애.”

계집은 몸을 돌리려고 하지도 않고 영감이 하는 대로 내버려두며 눈으로 땅만 내려다보고 섰다가 가까스로 입을 떼는 듯하더니,

“제 말야 모두 쇤네 할멈이 여쭈었지요. 저에게는 너무 분수에 과한 말씀이니까요.”

“온, 천만의 소리를 다 하는구나. 그게 무슨 소리냐. 너도 아다시피 내가 너를 장난삼아 그러는 것도 아니겠고 후사後嗣가 없어 그러는 것이니까 네가 내 아들이나 하나 나주렴. 그러면 내 것이 모두 네 것이 되지 않겠니? 자아, 그러지 말고 오늘 허락을 하렴. 그러면 내일이라도 방원이란 놈을 내쫓고 너를 불러들일 터이니.”

“어떻게 내쫓을 수가 있어요.”

“허어, 그것이 그리 어려울 것이 무엇 있니. 내가 나가라는데 제가 나가지 않고 배길 줄 아니.”

“그렇지만 너무 과하지 않을까요.”

“무엇? 저런 생각을 하니까 네가 이 모양으로 이때까지 있었지. 어떻단 말이냐? 그런 것은 조금도 염려하지 말구. 자! 또 네 서방에게 들킬라, 어서 들어가자.”

“먼저 들어가세요.”

“왜.”

“남이 보면 수상히 알게요.”

“무얼 나하고 가는데 수상히 알 게 무어야. 어서 가자.”

계집은 천천히 두어 걸음 따라가다가,

“영감!”

하고 무춤하고 서 있다.

"왜 그러니."

계집은 다시 말이 없이 서 있다가,

"아니에요."

하고,

"먼저 들어가세요."

하며 돌아선다. 영감이 간이 달아서 계집의 손을 잡으며,

"가자, 집으로 들어가자."

그의 가슴은 두근거리는지 숨소리가 잦아진다. 계집은 손을 빼려 하며,

"점잖으신 어른이 이게 무슨 짓이에요."

하면서도 그의 몸짓에는 모든 것을 허락한다는 뜻이 보였다. 영감은 계집의 몸을 끌어안더니 방앗간 뒤로 돌아들어 섰다. 계집은 영감 가슴에 안겨서 정욕이 가득한 눈으로 그를 보면서,

"영감."

말 한마디 하고 침 한 번 삼키었다.

"영감이 거짓말은 안 하시지요."

"아니."

그의 말은 떨리었다. 계집은 영감의 팔을 한 손으로 잡고 또 한 손으로는 방앗간 속을 가리켰다.

"저리로 들어가세요."

영감과 계집은 방앗간에서 이삼십 분 후에 다시 나왔다.

2

사흘이 지난 뒤에 신치규는 방원이를 자기 집 사랑 마당 앞으로 불렀다.

"얘."

방원은 상전이라 고개를 숙이고,

"네."

공손하게 대답을 하였다.

"네가 그간 내 집에서 정성스럽게 일을 한 것은 고마운 일이지마는…."

점잔과 주짜를 빼면서[4] 신치규는 말을 꺼내었다. 방원의 가슴은 이 '마는'이라는 말 뒤에 이어질 말을 미리 깨달은 듯이 온 전신의 피가 가슴으로 모여드는 듯하더니 다시 터럭이라는 터럭은 전부 거꾸로 일어서는 듯하였다.

"오늘부터는 우리 집에 사정이 있어 그러니 내 집에 있지 말고 다른 곳에 좋은 곳을 찾아가 보아라."

아무 조건도 없다. 또한 이곳에서도 할 말이 없다. 죽으라고 하면 죽는 시늉이라도 해야 하는 것이다. 주인은 돈 가지고 사람을 사고 팔 수도 있는 것이다.

방원은 가슴이 답답하였다. 자기 혼자 몸 같으면 어디 가서 어떻게 빌어먹더라도 살 수가 있지마는 사랑하는 아내를 구해 갈 길이 막연하다. 그는 고개를 굽히고, 허리를 굽히고, 나중에는 마음을 굽히어 사정도 하여 보고 애걸도 하여 보았다. 그러나 그것은 헛된 일이다. 주인의 마음은 쇠나 돌보다도 더 굳었다.

그는 하는 수 없이 자기 아내에게 그 이야기를 하였다. 그리고 아내더

---

4) 점잔과 주짜를 빼면서: 점잔을 빼고 예의 있는 척 하면서.

러 안주인 마님께 사정을 좀 하여 얼마간이라도 더 있게 하여 달라고 하여 보라 하였다. 그러나 아내는 방원의 말을 들을 리가 없었다. 도리어,

"그러면 어떻게 한단 말이오. 이제부터는 나를 어떻게 먹여 살릴 터이오?"

"너는 그렇게도 먹고 살 수 없을까 봐 겁이 나니?"

"겁이 나지 않고. 생각을 해보구려. 인제는 꼼짝할 수 없이 죽지 않았소?"

"죽어?"

"그럼 임자가 나를 데리고 이곳까지 올 때에 무어라고 하였소. 어떻게 해서든지 너 하나야 먹여 살리지 못하겠느냐고 하였지요."

"그래."

"그래, 얼마나 나를 잘 먹여 살리고 나를 호강시켰소. 여태까지 이태나 되도록 끌구 돌아다닌다는 것이 남의 집 행랑이었지요?"

"얘, 그것을 내가 모르고 하는 말이냐? 내가 하려고 하지 않아서 그렇게 된 것이냐? 차차 살아가는 동안에 무슨 일이든지 생기겠지. 설마 요대로 늙어 죽기야 하겠니?"

"듣기 싫소! 뿔 떨어지면 구워 먹지 어느 천 년에."

방원이는 가뜩이나 내어 쫓기고 화가 나는데 계집까지 그리하니까 속에서 열화가 치밀어 올라왔다.

"이 육시를 하고도 남을 년! 왜 남의 마음을 글컹거리니.5)"

"왜 사람에게 욕을 해."

"이년아, 욕 좀 하면 어떠냐?"

"왜 욕을 해!"

---

5) 글컹거리다: 남의 심사를 자꾸 긁어 상하게 하다.

계집이 얼굴이 노래지며 대든다.

"이년이 발악인가?"

"누가 발악이야. 계집년 하나 건사 못 하는 위인이 계집보고 욕만 하고 한 게 무어야? 그래 은가락지 은비녀나 한 벌 사주어 보았어? 내가 임자 하자고 하는 대로 하지 않은 것은 없지!"

"이년아! 은가락지 은비녀가 그렇게 갖고 싶으냐. 이 더러운 년아."

"무엇이 더러워? 너는 얼마나 정한 놈이냐!"

계집의 입 속에서는 '놈'소리가 나오기 시작한다.

"이년 보게! 누구더러 놈이래."

하고 손길이 계집의 낭자[6]를 휘어잡더니 그대로 집어 들고 두어 번 주먹으로 등줄기를 후리었다.

"이 주릿대[7]를 안길 년!"

발길이 엉덩이를 두어 번 지르니까 계집은 그대로 거꾸러졌다가 다시 일어났다. 풀어 헤뜨린 머리가 치렁치렁 끌리고 씰룩한 눈에는 독기가 섞이었다.

"왜 사람을 치니? 이놈! 죽여라 죽여, 어디 죽여 보아라, 이놈 나 죽고 너 죽자!"

하고 달려드는 계집을 후려서 거꾸러뜨리고서,

"이년이 죽으려고 기를 쓰나!"

방원이가 계집을 치는 것은 그것이 주먹을 가지고 하는 일종의 농담이다. 그는 주먹이나 발길이 계집의 몸에 닿을 때 거기에 얻어맞는 계집의 살이 아픈 것보다 더 찌르르하게 가슴 한복판을 찌르는 아픔을 방원은

---

6) 낭자: 여자의 예장(禮裝)에 쓰는 딴머리의 하나. 쪽.

7) 주릿대: 주리를 트는 데에 쓰는 두 개의 긴 막대기.

깨닫는 것이다. 홧김에 계집을 치는 것이 실상은 자기의 마음을 자기의 이빨로 물어뜯는 것이나 다름이 없는 것이다. 때리는 그에게는 몹시 애처로움이 있고 불쌍함이 있는 것이다. 그러나 자기의 화풀이를 받아 주는 사람은 아직까지도 계집밖에는 없었다. 제일 만만하다는 것보다도 가장 마음 놓고 화풀이할 수 있음이다. 싸움한 뒤, 하루가 못 되어 두 사람이 베개를 나란히 하고 서로 꼭 끼고 잘 때에는 그렇게 고맙고 그렇게 감격이 일어나는 위안이 또다시 없음이다. 계집을 치고 화풀이를 하고 난 뒤에 다시 가슴을 에는 듯한 후회와 더 뜨거운 포옹으로 위로를 받을 그때에는 두 사람 아니라 방원에게는 그만큼 힘 있고 뜨거운 믿음이 또다시 없는 까닭이다.

계집은 일부러 소리를 높여서 꺼이꺼이 운다.

온 마을 사람이 거의 귀를 기울였으나,

"응, 또 사랑싸움을 하는군!"

하고 도리어 그 싸움을 부러워하였다. 옆집 젊은것이 와서 싱글싱글 웃으면서 들여다보며,

"인제 고만두라구."

하며 말리는 시늉을 한다. 동네 아이들만 마당 앞에 죽 늘어서서 눈들이 뚱그래서 구경을 한다.

3

그날 저녁에 방원은 술이 얼근하여 돌아왔다. 아까 계집을 차던 마음은 어느덧 풀어지고 술로 흥분된 마음에 그는 계집의 품이 몹시 그리워

져서 자기 아내에게 사과를 할 마음까지 생기었다. 본시 사람이 좋고 마음이 약하고 다정한 그는 무식하게 자라난 까닭에 무지한 짓을 하기는 하나 그것은 결코 그의 성격을 말하는 무지함이 아니다.

그는 비척거리면서 집으로 향하는 길에 거슴츠레하게 풀린 눈을 스르르 내리감고 혼잣소리로,

"빌어먹을 놈! 나가라면 나가지 무서운가? 제 집 아니면 살 곳이 없는 줄 아는 게로군! 흥, 되지 않게 다 무엇이냐? 돈만 있으면 제일이냐? 이놈, 네가 그러다가는 이 주먹맛을 언제든지 볼라. 그대로 곱게 뒈질 줄 아니?"

하고 개천 하나를 건너뛴 후에,

"돈! 돈이 무엇이냐."

한참 생각하다가,

"에후."

한숨을 쉬고 나서,

"돈이 사람 죽이는구나! 돈! 돈! 흥, 사람 나고 돈 났지 돈 나고 사람 났니?"

또 징검다리를 비척비척하고 건넌 뒤에,

"고 배라먹을 년이 왜 고렇게 포달[8]을 부려서 장부의 마음을 긁어 놓아!"

그의 목소리에는 말할 수 없이 다정한 맛이 있었다. 그는 자기 계집을 생각하면 모든 불평이 스러지는 듯이, 숙였던 고개를 쳐들어 하늘을 보면서,

"허어, 저도 고생은 고생이지."

---

8) **포달**: 악을 쓰고 함부로 욕을 하며 대드는 일.

하고 다시 고개를 숙인 후,

"내가 너무해, 너무 그럴 게 아닌데."

그는 자기 집에 와서 문고리를 붙잡고 잡아 흔들면서,

"애! 자니! 자!"

그러나 대답이 없고 캄캄하다.

"이년이 어디를 갔어!"

그는 문짝을 깨어지라 하고 닫힌 후에 다시 길거리로 나와 그 옆집으로 가서,

"여보 아주머니! 우리 집 색시 어디 갔는지 보았소?"

밥들을 먹던 옆엣집 내외는,

"어디서 또 취했소그려! 애 어머니가 아까 머리단장을 하더니 저 방아께로 갑디다."

"방아께로."

"네."

"빌어먹을 년! 방아께로는 무얼 먹으러 갔누!"

다시 혼자 방아를 향하여 가면서 혼자 중얼거린다.

그는 방앗간을 막 뒤로 돌아서자 신치규와 자기 아내가 방앗간에서 나오는 것을 보았다.

"아!"

그는 너무 뜻밖의 일이므로 아무 말도 하지 못하고 그대로 한참이나 멀거니 서서 보기만 하였다.

그의 눈에서는 쌍심지가 거꾸로 섰다. 열이 올라와서 마치 주홍을 칠한 듯이 그의 눈은 붉어지고 번개 같은 광채가 번뜩거리었다.

그는 한참이나 사지를 떨었다. 두 이가 서로 맞쳐서 달그락달그락 하여졌다. 그의 주먹은 부서질 것같이 단단히 쥐어졌었다.

계집과 신치규는 방원이 와 선 것을 보고서 처음에는 조금 간담이 서늘하여졌으나 다시 태연하게 내려앉혔다. 일이 이렇게 되었으매 할대로 하라는 뜻이다.

방원은 달려들어서 계집의 팔목을 잡았다. 그리고 이를 악물고 부르르 떨었다.

"나는 네가 이럴 줄은 몰랐다."

계집은,

"무얼 이럴 줄을 몰라?"

하며 파란 눈을 흘겨보더니,

"나중에는 별꼴을 다 보겠네. 으레 그럴 줄을 인제 알았나? 놔요! 왜 남의 팔을 잡고 요 모양이야. 오늘부터는 나를 당신이 그리 함부로 하지는 못해요! 더러운 녀석 같으니! 계집이 싫다고 그러면 국으로 물러갈 일이지 이게 무슨 사내답지 못한 일야! 놔요!"

팔을 뿌리쳤으나 분노가 전신에 가득 찬 그는 그렇게 쉽게 손을 놓지 않았다.

"얘! 네가 이것이 정말이냐?"

"정말 아니구 비싼 밥 먹고 거짓말할까?"

"네가 참으로 환장을 하였구나!"

"아니 누구더러 환장을 했대? 온 기가 막혀 죽겠지! 놔요! 놔! 왜 추근추근하게 이 모양이야? 놔." 하고서 힘껏 뿌리치는 바람에 계집의 손이 쑥 빠지었다. 계집은 손목을 주무르면서 암상9)맞게 돌아섰다.

이때까지 이 꼴을 멀찌가니 서서보고 있던 신치규는 두어 발자국 나서더니 기침 한번을 서투르게 하고서,

---

9) 암상: 남을 미워하고 샘을 잘 내는 잔망스러운 심술.

"얘! 네가 술이 취하였으면 일찍 들어가 자든지 할 것이지 웬 짓이냐? 네 눈깔에는 아무것도 보이는 것이 없단 말이냐? 너희 연놈이 싸우는 것은 너희 연놈이 어디든지 가서 할 일이지 여기 누가 있는지 없는지 눈깔에 보이는 것이 없어?"

짐짓 소리를 높여 호령을 하였다.

"엣, 괘씸한 놈!"

눈깔을 부라리었다. 방원은 한참이나 쳐다보고서 말이 없었다. 생각대로 하면 한주먹에 때려눕힐 것이지마는 그래도 그의 머릿속에는 아까까지의 상전이라는 관념이 남아 있었다. 번갯불같이 그 관념이 그의 입과 팔을 얽어 놓았다. 어려서부터 오늘날까지 남을 섬겨 보기만 한 그의 마음은 상전이라면 모두 두려워하는 성질을 깊이깊이 뿌리를 박아 놓았다. 그러나 오늘부터는 신치규가 자기의 상전도 아니요, 자기가 신치규의 종도 아니다. 다만 똑같은 사람으로 마주 섰을 뿐이다. 아니다, 지금부터는 신치규는 방원의 원수였다. 그의 간을 씹어 먹어도 오히려 나머지 한이 있는 원수다.

신치규는 똑바로 쳐다보는 방원을 마주 쳐다보며,

"똑바루 보면 어쩔 터이냐? 온 세상이 망하려니까 별 해괴한 일이 다 많거든. 어째 이놈아?"

"이놈아?"

방원은 한걸음 들어섰다. 나무같이 힘센 다리가 성큼 하고 나설 때 신치규는 머리끝이 으쓱하였다. 쇠몽둥이 같은 두 주먹이 쑥 앞으로 닥칠 때 그의 가슴은 덜컥 내려앉았다.

"네 입에서 이놈아 라는 소리가 나오니? 이 사지를 찢어 발겨도 오히려 시원치 못할 놈아! 네가 내 계집을 뺏으려고 오늘 날더러 나가라고 그랬지?"

"어허, 이거 그놈이 눈깔이 삐었군. 애, 나는 먼저 들어가겠다. 너는 네 서방하고 나중 들어오너라!"

신치규는 형세가 위험하니까 슬금슬금 꽁무니를 빼려고 돌아서서 들어가려 하니까 방원은 돌아서는 신치규의 멱살을 잔뜩 쥐어 한 팔로 바싹 치켜들고,

"이놈, 어디를 가? 네가 이때까지 맛을 몰랐구나?"

하며 한번 집어 쳐 땅바닥에다가 태질을 한 뒤에 그대로 타고 앉아서 목줄띠를 누르니까, 마치 뱀이 개구리 잡아먹을 적 모양으로 깩깩 소리가 나며 말 한마디도 하지 못한다.

"이놈, 너 죽고 나 죽으면 고만 아니냐?"

하고 방원은 주먹으로 사정없이 닥치는 대로 들이 팬다. 나중에는 주먹이 부족하여 옆에 있는 모루돌멩이를 집어서 죽어라 하고 내리친다. 그의 팔, 그의 온몸에는 끓어오르는 분노가 극도에 달하자 사람의 가슴속에 본능적으로 숨어 있는 잔인성殘忍性이 조금도 남지 않고 그대로 나타났다. 그의 눈은 마치 펄떡펄떡 뛰는 미끼를 가로차고 앉은 승냥이나 이리와 같이 뜨거운 피를 보고야 만족하다는 듯이 무섭게 번쩍거렸다. 그에게는 초자연超自然의 무서운 힘이 그의 팔과 다리에 올라왔다.

이 꼴을 보는 계집은 무서웠다. 끔찍끔찍한 일이 목전에 생길 것이다. 그의 맥이 풀린 다리는 마음대로 놓여지지 아니하였다.

"아! 사람 살류! 사람 살류!"

적적한 밤중의 쓸쓸한 마을에는 처참한 여자 목소리가 으스스하게 울리었다. 이 소리를 들은 방원은 더욱 힘을 주어서 눈을 딱 감고 죽어라 내리 짓찧었다. 뼈가 돌에 맞는 소리가 살이 을크러지는 소리와 함께 퍽퍽 하였다. 피 묻은 돌이 여기저기 흩어지고 갈가리 찢긴 옷에는 살점이 묻었다.

동네 편 쪽에서 수군수군하더니 구두 소리가 나며 칼 소리가 덜거덕거리었다. 방원의 머리에는 번갯불같이 무엇이 보이었다. 그는 손에 주먹을 쥔 채 잠깐 정신을 차려 그쪽으로 귀를 기울였다.

"순검."

그는 신치규의 배를 타고 앉아서 순검의 구두 소리를 듣자 비로소 자기가 무슨 짓을 하였는지 깨달았다.

그는 미친 사람처럼 일어났다. 그리고는 옆에 서서 벌벌 떠는 계집에게로 갔다.

"애! 가자! 도망가자! 너하고 나하고 같이 가자! 자! 어서, 어서!"

계집은 자기에게 또 무슨 일이 있을까 하여 겁을 내어 도망을 하려 한다. 방원은 계집을 따라가며,

"애! 애! 네가 이렇게도 나를 몰라주니? 내가 너를 어떻게 생각하는지 알지를 못하니? 자! 어서, 도망가자, 어서 어서, 뒤에서 순검이 쫓아온다."

계집은 그대로 서서 종종걸음을 치며,

"싫소! 임자나 가구려! 나는 싫어요, 싫어."

"가자! 응! 가!"

그는 미친 사람처럼 계집의 팔을 붙잡고 끌었다. 그때 누구인지 그의 두 팔을 마치 형틀에 매다는 것같이 꽉 뒤로 껴안는 사람이 있었다.

"이놈아! 어디를 가?"

그는 뒤를 돌아보지 않고도 그가 누구인지 알았다. 그는 온 전신에 맥이 풀리어 그대로 뒤로 자빠지려 할 때 어느덧 널판 같은 주먹이 그의 뺨을 사정없이 갈겼다.

"정신 차려."

"네."

그는 무의식하게 고개가 숙여지고 말소리가 공손하여졌다.

땅바닥에서는 신치규가 꿈지럭거리며 이리저리 뒹군다. 청승스러운 비명이 들린다.

방원은 포승 지인 채, 계집은 그대로 주재소로 끌려가고, 신치규는 머슴들이 업어 들였다.

4

석 달이 지났다. 상해죄傷害罪로 감옥에서 복역을 하던 방원은 만기가 되어 출옥을 하였다. 그러나 신치규는 아무 일 없이 자기 집에서 치료하고 방원의 계집을 데려다 산다. 신치규는 온몸이 나은 뒤에 홀로 생각하였다.

'죽는 줄 알았더니 그래도 이렇게 살아 있으니!' 하고 얼굴에 흠이 진 곳을 만져 보며,

'오히려 그놈이 그렇게 한 것이 나에게는 다행이지, 얼굴이 아프기는 좀 하였으나! 허어.'

'어떻게 그놈을 떼어 버릴까 하고 그렇지 않아도 걱정을 하던 차에 잘 되었지. 그놈 한 십 년 감옥에서 콩밥을 먹었으면 좋겠다.'

방원은 감옥 속에서 생각하기를 나가기만 하면 연놈을 죽여 버리고 제가 죽든지 요정을 내리라 하였다.

집에서 내어 쫓기고 계집까지 빼앗기고, 그것을 생각하면 이가 갈리고 치가 떨리었다. 그것이 모두 자기가 돈 없는 탓인 것을 생각하매 더욱 분한 생각이 났다.

'에 더러운 년.'

그는 홍바지에 쇠사슬을 차고서 일을 할 때에도 가끔 침을 땅에다 뱉으면서 혼자 중얼거리었다.

'사람이 이러고서야 살아서 무엇 하나. 멀쩡한 놈이 계집 빼앗기고 생으로 콩밥까지 먹으니….'

그가 감옥에서 나올 때에는 감옥소를 다시 한 번 둘러보고, 내가 여기서 마지막으로 목숨을 잃어버리든지 그렇지 않으면 내가 내 손으로 내 목을 찔러 죽든지, 무슨 요정이 날 것을 생각하고, 다시 온몸에 힘을 주고 쓸쓸한 웃음을 웃었다.

그는 이 백리나 되는 길을 걸어서 계집이 사는 촌에를 왔다.

그러나 아무도 그를 아는 척하는 사람이 없었다. 전에 친하게 지내던 사람들도 그를 보고 피해 갔다.

마치 문둥병자나 마찬가지 대우를 하였다. 감옥에서 나온 뒤로부터는 더욱 이 세상이 차디차졌다. 자기가 상상하던 것보다도 더 무정하여졌다. 그는 하는 수 없이 밤이 될 때까지 그 근처 산속으로 돌아다녔다. 그래서 깊은 밤에 촌으로 내려왔다. 그는 그 방앗간을 다시 지나갔다. 석달 전 생각이 났다. 자기가 여기서 잡혀갔다는 것을 생각할 때 더욱 억울하고 분한 생각이 치밀어 올라왔다. 그는 한참이나 거기 서서 그때 일을 생각하고 몸서리를 친 후에 다시 그전 집을 찾아갔다.

날이 몹시 추워지고 눈이 쌓였다. 옷은 입은 것이 가을에 입고 감옥에 들어갔던 그것이므로 살을 에이는 듯한 것이로되 그는 분한 생각과 흥분된 마음에 그것도 몰랐다.

'연놈을 모두 처치를 해버려?'

혼자 속으로 궁리를 하다가,

'그렇지, 그까짓 것들은 살려 두어 쓸데없는 인생들이야.'

하면서 옆구리에 지른 기름한 단도를 다시 만져 보았다. 그는 감격스런 마음으로 그것을 쓰다듬었다. 그는 신치규의 집 울을 넘어 들어갔다. 그의 발은 전에 다닐 적같이 익숙하였다. 그는 사랑을 엿보고 다시 뒤로 돌아서 건넌방 창 밑에 와 섰었다. 귀를 기울였으나 아무 말도 들리지 않았다. 그는 손에 칼을 빼들었다. 그리고는 일부러 뒤 창문을 달각달각 흔들었다.

"그 뉘?"

하고 계집의 머리가 쑥 나오며 문이 열리었다. 그는 얼른 비켜섰다. 문은 다시 닫혀 지고 계집은 들어갔다.

방원의 마음은 이상하게 동요가 되었다. 어여쁜 계집의 목소리가 오래간만에 귀에 들릴 때, 마치 자기가 감옥에서 꿈을 꿀 적 모양으로 요염하고도 황홀하게 그의 마음을 꾀는 것 같았다. 그는 꿈속에 다시 만난 것 같고 오래간만에 그를 만나 보매 모든 결심은 얼음같이 녹는 듯하였다. 그래도 계집이 설마 나를 영영 잊어버리랴 하고 옛날의 정리를 생각할 때 그것이 거짓말이 아니고 무엇이랴는 생각이 났다.

아무리 자기를 감옥에까지 가게 하였다 하더라도 그는 감히 칼을 들어 죽이려는 용기가 단번에 나지 않아서 주저하기 시작했다.

'아니다, 다시 한 번만 물어 보자!'

그는 들었던 칼을 다시 집고 생각하였다.

'거짓말이다. 거짓말이다! 그럴 리가 없다.'

그는 반신반의하였다.

'그렇다. 한 번만 다시 물어 보고 죽이든 살리든 하자!'

그는 다시 문을 달각달각 하였다. 계집은 이번에 다시 문을 열고 사면을 둘러보더니 헌 짚신짝을 신고 나왔다.

"뉘요?"

그는 방원이 서 있는 집 모퉁이를 돌아서려 할 제,

"내다!"

하고 입을 틀어막고 칼을 가슴에 대었다.

"떠들면 죽어!"

방원은 계집의 입을 수건으로 틀어막고 결박을 한 후 들쳐 업고서 번개같이 달음질하였다. 그는 어느 결에 계집을 업어다가 물레방아 앞에 내려놓은 후 결박을 풀었다. 그리고 한숨을 쉬었다.

"나를 모르겠니?"

캄캄한 그믐밤에 얼굴을 바짝 계집의 코앞에 들이대었다. 계집은 얼굴을 자세히 보더니,

"아!"

소리를 지르더니 뒤로 물러섰다.

"조금도 놀랄 것이 없다. 오늘 네가 내 말을 들으면 살려 줄 것이요, 그렇지 않으면 이것이야."

하고 시퍼런 칼을 들이대었다. 계집은 다시 태연하게,

"말요? 임자의 말을 들을 것 같으면 벌써 들었지요, 이때까지 있겠소? 임자도 남의 마음을 알지요. 임자와 나와 이 년 전에 이곳으로 도망해 올 적에도 전남편이 나를 죽이겠다고 칼로 허리를 찔러 그 흠이 있는 것을 날마다 밤에 당신이 어루만지었지요? 내가 그까짓 칼쯤을 무서워서 나하고 싶은 짓을 못 한단 말이오? 힝, 이게 무슨 비겁한 짓이오, 사내자식이. 자! 찌르려거든 찔러 보아요. 자, 자."

계집은 두 가슴을 벌리고 대들었다. 방원은 너무 계집의 태도가 대담하므로 들었던 칼이 도리어 뒤로 움찔할 만큼 기가 막혔다. 그는 무의식하게,

"정말이냐?"

하고 한걸음 더 가까이 나섰다.

"정말이 아니고? 내가 비록 여자이지마는 당신같이 겁쟁이는 아니 라오! 이것이 도무지 무엇이오?"

계집은 그래도 두려웠던지 방원의 손에 든 칼을 뿌리쳐 땅에 떨어뜨리었다.

이 칼이 땅에 떨어지자 방원은 여태까지 용사와 같이 보이던 계집이 몹시 비겁스럽고 더러워 보이어 다시 칼을 집어 들고 덤비었다.

"에잇! 간사한 년! 어쩔 터이냐? 나하고 당장에 멀리멀리 가지 않을 터이냐? 자아, 가자!"

그는 눈물이 어린 눈으로 타일러 보기도 하고 간청도 하여 보았다.

"자아, 어서 옛날과 같이 나하고 멀리멀리 도망을 가자! 나는 참으로 나의 칼로 너를 죽일 수는 없다!"

계집의 눈에는 독이 올라왔다. 광채가 어두운 밤의 번개같이 번쩍거리며,

"싫어요. 나는 죽으면 죽었지 가기는 싫어요. 이제 나는 고만 그렇게 구차하고 천한 생활을 다시 하기는 싫어요. 고만 물렀어요."

"너의 입으로 정말 그런 말이 나오느냐? 너는 나를 우리 고향에 다시 돌아가지도 못하게 만들어 놓고 나의 모든 것을 다 잃어버리게 한 후에 또 나중에는 세상에서 지옥이라고 하는 감옥소에까지 가게 하였지! 그러고도 나의 맨 마지막 원을 들어주지 않을 터이냐?"

"나는 언제든지 당신 손에 죽을 것까지도 알고 있소! 자! 오늘 죽으나 내일 죽으나 언제든지 죽기는 일반, 이렇게 된 이상 나를 죽이시오."

"정말이냐? 정말이야?"

"정말요!"

계집은 결심한 뜻을 나타내었다. 방원의 손은 떨리었다. 그리고 그는

눈을 꽉 감고,

　"에, 여우같은 년!"

하고 칼끝을 계집의 옆구리를 향하고 힘껏 내밀었다. 계집은 이를 악물고,

　"사람 죽인다!"

　소리 한 번에 그 자리에 거꾸러졌다. 칼자루를 든 손이 피가 몰리는 바람에 우루루 떨리더니 피가 새어 나왔다. 방원은 그 칼을 빼어 들더니 계집 위에 거꾸러져서 가슴을 찌르고 절명하여 버렸다.

뽕

나도향

소설 9선

1

안협집이 부엌으로 물을 길어 가지고 들어오매 쇠죽을 쑤던 삼돌이란 머슴 놈이 부지깽이로 불을 헤치면서,

"어젯밤에는 어디 갔었읍던교?"

하며 불밤송이 같은 머리에 외 수건을 질끈 동여 뒤통수에 슬쩍 질러 맨 머리를 번쩍 들어 안협집을 훑어본다.

"남 어데 가고 안 가고, 임자가 알아 무엇 할게요?"

안협집은 별 꼴사나운 소리를 듣는다는 듯이 암상스러운 눈을 흘겨보며 툭 쏴 버린다.

조금이라도 염량이 있는 사람 같으면 얼굴빛이라도 변하였을 것 같으나 본시 계집의 궁둥이라면 염치없이 추근추근 쫓아다니며 음흉한 술책을 부리는 삼십이나 가까이 된 노총각 삼돌이는 도리어 비웃는 듯한 웃음을 웃으면서,

"그리 성낼 거야 뭐 있읍나? 어젯밤 안주인 심부름으로 임자 집을 갔으니깐 두루 말이지."

하고 털 벗은 송충이 모양으로 군데군데 꺼칫꺼칫하게 난 수염을 숯검정 묻은 손가락으로 두어 번 쓰다듬었다.

"어젯밤에도 김 참봉 아들에 사랑방에서 자고 왔읍네 그려."

삼돌이는 싱긋 웃는 가운데에도 남의 약점弱點을 쥔 비겁한 즐거움이 나타났다.

'무엇이 어쩌고 어째, 이 망나니 같은 놈…'

하는 말이 입 바깥까지 나왔던 안협집은 꿀꺽 다시 집어삼키면서,

"남 어데 가 자든 말든 상관할 것이 무엇 인고"

하며 물동이를 이고서 다시 나가려 하니까,

"흥 두구 보소, 가만있을 줄 알았다가는….”

“듣기 싫어! 별 꼬락서니를 다 보겠네.”

2

강원도 철원鐵原 용담龍潭이라는 곳에 김삼보金三甫라는 자가 있으니, 나이는 삼십 오륙 세나 되었고 키는 작달막하며, 목은 다가붙고 얼굴빛은 노르께하며, 언제든지 가죽 창 받은 미투리에 대갈편자를 박아신고 걸음을 걸을 적마다 엉덩이를 내저으므로 동리에서는 그를 '땅딸보 김삼보' '아편장이 김삼보' '오리 궁덩이 김삼보'라고 부르는데, 한 달에 자기 집에 붙어 있는 날이 이틀이라면 꽤 오래 있는 셈이요, 하루라면 예사라. 그리고는 언제든지 나돌아 다니므로 몇 해 전까지도 잘 알지 못하였으나 차차 동리서 소문이 돌기를 '노름꾼 김삼보'라는 말이 퍼졌는데, 알아본즉 딴은 강원도, 황해도, 평안도 접경을 넘어 다니는 골패, 투전으로 먹고 지내는 것이 알려지게 되었다.

그 노름꾼 김삼보의 여편네가 아까 말하던 안협집이니, 안협安峽은 즉, 강원, 평안, 황해, 삼도 품에 있는 고읍古邑의 이름이다.

그 안협집을 김삼보가 얻어 오기는 지금으로부터 오 년 전, 안협집이 스물한 살 되던 해인데, 어떻게 해서 얻었는지 자세히는 알지 못하나 사람들의 말을 들으면 술파는 것을 눈을 맞추어서 얻었다고 하기도 하고 계집이 김삼보에게 반해서 따라 왔다기도 하고, 또는 그런 것 저런 것도 아니라 계집의 전남편과 노름을 해서 빼앗았다고는 하는데, 위인 된 품으로 보아서 맨 나중 말이 가장 유력할 것 같다고 동리 사람들이 말을 한다.

처음에 안협집이 동리에 오자, 그 동리 그 또래 계집들은 모두 석경石鏡을 들여다보게 되었다. 안협집이 비록 몸은 그리 귀하게 태어나지 못하였으나 인물이 남달리 고운 점이 있어 동리 젊은 것들이 암연히 부러워도 하고 질투도 하게 되고 또는 석경 속에 비친 자기네들의 어여쁘지 못한 얼굴을 쥐어뜯고 싶기도 하였으니, 지금까지 '나만한 얼굴이면' 하는 자만심이 있던 젊은 계집들에게 가엾게도 자가결함自家缺陷이 폭로되는 환멸을 느끼게 하기까지도 하였다.

그러나 촌구석에서 아무렇게나 자란데다가 먼저 안 것이 돈이었다.

'돈만 있으면 서방도 있고, 먹을 것 입을 것이 다 있지' 하는 굳은 신조는 자기 목숨을 내어놓고는 무엇이든지 제공하여 부끄러운 것이 없었다.

십 오륙 세 적, 참외 한 개에 원두막 속에서 총각 녀석들에게 정조를 빌린 것이나, 벼 몇 섬, 돈 몇 원, 저고릿감 한 벌에 그것을 빌리는 것이 분량과 방법이 조금 높아졌을 뿐이요 그 관념은 동일하였다.

그리하여 이곳으로 온 뒤에는 동리에서 돈푼이나 있고 얌전한 젊은 사람은 거의 다 한 번씩은 후려내었으니 그것은 남자 편에서 실없는 짓 좋아하는 이에게 먼저 죄가 있다 하는 것보다도 이쪽 안협집에게 그 책임이 더 있다고 할 수 있고, 또 그것보다 더 큰 죄는 그 남편 되는 노름꾼 김삼보에게 있다고 할 수가 있으니, 그것은 남편 노름꾼이 한 달에 한 번을 올까말까 하면서도 올 적에는 빈손을 들고 오는 때가 많으니 젊은 계집 혼자 지낼 수가 없으매 자연히 이집 저집 동리로 다니며 품방아도 찧어 주고 김도 매 주고 진일도 하여 주며 얻어먹다가, 한 번은 어떤 집 서방님에게 실없는 짓을 당하고 나서 쌀말과 피륙 두 필을 받아 보니 그것처럼 좋은 벌이가 없어 차츰차츰 이번에는 자기가 스스로 벌이를 시작하여 마치 장사하는 사람이 거래 단골을 트듯이 이 사람 저 사람을 집어먹기 시작하더니. 그것도 차차 눈이 높아지니까 웬만한 목돗군 패장이나 장돌림, 조금 올라서서 순사 나리쯤은 눈도 거들떠보지도 않게 되고, 적어도 그곳에서는 돈푼도 상당하고 여간해서 손아귀에 들지 않는다는 자들을 얼러 보기 시작하게 되었던 것이다.

  그 후부터는 일하지 않고 지내며 모양내고 거드름부리고 다니는데, 자기 남편이 오면은,

  "이번에는 얼마나 땄읍노?"

하고 포르께한1) 눈을 사르르 내리뜬다.

  "딴 게 뭔가. 밑천까지 올렸네."

  삼보는 목 뒤를 쓰다듬으며 입맛을 다신다. 그러면 안협집은 전에 없던 바가지를 긁고,

  "불알 두 쪽을 달구서 그래 계집만두 못하다는 말요?"

하고서, 할 말 못할 말을 불어서 풀을 잔뜩 죽여 놓은 뒤에는, 혹시 서방이 알면은 경이 내릴까 하여 노자랑 밑천 푼을 주어서 배송을 낸다2). 그러면 울며 겨자 먹기로 삼보는 혼자 한숨을 쉬면서,

  "허허, 실상 지금 세상에는 섣부른 불알보다는 계집편이 훨씬 나니라."

하고 봇짐을 짊어지고 가 버린다.

---

1) 포르께한: 파르게 하다의 잘못된 표현. 옅지도 짙지도 아니하게 파랗다.
2) 배송을 내다: 쫓아 내다.

3

이렇게 이삼 년을 지내고 난 어떤 가을에 삼돌이란 놈이 그 뒷집 머슴으로 왔는데, 놈이 어느 곳에서 어떻게 벌어먹던 놈인지는 모르나 논맬 때 콧소리나마 아리랑 타령마디나 똑똑히 하고 술잔이나 먹을 줄 알며 동료를 가운데 나서면 제법 구변이나 있는 듯이 떠들어 젖히는 것이 그럴 듯하고, 게다가 힘이 세어서 송아지 한 마리 옆에 끼고 개천 뛰기는 밥 먹듯 하는 까닭에 동리에서는 호랑이 삼돌이로 이름이 높다.

놈이 음침하여, 오던 때부터 동리 계집으로 반반한 것은 남모르게 모두 건드려 보았으나 안협집 하나가 내내 말을 듣지 않으므로 추근추근 귀찮게 구는데, 마침 여름이 되어 자기 집 주인마누라가 누에를 놓고 혼자서 힘이 드니까 안협집을 불러서 같이 누에를 길러 실을 낳거든 반분半分하자는 약속을 한 후 여름내 같이 누에를 치게 된 것을 알고 어떤 틈 기회만 기다리며,

"흥, 계집년이 배때가 벗어서 말쑥한 서방님만 어르더라. 어디 두고 보자. 너도 쩍소리 못하고 한 번 당해야 할 걸! 건방진 년!"

하고는 술잔이나 취하면 주먹을 들었다 놓았다 한다.

그러자 주인마누라가 치는 누에가 거의 오르게 되자 뽕이 떨어졌다. 자기 집 울타리에 심은 뽕은 어림도 없이 다 따다 먹이었고, 그 후에는 삼돌이란 놈을 시켜서 날마다 십 리나 되는 건넛말 일갓집 뽕을 얻어다 먹이었으나 그것도 이제는 발가숭이가 되게 되었다.

인제는 뽕을 사다 먹이는 수밖에 없게 되었다. 그러나 사다가 먹이자면 돈이 든다.

주인노파는 담뱃대를 물고서 생각하여 보았다.

'개량 뽕이 좋기는 좋지마는 돈을 여간 받아야지. 그리고 일일이 사서

먹이랴다가는 뽕 값으로 다 집어먹고 남은 것이 어디 있나.'

노파 생각에는 돈 한 푼 안 들이고 공짜로 누에를 땄으면 좋을 것이다. 돈 한 푼을 들인다 하면 그 한 푼이 전 수확에서 나오는 이익의 전부같이 생각되어 못 견뎠다. 그뿐 아니다. 자기 혼자 이익을 먹는 것 같으면 모르거니와 안협집 하고 동사로 하는 것이므로 안협집이 비록 뼈가 부러지도록 일을 한다 하더라도 그 힘이 자기 주머니에서 나가는 돈 한 푼만 못해 보인다.

그래서 뽕을 어떻게 공짜로 돈 안 들이고 얻어 올 궁리를 하고 있다가 안협집이 마침 마당으로 들어서매,

"뽕 때문에 일났구려."

하며 안협집에게는 무슨 도리가 없느냐고 물어 보았다.

"글쎄."

안협집 생각은 주인의 마음과 또 달라서 남의 주머닛돈 백 냥이 내 주머닛돈 한 냥만 못하다. 그래서 '돈 주면 살 걸' 하는 듯이 심상하게 있다.

"어떻게 해서든지 구해 봐야지."

서로 얼굴만 쳐다볼 때 들에 나갔던 삼돌이란 놈이 툭 튀어 들어오다가 이 소리를 듣더니 제 딴은 동정하는 표정으로,

"그것 일났, 일났쇠다. 어떻게 하나….'

한참 허리를 짚고 생각을 해보더니,

"형! 참 그 뽕은 좋더라마는… 똑 되기를 미선조각 같이 된 놈이 기름이 지르르 흐르는데 그놈을 먹이기만 하면 고치가 차돌같이 여물 거야!"

들으라는 말인지 혼잣말인지는 모르나 한 마디를 탁 던지고 말이 없다. 귀가 반짝 띈 주인은,

"어디 그런 것이 있단 말이냐?"

하며 궁금증 난 사람처럼 묻는다.

"네, 저 새 술 막에 있는 뽕밭에 있는 것 말씀이요."

혹시 좋은 수나 있을까 하다가 남의 뽕밭, 더구나 그것으로 살아가는 양잠소 뽕밭이라, 말씨름만 하는 것이 될 것 같으므로,

"응! 나도 보았지. 그게 그렇게 잘되었나! 잘되었겠지. 그렇지만 그런 것이야 짐으로 있으면 무엇 하니?"

"언제 보셨어요?"

"보기야 여러 번 보았지. 올봄에 두릅 따러 갔다도 보고…."

삼돌이란 놈이 한참 있다가 싱긋 웃더니 은근하게,

"쥔마님! 제가 뽕을 한 짐 져다 드릴 것이니 탁주 많이 먹이시랍니까?"

듣던 중에도 그렇게 반가운 소리가 또 어디 있으랴.

"작히 좋으랴. 따오기만 하면 탁주에다 젓이라도 담그마."

귀찮스런 삼돌이도 이런 때는 쓸 만하다는 듯이 안협집도 환심 얻으려는 듯한 웃음을 웃으며 삼돌이를 보았다. 삼돌이는 사내자식의 솜씨를 네 앞에 보여주리라는 듯이 기운이 나며 만족하였다.

그날 밤 저녁을 먹고 자정 때나 되었을 때, 삼돌이는 눈을 비비며 일어나서 문밖으로 나갔다. 한 두어 시간 만에 무엇인지 지고 오더니 그것을 뒤꼍 건넌방 뒤 창밑에 뭉뚱그려 놓았다.

이튿날 보니까 딴은 미선쪽 같은 기름이 흐르는 뽕잎이었다.

"어디서 났을꼬?"

주인하고 안협집은 수군수군하였다.

"그 녀석이 밤에 도둑질을 해온 게지? 뽕은 참 좋소, 그렇지?"

"참 좋쇠다. 날마다 이만큼씩만 가져오면 넉넉히 먹이겠쇠다."

두 사람은 뽕을 또 따오지 않을까 보아서 아무 말도 아니하고,

"참 뽕 좋더라. 오늘도 좀 또 따오렴."

하고 충동인다. 놈은 두 손을 내저으며,

"쉬, 떠드시지 맙쇼. 큰일 나죠. 그것이 그렇게 쉬워서야 그 노릇만 하게요. 까닥하다가는 다리 마디가 두 동강이 날 걸요."

도적해 온 삼돌이나 받아들인 두 사람이나 도둑질 왜 했소! 하는 말은 없으나 서로 알고 있다.

그러자 하루는 주인이 안협집더러,

"여보, 이번에는 임자가 하룻저녁 가 보구료. 앞으로 그놈이 혹시 못 가게 되더라도 임자가 대신 갈 수 있지 않수. 또 고삐가 길면은 밟힌다구 무슨 일이 있을는지 모르니 임자와 둘이 가서 한목 많이 따오는 것이 좋지 않수."

안협집이 삼돌이를 꺼리는 줄 알지마는 제 욕심에 입맛이 달아서 자꾸자꾸 충동인다.

"따다가 잡히면 어찌 하구유."

"무얼! 밤중에 누가 알우? 그리고 혼자 가라오? 삼돌이란 놈하고 가랬지."

"글쎄. 운이 글러서 잡히거나 하면 욕이지요."

잡히는 것보다도 안협집의 걱정은 삼돌이란 녀석하고 밤중에 무인지경에를 같이 가다니 그것이 딱한 일이다.

안협집이 정조가 헤프기로 유명한 만큼 또 매몰스럽기도 유명하여 한 번 맘에 들지 않는 것은 죽어도 막무가내다.

그것은 만 냥 금을 주어도 거들떠보지도 아니한다. 그런데 삼돌이가 그 중에 하나를 참례[3]하여 간장을 태우는 모양이다.

안협집은 생각하고 생각하여 결심해 버렸다.

---

3) 참례: 분수에 맞지 않는 지나친 예의.

'빌어먹을 자식이 그따위 맘을 먹거든 저 죽이고 나 죽지. 내 기운은 없어도….'

하고 찰찰하게 눈을 가로 뜨고 맘을 다 잡아 먹었다. 그리고는 뽕을 따러 가기로 하였다.

삼돌이는 어깨에서 춤이 저절로 추어진다.

'얘, 이것이 정말인가, 거짓말인가. 인제는 때가 왔구나. 인제는 제가 꼭 당했지.'

놈이 신이 나서 저녁 먹은 다음, 마당 쓸고, 소여물 주고, 돼지, 병아리 새끼 다 몰아넣고, 앞뒤로 돌아다니며 씻은 듯 부신 듯 다해 놓고, 목물 하고, 발 씻고, 등거리 잠방이까지 갈아입은 후 곰방대에 담배를 꾹꾹 눌러 듬뿍 한 모금 빨아 휘이 내뿜으며 시간 오기만 기다린다.

4

안협집은 보자기를 가지고 삼돌이를 따라서 뽕밭을 향하여 간다.

날이 유달리 깜깜하여 앞에 개천까지 자세히 보이지 않는다. 돌부리가 발부리를 건드리면 안협집은 에구 소리를 내며 천방지축으로 다리도 건너고 논이랑도 지나고 하여 절반쯤 왔다.

삼돌이란 놈은 속으로 궁리를 하였다.

'뽕을 따기 전에 논이랑으로 끌고 가? 아니지, 그러다가는 뽕두 못 따가지고 오면 어떻게 하게! 저도 열녀가 아닌 다음에 당하고 나면 할 말 없지. 아주 그런 버릇이 없는 년 같으면 모르거니와. 옳지, 수가 있어. 뽕을 잔뜩 따서 이어 주면 제가 항우의 딸년이라도 한 번은 중간에서 쉬

릿다. 그러거든….'

이렇게 궁리를 하다가 너무 말이 없으니까 심심파적도 될 겸, 또는 실없는 농담도 해서 마음을 떠보아 나중 성사의 전제도 만들어 놀 겸 공연히 쓸데없는 말을 지껄인다.

"삼보는 언제나 온답디까?"

"몰라. 언제는 온다 간단 말 있어 다니나."

"그래 영감은 매일 나돌아 다니니 혼자 지내기 쓸쓸치도 않소?"

놈이 모르는 것 같이 새삼스럽게 시치미를 뗀다.

"별 걱정 다 하네, 어서 앞서 가. 난 길이 서툴러 못 가겠으니…."

"매우 쌀쌀하구료. 나는 임자를 위해서 하는 말인데. 그렇지만 김참봉 아들이란 쇠귀신 같은 놈이라 아무리 다녀도 잇속 없읍네. 내 말이 그르지 않지."

안협집은 삼돌이가 아주 터놓고 말을 하는 것을 듣자 분해서 뺨이라도 치고 싶었으나 그대로 참으며,

"무엇이 어째? 말이라면 다 하는 줄 아는군!"

하고 뒤로 조금 떨어져 걸어갈 제, 전에도 그 녀석이 미웠지마는 남의 약점을 들어 가지고 제 욕심을 채우려는 것이 더 더러웠다.

뽕밭에 왔다. 삼돌이란 놈이 철망으로 울타리 한 것을 들어 주어 안협집이 먼저 들어가고 나중으로 삼돌이란 놈은 그 무서운 다리를 성큼하여 그 안으로 들어갔다. 들어가다가 발아래 삭정이 가지를 밟아서 우지끈 소리가 나고 조용하였다.

삼돌이는 손에 익어서 서슴지 않고 따지마는 안협집은 익지도 못한데다가 마음이 떨리고 손이 떨려서 마음대로 안 된다.

삼돌이는 뽕을 따면서도 아따가 안협집을 꾈 궁리를 하지마는 안협집은 이것저것을 잊어버리고 손에 닥치는 대로 뽕을 땄다.

얼마쯤 땄다. 갑자기 안협집의 뒤에서,

"누구야!"

하고 범 같은 소리를 지르는 남자 소리가 안협집의 간담을 서늘하게 하였다.

삼돌이란 놈은 길이나 되는 철망을 어느 결에 뛰어 넘었는지 십여 간통이 나 달아나서 안협집을 불렀다.

"어서 와요. 어서, 어서."

그러나 안협집은 다리가 떨려서 빨리 나와지지를 않는다. 그러나 죽을 힘을 다하여 달아나려고 한 아름 잔뜩 땄던 뽕을 내던지고 철망으로 기어 왔다. 철망을 기어 나오기는 나왔으나 치맛자락이 걸려서 잡아당긴다. 거기에 더 질겁을 해서 그대로 쭉 찢고 나오려 할 때, 때는 이미 늦었다. 뽕 지키던 남자는 안협집을 잡았다.

"이 도독년! 남의 뽕을 네 것 같이 따 가? 온 참, 이년! 며칠 째냐, 벌써? 이렇게 남의 것이라고 건깡깡이4)로 먹으면 체하지 않을 줄 알았더냐! 저리 가자."

안협집은,

"살려 주소. 제발 잘못했으니 살려만 주소. 나는 오늘이 처음이요. 저 삼돌이란 놈이 날마다 따 갔지 나는 죄가 없쉬다."

하고 손이 발이 되도록 빈다.

"듣기 싫어, 이년아! 무슨 변명이냐. 육시를 하고도 남을 년 같으니. 왜 감옥소의 콩밥이 고소하더냐?"

"그저 잘못했습니다."

삼돌이는 보이지 않고 뽕지기는 안협집 손목을 끌고 뽕밭으로 들어갔다.

---

4) 건깡깡이: 아무 기술이나 기구 따위가 없이 맨손으로 하는 일. 또는 그렇게 하는 사람.

"이리 와! 외양도 반반히 생긴 년이 무엇이 할 게 없어 뽕서리를 다녀."

하더니 성냥불을 그어대고 안협집을 들여다보더니,

"흥!"

의미 있는 웃음을 웃어 보였다.

안협집은 이 웃음에 한 가닥 희망을 얻었다. 그 웃음은 안협집의 손아귀에 자기를 갖다 쥐어 준다는 웃음이다. 안협집은 따라서 방싯 웃었다. 그 웃음 한번이 넉넉히 뽕지기의 마음을 반 이상이나 흰죽 풀어지게 하였다.

안협집은 끌려갔다.

'제가 철석같은 간장을 가진 놈이 아닌 바에… 한 번이면 놓아 줄 걸.'

그는 자기의 정조를 팔아서 자기의 죄를 면할 수 있음을 알았다. 그는 마지못한 체하고 끌려갔다.

삼돌이란 놈은 멀리서 정경만 살피다가 안협집을 뽕지기가 데리고 가는 것을 보더니 두 눈에서 쌍심지가 돋았다.

'애, 이놈이 호랑이 삼돌이를 모르는 모양이다. 그러나 대관절 어떻게 할 셈이냐? 이놈 안협집만 건드려 보아라. 정강마루를 두 토막에다 내놓을 테니. 오늘밤에는 내 것이던걸 그랬지. 어디 좀 가까이 좀 가 볼까?'

이제는 단판씨름이라 주먹이 시비판단을 하는 때이다. 다시 철망을 넘어서 들어갔다. 들어가서는 이곳저곳 귀를 기울이며 이 구석 저 구석으로 돌아다녀 보았다.

저쪽에서 인기척이 웅얼웅얼하더니 아무 말이 없다. 한 두서너 시간 그 넓은 뽕밭을 헤매고, 또 거기 닿은 과목밭, 채마전, 나중에는 그 옆 원두막까지가 보았다. 놈이 뽕나무밭 가운데 부풀덤불을 보지 못한 까닭이다. 그는 입맛만 다시면서 집으로 와서 주인에게 그 이야기를 했다. 노파의 눈이 등잔만 해지더니 두 손 두 다리가 사시나무 떨 듯했다.

"어거 일 났구나. 어쩌면 좋단 말이냐."

좌불안석을 할 제 삼돌이란 녀석은 분한 생각에 곰방대만 똑똑 떨고 앉았다.

5

그날 새벽에 안협집은 무사히 왔다. 머리에 지푸라기가 묻고 몸 매무새가 말이 아니다.

"에그, 어떻게 왔어! 응?"

주인은 눈에 눈물이 괴어서 어루만진다.

"무얼 어떻게 와요? 밤새도록 놈하고 승강이를 하다가 그대로 왔지."

"그대로 놓아 주던가?"

"놓아 주지 않고 붙잡아 두면 어찌헐 테야!"

일이 너무 싱겁다. 삼돌이란 놈만 혼잣말처럼,

"내가 잡혔더면 콩밥을 먹었을 걸. 여편네니까 무사했지."

주인은 그래도 미진해서,

"그래, 잘 놓아 주었으니 다행이지. 그러나저러나 뽕은 어떻게 되었노?"

"아! 뺏겼죠!"

"인제는 아무 일 없겠소?"

"일이 무슨 일예요."

그날 밤에 삼돌이란 놈은 혼자 앉아서 생각하기를,

'복 없는 놈은 하는 수가 없거든. 그러나 내가 다 눈치를 채었으니까, 노름꾼놈이 오거든 이르겠다고 위협을 하면 그 년도 발이 저려서 그대

로는 못 있지. 내 입을 안 씻기고 될 줄 아는 게로구먼.'

그로부터는 삼돌이란 놈이 안협집을 보고는,

"뽕지기놈을 보고 싶지 않습나?"

하고 오며가며 맞대놓고 빈정대기도 하고 빗대놓고도 비웃는다.

"뽕이나 또 따러 가소."

이러는 바람에 온 동리에서 다 알았다. 안협집은 분해서 죽겠는데, 하루는 삼돌이란 놈이 막 안협집이 이불을 펴고 누우려는데 찾아와서 추근추근 가지도 않고,

"삼보 김서방이 올 때도 되었읍네그려."

하며 눈치를 본다. 안협집은 졸음이 와서 눈까풀이 뻣뻣하여 오는데 삼돌이란 놈이 가지도 않는 것이 귀찮아서,

"누가 아누. 오고 싶으면 오고 가고 싶으면 가겠지."

하고 담벼락에 비스듬히 기대앉는다.

삼돌이의 눈에는 그 고단해 하면서 비스듬히 누워서 눈을 감을락 말락 한 안협집이 목덜미 살쩍 밀며 불그레한 두 볼이 몹시 정욕을 일으켰다.

그래서 차츰차츰 말소리가 음흉해 간다.

"임자는 사람을 너무 가려 봅더! 그러지 마슈. 나도 지금은 남의 집 머슴이지마는 집안 지체라든지, 젊었을 적에는 그래도 행세하는 집에서 났더라우. 지금은 그놈의 원수스런 돈 때문에 이렇게 되었지마는…."

하고 말을 건네려 하는데 안협집은 별 시러베자식 다 보겠다는 듯이 대답이 없다.

"자! 그럴 것 있소. 내 청을 한 번 들어 주소 그려."

하고 바싹 달려드는 바람에 반쯤 감았던 안협집의 눈은 똥그래지며 어느 결에 삼돌의 뺨에 손뼉이 올라가 정월에 떡치듯 철썩한다.

"이놈! 아무리 쌍녀석이기로 이게 무슨 버르장머리냐. 냉큼 나가거라."

하고 호령이 추상같다. 삼돌이란 놈은 따귀를 비비면서 성이 꼭두까지 일어나서,

"무엇이 어쩌고 어째. 횟! 어디 또 한 번 때려 봐라."

일이 이렇게 되었으니 자기가 하려던 것은 이루고 마는 것이 상책이다. 이래도 소문은 날 것이요 저래도 소문은 날 것이니 이왕이면 만족이나 채우고 소문이 나더라도 나는 것이 자기에게는 이로울 것 같았다.

더구나 안협집으로 말을 하면, 온 동리에서 판 박아 놓은 화냥년이니 한 번 화냥년이나 두 번 화냥년이나 남이나 내나 무엇이 다를 것이 있으랴 하는 생각이 났다.

도리어 자기의 만족을 한 번 얻는 것이 사내자식으로서 일종의 자랑인 것 같이 생각되었다.

그는 두 팔로 안협집을 힘껏 끌어안고,

"내가 호랑이 삼돌이다! 네가 만일 내 말을 들으면 무사하지만 그렇지 않으면 그대로 두지는 않을 테야! 너 네 남편이 오기만 하면 모조리 꼬아 바칠테야! 뽕 따러 갔던 날 일까지 모조리!"

무식한 놈이라 야비한 곳이 있다. 안협집은 그 소리가 얼마나 사내답지 못하였는지 알 수 없었다. 쇠 같은 팔이 자기 허리를 누를 때 눈을 감고 한 번만 허락할까 하려다가 그 말을 듣고서 그만 침을 얼굴에 뱉았다.

"이 더러운 녀석! 네가 그까짓 것으로 나를 위협한다고 말을 들을 줄 아니."

하고 소리를 질렀다. 삼돌이는 손으로 안협집 입을 막았으나 때는 이미 늦었다. 마치 마을을 다녀오던 이장의 동생이 이 소리를 듣고 문을 열었다.

삼돌이란 놈은 무안해서 얼굴이 붉어지며 안협집을 놓았다. 안협집은 분해서 색색거리며,

"저놈 보시소. 아닌 밤중에 혼자 자는 데 와서 귀찮게 굽니다. 저 죽일

놈이요. 좀 끌어내다 중치5)를 좀 해 주시오."

이장의 동생은 안협집의 행실을 아는 고로 삼돌이만 보내려고,

"이놈이 할 일이 없거든 자빠져 자기나 하지, 왜 아닌 밤중에 남의 계집의 방에서 지랄야? 냉큼 네 집으로 가거라!"

두 눈이 등잔만 하여진다.

"네, 그런 게 아니라 실없이 기롱을 좀 했삽더니….".

"듣기 싫어. 공연히 어름어름6)하면서. 이놈아! 너는 사람을 죽여도 기롱으로 아느냐."

삼돌이는 쫓겨났다. 이장의 동생은 포달을 부리며 푸념을 하는 안협집을 향하여,

"젊은 것이 늦도록 사내 녀석들을 방에다 붙이니까 그런 꼴을 당하지."

"누가요?"

"그만둬. 어서 잠이나 자."

하며 문을 닫아 주고 가 버렸다.

6

삼돌이는 앙심을 먹었다. 안협집을 어떻게 해서든지 한 번 굴리리라는 생각이 가슴속에 탱중하였다. 안협집은 독이 났다. 삼돌이란 놈 분풀이를 하려는 생각이 머리끝까지 올라왔다.

---

5) 중치: 엄중히 다스림.
6) 어름어름: 말이나 행동을 똑똑하게 분명히 하지 못하고 우물쭈물하는 모양.

이튿날 동리에 소문이 났다.

"삼돌이란 놈이 뺨을 맞았다지! 녀석이 음침하니까!"

"그렇지만 계집년이 단정하면 감히 그런 맘을 먹을라구!"

"그렇구말구! 제 행실야 판에 박은 행실이니까."

"지가 먼저 꼬리를 쳤던 게지."

이 소리가 바람에 떠들어오자 안협집은 분했다. 요조숙녀보다도 빙설氷雪같은 여자인데 이런 누추한 소문을 듣는 것 같았다. 맘에 드는 서방질은 부정한 일이 아니요, 죄가 아니요, 모욕이 아니나, 맘에 없는 놈에게 그런 소리를 듣고 당하는 것은 무서운 모욕 같았다.

그는 그 길로 삼돌이 주인마누라에게로 갔다.

"삼돌이란 녀석을 내쫓으소."

주인은 벌써 알아채었으나 안협집 편은 안 들었다. 다만 어루만지는 수작으로,

"무얼 내쫓을 것까지 있소. 그만 일에… 그저 눈감아 두지."

"왜 눈을 감는단 말이요?"

주인은 속으로 웃었다. '소 한 필을 달라면 줄지언정 삼돌이를 내놔?' 하였다.

"내쫓아선 무얼 하우, 또?"

'어림없는 년! 네가 떠들면 떠들수록 네 밑구멍 들춰서 남 보이는 것이다'는 듯이 쳐다보며 맨 나중으로 아주 잘라 말을 해 버렸다.

"나는 못 내보내겠소."

안협집은 분해서 집에 와서 머리를 쥐어뜯으며 울었다. 그리고 또 결심했다.

'두고 봐라. 너희들까지 삼돌이를 싸고도니! 영감만 와 봐라.'

하루는, 딴은 영감이 왔다. 안협집은 곤두박질을 하면서 맞았다.

"에그, 어서 오슈."

노름꾼 김삼보는 눈이 뚱그래졌다. 무슨 큰 좋은 일이나 생긴 것 같았다. 다른 때와 유달리 반가와하는 것이 의심스럽고 이상하였다.

방에 들어앉자마자 얼마나 땄느냐는 말도 물어 보지 않고 삼돌이란 놈에게 욕 당할 뻔하였다는 말을 넋두리하듯 이야기하였다.

"사람이 분해서 죽겠구료. 이것도 모두 영감 잘못 둔 탓이야. 오죽 영감이 위엄이 없어 보이면 그따위 녀석이 그런 짓을 하려고… 영감이라고 있으나 없으나 마찬가지지, 일 년 열두 달 계집이 죽거나 살거나 내버려두고 돌아만 다니니까."

영감은 픽 웃었다.

"왜 내 잘못인가? 오죽 행실을 잘 가지면 그따위 녀석에게 그 꼴을 당한담."

김삼보는 분이 나지 않는 것도 아니었다. 그러나 계집의 소행을 짐작도 하려니와 그놈의 주먹도 아니 생각할 수가 없었다. 계집이 먹여 살리라는 말이 없고 이혼하자는 말만 없는 것이 다행해서 서방질을 해도 눈을 감아 주고 무슨 짓을 하든지 그저 코대답만 하여 주던 터이라 그런 소리가 귓전으로 들릴 뿐이다.

"내가 행실 잘못 가진 게 무어요?"

안협집은 분풀이라도 하여 줄 줄 알았더니 도리어 타박을 주므로 분한데 악이 났다.

"글쎄 무어야! 무엇? 어디 대 봐요. 임자가 내 행실 그른 것을 보았소? 어디 보았거든 본 대로 말을 하시우."

딴은, 김삼보는 집에서 말할 것이 없었다. 그는 그저 그런 눈치만 채었지 반박할 증거는 잡은 것이 없다.

"본 거나 다름없지."

"무엇이 본 거나 다름없어? 일 년 열두 달 계집이 죽거나 살거나 내버려 두었다가 이제 와서 한다는 소리가 그것밖에 없어? 살기가 싫거든 그대로 살기 싫다고 그래, 사내답게. 왜 그만 냄새가 나지? 또 어디다가 계집을 얻어 논 게지."

"이년이 뒈지지를 못해서 기를 쓰나?"

"그렇다, 이놈아! 네까짓 녀석 아니면 서방 없을까봐 그러니, 더러운 녀석!"

김삼보의 주먹은 안협집의 등줄기를 우렸다.

"이년, 그래도 잔소리야. 주둥이 좀 덮치지 못 하겠니…."

이렇게 서로 툭탁거리며 싸우는 판에 뒷집에서 삼돌이란 놈이 이 소리를 듣고서 가장 긴한 체하고 달려왔다.

"삼보 김서방 언제 오셨소?"

하고 마당에 들어섰다. 김삼보는 그놈의 상판을 보자 참았던 분이 꼭두까지 올라온다. 삼돌이는 제법 웃음을 띠고,

"허허, 오래간만에 만났대서 내외분 싸움이 웬일이시우?"

어디서 한 잔을 하였는지 얼굴이 불콰하다.

김삼보는 눈을 흘겨 뚫어지도록 삼돌이를 쳐다보았다.

"이놈아! 남이사 내외 싸움을 하든 말든 참견이 무어야?"

삼돌이란 놈은 주춤하였다. 그는 비지 같은 눈곱이 낀 눈을 꿈벅꿈벅하더니,

"그렇게 역정 내실 것 무엇 있수. 말 좀 했기로…."

"이놈아, 네가 아랑곳할 게 무어야?"

"아랑곳은 할 것 없어도 흥정을 붙이고 싸움은 말리랬으니까 말이요. 나는 싸움 좀 못 말린단 말이요."

하고 술 냄새를 풍기며 다가앉는다.

"이놈아, 술을 먹었거든 곱게 삭여!"

이번에는 삼돌이란 놈이 빌붙는다.

"나 술 먹고 어찌하든 김서방이 관계할 게 무어요."

"이놈아, 남의 내외 싸움에 참견을 하니까 그렇지."

주고받다가 삼돌이의 멱살을 김삼보가 쥐었다.

"이 녀석, 네가 무슨 뻔뻔으로 이따위 수작이냐? 내 계집 이놈 왜 건드렸니?"

삼돌이가 조금 발이 저렸으나 속으로 흥하고 웃었다.

"요까짓 게 누구 멱살을 쥐어? 앙징하게….'

하더니 김삼보의 팔을 잡아 마당에다가 내려 갈기니 개구리 터지듯 캑한다.

"요놈의 자식아! 내 말을 좀 들어 보고 말을 해! 네 계집 험절은 모르고 덤비기만 하면 강산이냐? 이 동리 반반한 사내양반 쳐 놓고 네 계집 건드리지 않은 놈이 없다. 이놈! 꼭 집어 말을 하라면 위에서 아래로 내리섬기마. 이놈, 너도 계집 덕분에 노잣냥, 노름 밑천푼 좋이 얻어 썼지. 그래 집이라고 오면서 볼받은 것이나마 옥양목 버선벌이나 얻어 가지고 가는 것은 모두 어디서 나온 것으로 아니? 요 땅딸보 오리궁둥아! 아무리 속이 밴댕이 같기로… 그리고 또 들어봐라. 나중에는 주워 먹다 주워 먹다 못해서 뽕지기까지 주워 먹었다."

안협집은 파래서 달려든다.

"이놈, 네가 보았니?"

"보나 안 보나 일반이지."

"이 녀석, 네 말을 듣지 않으니까 된 말 안 된 말 주둥이질을 하는구나."

동리 사람이 모여들었다. 안협집은 삼돌이에게 발악을 하고 김삼보는 듣고만 있다.

한참 있더니 듣다듣다 못하는 듯이 삼돌이란 놈이 안협집에게로 달려들며,

"이년이 돼지려고 기를 쓰나?"

하고 주먹을 들었다. 동리 사람이 호령을 하고 말렸다.

"이놈! 저리 얼른 가거라."

이놈은 변명을 하며 뻘통졌다. 그러나 여러 사람에게 끌려 저리로 가 버렸다.

사람이 헤어지자 노름꾼은 계집의 머리채를 잡았다.

그는 삼돌이에게 태질을 당한 것이 분하였다. 그뿐 아니라 그렇게까지 계집년의 행실을 온 동리에서 아는 것이 분하였다.

"이년! 더러운 년, 뽕밭에는 몇 번이나 갔니?"

발길로 지르고 주먹으로 패고 머리채를 잡아당기고 땅에다 질질 끌었다.

그는 이를 갈고 어쩔 줄을 몰랐다. 계집은 울고 발버둥을 쳤다.

"죽여라! 죽여!"

"그럼 살려 줄 줄 아니? 이년! 들어앉아서 하는 게 그런 짓밖에는 없어."

김삼보는 자기의 무딘 팔다리가 계집의 따뜻하고 연한 몸에 닿을 때에 적지 않은 쾌감을 느끼었다. 그는 그럴수록 더욱 힘을 주어 때리도록 속에 숨겨 있던 잔인성이 북받쳐 올라왔다.

맞는 안협집은 당장에 죽을 것 같았다. 그는 생각하기를, 이왕 이리 된 바에 모두 말해 버리고 저하고 갈라서면 그만이지 언제는 귀밑거리 풀고 사주단자 보내고 사당에 예배드린 내외냐. 저는 저고, 나는 난데 왜 이렇게 때리노? 하는 맘이 나며,

"이것 놔라! 내 말하마!"

하고 머리를 붙잡았다.

"뽕밭에는 한 번밖에 안 갔다. 어쩔 테냐?"

삼보는 더욱 머리채를 잡아챘다.

"이년, 한 번?"

이번에는 더 때렸다. 안협집은 말한 것이 후회가 났다. 삼보는 그래도 거짓말을 한다고 그대로 엎어 놓고 짓밟았다. 안협집은 기절을 하였다. 삼보는 귀로 안협집의 숨소리를 들어 보았다. 그러나 숨소리가 없다. 그는 기겁을 하여 약국으로 갔다. 그의 팔다리는 떨렸다. 그가 의원에게서 약을 지어가지고 왔을 때 안협집은 일어나 앉아 있었다. 삼보는 반갑기도 하고 분하기도 하여 약을 마당에 팽개쳤다. 그리고 밤새도록 서로 말이 없었다. 이튿날은 벙어리들 모양으로 말이 없이 서로 앉아 밥을 먹고, 서로 앉아 쳐다보고, 서로 말만 없이 옷도 주고받아 갈아입고, 하루를 더 묵어 삼보는 또 가 버렸다. 안협집은 여전히 동릿집 공청 사랑에서 잠을 잤다. 누에는 따서 삼십 원씩 나눠 먹었다.

꿈

나
도
향

소
설

9
선

1

자기 스스로도 믿지 못하는 일을 때때 당하는 일이 있다. 더구나 오늘과 같이 중독이 될이만치 과학이 발달되어 그것이 인류의 모든 관념을 이룬 이때에 이러한 이야기를 한다 하면 혹 웃음을 받을는지는 알 수 없으나 총명한 체하면서도 어리석음이 있는 사람이 아직 의심을 품고 있는 이러한 사실을 우리와 같은 사람이 쓴다 하면 헤브라이즘과 헬레니즘 서로 반대되는 끝과 끝이 어떠한 때는 조화가 되고 어떠한 경우에는 모순이 되는 이 현실 세상에서 아직 우리가 의심을 품고 있는 문제를 여러 독자에게 제공하여 그것을 해석하고 설명해 내는 데 도움이 되거나 그렇지 않으면 아주 사실을 부인하여 버리게 되고, 또는 그렇지 않음을 결정해 낼 수 있다 하면 쓰는 사람이나 읽는 이의 해혹이 될까 하는 것이다.

이러한 사실을 믿거나 믿지 않거나 그것은 해석하는 이의 마음대로 할 것이요 쓰는 이의 관계할 바가 아니니, 쓰는 이는 문제를 제공하는 것이 그것을 해석하는 것보다 더 큰 천직인 까닭이다.

더구나 이야기는 실지로 당한 이가 있었고 또는 쓰는 나도 믿을 수도 없고 아니 믿을 수도 없는 까닭이다.

2

내가 열아홉 살이 되던 해다. 세상에는 숫자數字를 무서워하는 습관이 있어 우리 조선서는 석 삼자三와 아홉 구자九를 몹시 무서워한다. 석 삼자는 귀신이 붙은 자라 해서 몹시 꺼려하며 아홉 구자九 즉 셋을 세 번 곱한 자는 그 석 삼자보다도 더 무서워한다. 더구나 연령에 들어서 그러하니 아홉 살 열아홉 살 스물아홉 살 서른아홉 살… 이렇게 아홉이라는 단수가 붙은 해를 몹시 경계한다. 그래서 다만, 홀어머니의 외아들인 나는 열아홉 살이 되는 날부터 마치 죽을 날이나 당한 듯이 무서움과 조심스러움으로 그날그날을 지나지 않으면 안 되었다.

이곳에서 저곳을 떠날 일이 있어서도 방위를 보고 벽에 못 하나를 박아도 손을 보며 생일 음식을 먹으려 하여도 부정을 염려하며 더구나 혼인 참례나 조상집에는 가까이 하지도 못하였으며 일동일정을 재래의 미신을 따라서 하지 않은 것이 없었다.

하다못해 감기가 들어서 누었더라고 무당과 판수1)가 푸닥거리와 경을 읽었다.

나는 어릴 때이라 그렇게 구속적이요 부자유한 법칙을 지키기도 싫었을 뿐 아니라 그때 동리에 있는 보통학교에 다닐 때이므로 어머니의 말씀과 또는 하시는 일은 어리석다 해서 여간해 반대를 하지 않은 것이 아니었다. 그러나 그것이 어리석은 일인 줄은 알고 자기도 그것이 옳지 않은 일인 줄은 알면서도 그것을 단단히 믿지 않을 수는 없었다. 제사 음식이 눈에 보이면 거기 귀신이 붙은 것 같기도 하여 어째 구미가 당겨지지를 아니하고 길에서 상여를 만나면 하루 종일 자기 생명이 위태한 것 같아서 아니 본 것만 못하였다. 장님을 보면 돌아가고 예방해 내버린 것을 볼 때는 자연히 침을 뱉았다.

쉽게 말하면 이 무서운 인습적 미신을 완전히 깨뜨려 버릴 수가 없다는 말이다.

---

1) 판수: 점치는 일을 직업으로 삼는 맹인.

3

나는 지금 그때를 돌아보면 여러 가지 행복을 아니 느낄 수가 없다. 아버지가 끼쳐 주고 돌아가신 넉넉한 재산과 따뜻한 어머니의 자애로 무엇 하나 불만족한 것이 없이 소년 시대를 지내오며 따라서 백여 호밖에 되지 않는 촌락에서 가장 재산이 있고 문벌 있는 얌전한 도령님으로 지내던 생각을 하면 고전적 즐거움을 아니 느낄 수가 없다.

더구나 지금도 거울을 앞에 놓고 내 얼굴을 들여다보면 그때에 보르통하고 혈색 좋던 얼굴의 흔적은 숨어 버리었으나 잘 정제된 모습이라든지 정기가 넘치는 눈이라든지 살적이 뚜렷한 이마라든지 웃음이 숨은 듯 나타나는 듯한 입 가장자리에 날씬날씬한 팔 다리와 가늘은 허리를 아울러 생각하면 어디를 내놓든지 귀공자의 태도가 있었다.

그래서 동리에서는 나를 사위로 삼으려는 사람이 퍽 많았었다. 하루에도 중매를 들려고 오는 사람이 두셋씩 있을 때가 많아서 그 사람들은 서로 눈치들만 보고 서로 말하기를 꺼려 그대로 돌아간 일이 한두 번이 아니었다.

그래서 어머니는 어느 것을 택해야 좋을는지 몰라서 적지 아니 헤매신 모양이요 또는 그 까닭으로 열네 살부터 말이 있던 혼인이 열아홉 살이 되도록 늦어진 것이다.

4

동리 처녀들 중에 내 말을 듣거나 또는 담 틈으로나 울 너머로 나를 본 처녀는 모두 나를 사모하게 되었던 모양이다. 우리 집에서 셋째 집 건너편에 있는 열여덟 살 먹은 처녀 하나는 내가 학교를 갈 적이나 집으로 돌아올 적에는 반드시 문틈으로 내가 지나가기를 기다리는 것을 나는 본 일이 있었다. 어떠한 날은 대담하게도 내가 지나가기를 기다려 자기의 노랑 수건을 내 앞에 던진 일까지 있었다. 또 어떤 처녀 하나는 자기 부모에게 자기가 나를 사모한단 말을 하여 직접 통혼까지 한 일이 있었으나 그 집안 문벌이 얕다는 이유로 어머니에게 거절을 당한 후에 그 여자는 병이 들었더니 그 후에 다른 데로 시집을 갔다고 할 적에는 나는 공연히 섭섭한 일도 있었다.

그 중에 가장 내가 귀찮게 생각한 것은 우리 동리에서 조금 떨어진 곳에 주막이 하나 있었는데 그 주막에 술파는 여자가 나에게 반하였던 일이다. 그것도 내가 학교에 가는 길가에 있는 곳인데 하루는 학교에서 운동을 하고 집에 돌아오는 길에 어떻게 목이 말랐든지 일상 어머니가 '물 한 그릇이라도 남의 집에서 먹지 말라'는 경계를 어기고 그 주막에 들러서 그 술파는 여자에게 물 한 그릇을 얻어먹은 일이 있었다. 그 여자란 것은 나이가 스물 두서넛이 되어 보이는 남편이 있는 여자인데 눈이 크고 검으며 살이 검누르고 퉁퉁한 여자로 사람을 보면 싱글싱글 웃는 버릇이 있어 얼핏 보면 사람이 좋아 보이지마는 어데인지 음침한 빛이 있다.

그 이튿날 나는 무심히 그 주막 앞을 지내려니까 그 여자는 나를 보고 싱글 웃었다. 그날 저녁에도 싱글 웃었다. 그 웃음이 어떻게 야비한지 나는 그 웃음을 잊으려하였으나 잊으려 하면 더 생각이 나서 못 견디었다.

그렇지만 그 앞을 아니 지날 수가 없어서 그 웃음을 보지 않으려고 고개를 돌리고 지나간 지 이틀 만에 그 여자는 내가 학교에서 돌아오기를 기다렸든지 문간에 나섰다가 나를 불렀다.

나는 질겁을 하여 머리끝이 으쓱하였다.

"여보시소 서방님네."

"왜 그러는고."

나는 돌아보며 물었다.

"사내가 와 그렇게 무정한 게요!"

나는 사면을 둘러보았다. 그 말하는 그 사람은 그만두고 그 말을 듣는 내가 몹시 더럽고 부끄러운 것 같은 까닭이었다. 나는 아무 말도 못하고 그대로 돌아서 가려 하니까, 그 여자는 나의 손목을 잡아끌고 자기 집으로 끌고 들어가려하였다. 그는,

"술이나 한 잔 자시고 가시소."

하며 잡아 다녔다. 술? 나는 말만 들어도 해괴하였다. 학교 규칙, 어머니 학생 계집 주정 음란 이 모든 것이 번득번득 연상이 되어서 온몸이 떨렸다.

"이 손 못 놓겠는 게요."

나는 손을 뿌리쳤다. 그리고,

"나는 학생이래서 술 못 먹는지러."

하고 뒤로 물러서며,

"나중에는 얄궂은 일을 다 당하는 게로."

하고 앞만 보고 달려왔다.

집에 와서는 얼른 손을 씻어 그 여자의 손때를 떨어 버리고 옷까지 바꾸어 입었다. 그 음탕한 눈이며 살 냄새가 눈에 보이고 코에 맡히는 것 같아서 못 견디었다.

5

그 후부터는 그 길로 학교를 갈 수가 없어서 길을 돌아가는 수밖에 없었다. 그전 길로 가면 오 리 밖에 되지 않는 길을 십 리나 되는 산길로 돌아 다녔다.

그런데 다행히 그 길 중턱에는 우리 집 논이 있고 그 논 옆에는 우리 마름이 살므로 저으기 안심이 되었다.

첫날 그 집 앞을 지날 때 나는 주인 된 자격으로라고 하는 것보다도 반가운 마음으로 그 집에를 들어가지 않을 수가 없었다. 처음에 그 집 싸리 짝문을 들어서니 집안이 너무 적적하였다. 이십 년 동안이나 우리 집 땅을 부쳐먹는 사람 좋은 늙은 마름도 볼 수가 없고 후덕스러워 보이는 그의 마누라도 볼 수가 없다. 하다못해 늙은 개까지도 볼 수가 없었다.

나는 의아하여 고개를 기웃기웃 하려니까 그 집 봉당문이 열리며 기웃이 고개를 내미는 사람은 그 집 딸인 임실이었다. 임실이는 어렸을 때 앞치마 하나만 두르고 발바닥으로 어머니를 따라서 우리 집에 드나든 일이 있으므로 나는 그 얼굴을 잘 알뿐더러 어려서는 같이 장난까지 한 일이 있었다. 그러나 근 삼 년이나 보지를 못하였다. 대가리가 커지니까 그렇게 함부로 다니지를 못하게 한 모양이다.

어렸을 적에 볼 때에는 머리가 쥐꼬리 같고 때가 덕지덕지하며 코를 흘리는 것이 지금 보니까 제법 머리를 치렁치렁 발뒤꿈치까지 따 늘이고 얼굴에 분칠을 하였는데 때가 쏙 빠졌다.

그는 반가웁다는 뜻인지 생긋 웃고 나를 보며 어서 오라는 듯이 나를 쳐다보았다. 그리고는 아무도 없는데 온 것이 미안한 듯이 황망해 하며 어떻게 이 갑작스러웁게 방문한 주인댁 도령님을 맞아야 좋을지 모르는 모양이다.

"죄다 어데 간는?"

나는 상전의 아들이 하인의 딸에게 향하는 태도로 물었다. 그는,

"들에 나갔는 게로."

하며 다시 한 번 나를 곁눈으로 살펴보았다.

길게 있을 시간도 없거니와 있다가 하학할 때에는 또다시 들릴 터이니까 오래 있을 필요가 없어서 그대로 학교를 다녀 돌아올 적에 다시 들렀다.

그때에는 마름 내외가 나를 기다리고 있다가 점심 먹으라고 밀국수를 해주었다. 아마 그 계집애가 저희 부모에게 말을 했던 모양이다.

그 후에는 올 적 갈 적 들렀다. 그 계집에도 상전과 부리는 사람의 관계로 숙친하여졌다.

어떤 때 나의 옷고름이 떨어지면 그것을 달아 주고 혹 별다른 음식을 갖다가 내 앞에 놀 때에는 이상한 미소를 띠고 나를 곁눈으로 쳐다보았다. 그 웃음이란 나의 눈에 보이기에도 몹시 유혹적이었으나 나는 실없는 계집년이란 생각밖에 나지 않았다.

6

그 후에 하루는 내가 학질 기운이 갑자기 생겨서 하학시간도 채 마치지 못하고 어떻게든지 집으로 가려고 무한한 노력으로 줄달음질 쳐 오다가 그 집 앞을 당도해 보니까 여태까지 참았던 마음이 획 풀어지며 그대로 그 집 마루에가 털썩 주저앉아 버린 일이 있었다.

그것을 본 마름들은 나를 방으로 데려다 누이고 일변 집으로 통지를 하며 또는 물을 끓인다, 미음을 쑨다 하여 야단을 하는데 그중에 가장 난

처하게 여기는 것은 나를 깔고 덮어 줄 이불 요가 없어서 걱정인 것이다.

자기네들이 깔고 덮는 누더기를 주인 상전의 귀여운 아들, 더구나 유달리 위하는 아들의 몸에는 덮어 주기를 꺼리는 모양이다. 염려하는 것을 본 그 처녀는 얼핏 자기 방 - 아래 방 - 으로 가서 새로이 꾸며둔 이불 요 한 채를 가지고 왔다. 그것은 자기가 시집갈 때 가지고 가서 신랑과 덮고 잘 이불을 준비해 둔 것이다.

그는 그것을 깔고 덮어 준 후 발 아래를 잘 여미고 두덕두덕 매만져 주었다. 촌 여자의 손이지만 어데인지 연하고 부드러운 맛이 있어서 몹시 육감적 자극을 전하는 듯하였다. 그러고는 그 처녀는 내 앞을 잘 떠나지 않고 자기의 가장 아끼는 이불 요를 꺼내 덮어 준 것이 퍽 만족하다는 듯이 항상 이불과 요를 매만졌다.

어떠한 때에는 나의 이마도 눌러 주고 시키지도 아니하였는데 나의 베개를 바로 베주기도 하고 허트러진 옷고름을 매주기까지 하였다.

그때 그 당시로 말하면 내가 그 임실이쯤은 다른 의미로 생각할 여지가 없었고 더구나 임실이를 이성으로 생각한다는 것으로는 마음이 끌리지 아니하였으니 그와 나의 지위의 간격이 너무 멀었음이 첫째 원인이며 허구 많은 여자를 다 제쳐놓고 임실이에게 마음을 끄을린다는 것은 그때 나의 관념으로도 우스운 일일 뿐 아니라 그런 일이 있다 하면 그것은 자기의 명예라든지 여러 가지의 사정을 생각하여 의례히 있지 못할 일이었으므로 더구나 임실이가 나에게 마음을 둔다 하면 그것은 마치 파수 병정이 나라의 공주에게 반하는 것이나 마찬가지인 까닭이었다. 그러나 파수 병정이 공주를 사모한 일이 만일 있었다 하면 그것이 대개는 불행으로서 끝을 마치는 것과 같이 임실이가 나를 사모한 것도 그러하였으니 그때는 그것을 깨닫지 못하였으나 그 후에 그것을 깨달았을 때 나는 가슴이 몹시 아픔을 깨닫지 아니치 못하였다.

7

병이 나아서 다시 학교를 다닌 지 한 달 남짓한 때 나는 그 집을 들렀다가 그 집에서 마누라쟁이가 소리를 질러 떠드는 소리를 들었다.

"이 정츨 가스내야 죽어도 대답을 못하겠는가."

하며 임실이를 두들겨 주는 꼴을 보았다. 계집애는 죽어도 못하겠소 하는 듯이 입을 다물고 돌아앉아서 눈물만 흘리고 느껴 가면서 울 뿐이다.

"말해라, 그래도 못하겠는 게로?"

하고 그의 손에 든 방치가 임실의 등줄대를 내려 갈겼다.

임실이는 그대로 엎드러져서 등만 비비며 말이 없다.

어미는 죽어라 하고 두어 번 짓이기더니 나를 보고 물러섰다.

그 까닭은 이러한 것이었다. 임실이를 어떠한 촌에 사는 늙수그레한 농부가 후실로 달라고 하는데 그 농부인 즉 돈도 있고 땅도 많고 소도 많아 살기가 넉넉하나 상처를 하여 다시 장가를 들 터인데 만일 딸을 주면 닷말지기 땅에 소 두 마리를 주겠다는 말이 있음이다. 그러나 임실이는 죽어도 가기 싫다 하니까 그렇게 수가 나는 것을 박차 버리는 것이 분하고 절통한 일이 되어서 지금 경찰이 고문이나 하는 듯이 딸에게 대답을 받으려 함이었다.

나도 그 말을 듣고는 임실이를 철없는 계집애라 하였다. 그렇게 하면은 부모에게도 좋은 일이요 자기 신상에도 괜찮은 것이라 하였다.

나도 어미 편을 들었다. 그랬더니 어미는 더욱 펄펄 뛰면서, 자 도련님 말씀을 들어보라고 야단이다.

그러나 지금 생각하니 그 무심히 한 말이 그 계집애에게 치명상을 줄 줄을 누가 알았으랴. 지금도 생각만 하면 모골이 송연하다.

8

그 후에는 임실이가 몸이 아파서 누웠단 말이 들렸다. 나는 여러 가지로 생각을 하여 즉 말하자면 주인된 도리로나 날마다 지나다니며 폐를 끼치는 것으로나 또는 내가 앓을 적에 제가 해 주던 공으로나 약 한 첩 아니 지어다 줄 수 없어서 그 병을 물어 보았으나 다만 몸살이라고 할 뿐이므로 무슨 병인지 몰라서 그것도 하지 못하였다.

그 후 한 보름은 무심히 지나갔다. 임실이 병이 어찌 되었느냐고 물어 보지도 않았다.

그렇게 무심히 지내던 어떠한 날 저녁에 나는 어머니와 단 둘이 방에서 잠을 자고 있었다. 날이 몹시 침울하고 날이 흐려서 안개가 자욱이 낀 밤이었다. 척척한 기운이 삼투를 하여 방안으로 스며들었다.

나는 잠이 들어다가 깨었다. 깨기는 깨었으나 분명히 깨지도 못하였다. 눈에는 방안에 있는 것이 분명히 보이나 정신은 잠 속에 잠겨 있었다. 시계 소리가 들렸으나 그것이 생시에 듣는 것 같기도 하고 꿈속에 듣는 것 같기도 하였다. 누구든지 가위를 눌릴 때 당하는 것 같이 몸은 깨려 하고 정신은 깨지 않는 것과 같았다. 띵한 기운이 머릿속에 가득 차고 온몸이 녹는 듯이 혼몽하였다.

그러자 누구인지 문을 열었다. 석유불을 켜놓은 등잔불이 더욱 밝아지더니 눈이 부신 햇빛같이 환하여졌다. 나는 이상하지도 않고 무섭지도 않았다. 생시나 같이 예사로왔다.

문이 열리더니 들어오는 사람이 있었다. 그것은 분명히 임실이었다. 그는 하얗게 소복을 입었었다. 그의 손에는 이상한 꽃가지를 들었었다. 문을 닫더니 내 앞에 와서 섰다. 그는 울음을 참는 사람처럼 처참하게 입을 다물었다. 그는 누구와 이별하는 것 같이 몹시 슬픈 낯으로 나를 보았다. 그의 옷 빛은 똑똑하고 선명하게 내 눈에 비추었다.

그는 한참이나 나를 보고 있더니 눈에서 구슬 같은 물을 흘리더니 나의 가슴에 엎드려 울었다. 생시나 꼭 마찬가지 목소리로 나를 향하여,

"저는 지금 당신을 이별하고 영원히 갑니다. 생시에는 감히 말씀을 못하였으나 지금 마지막 당신을 떠나갈 때 제가 얼마나 당신을 사모하였는지 알 수가 없던 그 간곤한 정이나 알려드릴까 하여 가는 길에 들렀사오니 영영 가는 혼이나마 마지막으로 저를 한 번 안아 주세요."

하고 가슴에 안겼다. 나는 벌떡 일어나며 임실이를 물리치며,

"버릇없는 가시네년 누구에게 네가 감히 이따위 버르장을 하니."

하고 꾸짖었다. 그랬더니 임실이는 돌아서서 원망스럽게 나를 흘겨보면서 그러면 이것이 마지막이니 안녕이나 계시라고 어디로인지 사라졌습니다.

나는 그 사라지는 것이 연기와 같이 허무한 것을 보고 공연히 섭섭한 생각이 나고 가슴속이 메이는 듯하여 그렇게 준절히 꾸짖은 나로서 다시,

"임실아! 임실아!"

하고 부르면서 따라 나가려 하였다. 그러나 정녕코 생시요 모든 것이 분명하고 똑똑한데 다리를 떼어 놓라면 다리가 떼어지지 않고 무엇이 꽉 붙잡는 것 같으며 입을 벌리려면 혀가 굳어서 말이 나오지를 아니하여 무한히 고생을 하고 애를 쓰려 하였으나 마음대로 되지를 않았다. 그러자 누구인지 내 몸을 흔드는 듯해서 눈을 떠보니까 나는 자리 속에 누웠고 옆에 어머니가 일어나 앉으셔서,

"왜 그러는?"

하고 물어 보신다. 여러 가지를 종합해 보아서 내가 꿈을 꾸었던 것이다.

꿈은 꿈이나 그것이 너무 역력한 까닭에 어머니께 그런 말씀도 하지

못하고 이상하다 하는 생각으로 그날 밤을 지내었다.

9

　그 이튿날 아침에 학교를 갈 적에는 만사를 제쳐놓고 그 집부터 들렀다. 들르기도 전에 멀리서 나는 가슴이 서운하여지지 않을 수가 없었다.

　"먹을 것도 못 먹고 입을 것도 못 입고… 임실이가 죽단 말이 웬 말이냐. 어미 애비 내버리고 네 혼자 어데메로 간단 말고, 애고 애고 임실아…."

하며 어미의 우는 소리가 적적한 마을 고요한 공기를 울리고 내 귀에 들려 왔다. 공중에서 날아왔다. 날아가는 제비 새끼라든지 다 익은 낟알이 바람에 불리어 이리 물결치고 저리 물결치는 것이든지 그 울음소리에 섞이어 몹시 애처로운 정서를 멀리멀리 퍼뜨리는 것 같다.

　나는 그 집에 들어가기 전에 벌써 직감적으로 무슨 일이 생긴 것을 알게 되었다. 더구나 시집도 가지 않은 처녀가 원한 품고 죽었구나! 하는 생각을 함에 무서운 생각도 나고 으스스한 느낌이 생겼다.

　어미는 머리를 쥐어뜯어가며,

　"임실아! 가려거든 같이 가지 너 혼자 간단 말고."

하며 통곡을 한다. 마름은 옆에 앉아 눈물을 씻고 있다. 농후한 애수가 그 집을 싸고돈다.

　마누라는 나를 보더니,

　"도령님, 임실이가 죽었소."

하며 푸념 겸 하소연을 한다. 아랫방 임실의 누운 방문은 꼭 닫혀 있고 그 앞에는 임실이가 신던 신짝이 나란히 놓여 있다.

나는 이것이 정말이라 하면 너무 내 꿈이 지나치게 참말이요 거짓말이라 하면 이렇게 애통한 광경을 믿지 않아야 할 것이다. 꿈이 이렇게 사실과 결합되는 일이 세상에 어디 있으랴?

"몇 시쯤 하여 그랬는고?"

나는 생각이 있어서 시간을 물어 보았다. 마름은 눈을 꿈벅꿈벅하고 먼 산을 바라보고 꺼질 듯한 한숨을 내쉬더니,

"오경은 되었을 게로."

하며 대답을 하였다. 나는 눈을 더 한 번 크게 뜨지 않을 수가 없었다. 그러면 분명히 임실의 혼이 임실의 몸에서 떠날 때 나에게 즉시 다녀간 것이 틀림없었다.

10

나는 그날 학교를 고만두었다. 집에 돌아와서 몸이 아프다는 핑계를 하고 종일 드러누워 생각함에 실없이 임실이 생각이 나서 못 견뎠다. 나에게 그렇게 구소에 사무친 원한을 품고 세상을 떠난 것을 생각함에 내 사지 마디가 저린 것 같았다. 불쌍함과 측은한 생각이 나고 또는 적지 않은 미신적 관념이 공연히 나를 두려웁게 하였다.

그리고 일상 나에게 하던 것이라든지 내가 아플 때 나에게 하여 준 것이라든지 또는 시집가기 싫어하던 것이든지 병들었던 것을 생각하고 임실의 마음을 추측함에 임실이는 속으로 몹시 나를 사모하였던 것이 틀림없었다. 그러나 나는 상전이요 자기는 부리는 사람의 딸이었다. 고귀

한 집 도령님을 사모한다고 말로는 차마 하지 못하였으나 그는 속으로 혼자 가슴을 태웠던 것이다. 골수에 사무치도록 나를 생각하였던 것이다. 입이 있고 말을 하나 차마 가슴속에 든 것을 내놓지 못하였던 것이다.

그 모든 것을 생각할 때 나는 죽어간 임실을 몹시 동정하게 되었었다. 다시 한 번 만날 수가 있어 그의 진정을 들었으면 좋을 걸 하는 생각까지 나고 나중에는 제가 생시에 그런 말을 하였다면 들어 주기라도 하였을 걸 하는 마음까지 났다. 말하자면 나는 임실이가 죽어간 뒤에 분한 마음이 변하여 사랑하는 마음이 되었다는 것이다.

그날 저녁에 나는 잠을 자려 하나 잘 수가 없었다. 어머니는 무슨 영문도 모르시고 가지각색 약을 갖다가 나를 권하셨다. 그러시면서 내가 어제 저녁에 꿈에 가위를 눌리더니 몸에 병이 생기었다 하시면서 매우 걱정을 하시었다. 그런데 나는 오늘 아침 임실이가 죽었다는 말을 하지 못하였다. 만일 그 집에 들렀다는 말을 하면 처녀 죽은 귀신이 씌었다고 당장에 집안이 뒤집힐 터인 까닭이다.

나는 온종일 임실이 생각만 하다가 자리 속에 누웠다. 때는 자정이 될락 말락 하였었다. 어머니는 내가 잠들기를 기다리시느라고 옆에서 바느질을 하시고 계셨다. 사면은 고요하였다. 멀리서 닭 우는 소리가 들리었다. 나는 눈이 또렷또렷 잠 한잠 자지 못하고 누워 있었다. 그런데 누구인지 문간에서 문을 두드렸다. 어머님도 바느질을 하시던 것을 그치시고 귀를 기울이셨다. 나도 고개를 돌렸다.

"도련님!"

분명히 임실의 소리다. 어머니와 나는 서로 쳐다보았다. 서로 의아한 것을 깨치기 위함이다. 어머니 한 사람이나 나 한 사람만 듣는 것이 아니라 서로 다 듣는다는 것을 알 때 나는 온몸이 으쓱하였다.

"도련님!"

목소리가 더 똑똑하고 날카로왔다. 나는 무의식하게 벌떡 일어나며 대답을 하려 하였다. 그러나 어머니는 얼핏 나에게로 달려드시며 쉬-입을 막으라고 손짓을 하셨다.

"도련님!"

세 번째 소리가 날 때 나는 아무 말이 없었다. 그때 나는 등에서 땀이 나도록 무서운 생각이 나서 얼른 자리 속으로 들어왔다.

어머니는 그게 누구 소리냐고 날더러 물어보셨다. 나는 어제 저녁 꿈 이야기로부터 오늘 이야기를 아니 할 수가 없었다. 내일이면 온 동리가 다 알 것을 속인들 소용이 없음이었다. 나는 그 이야기를 모조리 하였다. 그랬더니 어머니는 나를 책망을 하셨다. 그렇게 생명에까지 관계되는 것을 이야기하지 않으니 어찌 자식이며 어미냐고 우시기까지 하셨다. 나는 참으로 말 안한 것을 후회하였다. 그것은 귀신이 다녀간 것이라 하셨다. 세 번 부르기 전에 만일 대답을 하였다면 내가 죽을 것을 요행히 괜찮았다고 하셨다.

그날 저녁은 무사히 넘어갔다. 그 이튿날 어머니는 무당을 불러 오셨다. 무당이 내 말을 듣더니 처녀 죽은 귀신이 되어서 그렇다고 그 귀신을 모셔다가 아무 이러이러한 나무 위에 모셔 놓고 일 년에 한 번씩 제사를 지내주라 하였다. 어머니는 그렇게 하기로 결정을 하셨다. 그 이튿날 임실이를 공동묘지에 갖다가 묻었다. 나는 서운한 생각으로 그날을 지냈다. 더구나 이 사람으로서는 믿을 수 없는 일을 자기가 직접 당하고 보니 이상하게 마음이 편치 못하였다. 더구나 처녀 귀신이 자기를 찾아다니는 것을 생각하고 여러 가지 미신을 종합해 생각할 때 적지 아니 불안하였다.

그날 밤에도 임실이가 꿈에 보였다. 이번에는 아주 다른 세상으로 가서 모든 세상의 더러운 것을 깨끗이 씻어 버리고 선녀처럼 어여쁜 얼굴

과 고운 단장을 하고 찾아왔다. 나는 그의 손을 잡고 퍽 반가움을 금치
못하여 이번에는 내가 임실이를 생각하는 것이 분수에 과한 것 같이 임
실이는 숭고하여졌었다. 나는 꿈속에서 임실이를 사모한다 하였다.

그러나 임실이는 조금 비웃는 듯이 나를 보더니 만일 당신이 나를 사
모하거든 지금이라도 같이 가자고 하였다. 그러면서 손을 잡아끌었다.
어제 저녁 찾아갔을 때 왜 대답도 아니 하였느냐 하며, 자 어서 가자고
손을 끌었다. 그때 잠깐 나는 꿈속에서나마 생시의 먹었던 정신이 들었
던 모양이다. 임실이가 참 정말 임실이가 아니요 귀신 임실이라는 생각
이 들더니 만일 임실이를 따라가면 자기도 죽는다는 생각이 나서 손을
뿌리치는 바람에 잠이 깨었다.

잠은 깨었으나 눈앞에 보던 기억이 역력하다.

가기 싫다고 손을 뿌리쳤으나 임실이 모양이 얼마나 숭고하고 어여뻤
는지 옆집 계집애가 노랑수건을 던져 주던 따위로는 비길 수 없이 나의
정열을 일으켰다.

일이 허황된 일이라면서도 꿈에 보던 임실이를 잊을 수 없다. 어떠한
경우에 사람이 추상적 환상에 반하는 일이 있는 것이나 마찬가지로 나
는 꿈속에 임실이 혼에게 반하였던 모양이다. 나는 잊으려 하나 잊을 수
가 없었다. 속으로 자기를 비웃으면서 가슴속은 무엇에 취한 것 같았다.

어머니는 이 말을 들으시더니 더욱 근심을 하시면서 얼핏 장가를 들여
야겠다 하셨다. 그리고 유명한 무당과 판수에게는 날마다 다니시다시피
하셨다.

그 이튿날 또 그 이튿날 꿈에는 임실이가 보이지 않았다. 꿈속에서 다
시 한 번이라도 만나 보았으면 할 때는 정작 오지를 않았다.

꿈을 꾸어서 만나보고 싶은 생각이 처음 날 그 이튿날까지는 그리 대
단치 않더니 날이 지날수록 심해져서 어떻게 꿈속에서 한 번 만나 보나

하는 생각이 간절하여졌다. 그래서 하루 종일 임실이 생각만 하면 혹시 꿈속에서 만나볼 수가 있을까 하여 일부러 그 생각만 하였었으나 허사였다.

그 후부터 날마다 학교는 가지마는 그 집에는 자주 들르지를 않았다. 첫째 나 때문에 자기 딸이 죽었다는 칭원을 할까 겁나는 까닭이요, 둘째로는 그 죽은 방이 보기 싫은 까닭이었다.

그러나 아무리 하여도 잊혀지지를 않음으로 이번에는 잊어 보려고 애를 썼다. 어떤 때는 혼자 눈을 딱 감아 보기도 하고 어떤 때는 혼자 고개를 흔들어 눈앞에 보이는 것을 깨뜨려 보려 하였으나 더욱 분명히 보일 뿐이다. 그래서 이것도 귀신이 나의 마음을 이렇게 만들어 놓은 것이라고 해서 몹시 괴로웠다.

11

하루는 토요일이다. 임실을 잊어버리려 하나 잊어버릴 수 없는 생각이 나를 공동묘지까지 끌어갔다. 풀이 우거져서 상긋한 냄새가 온 우주의 생명의 냄새를 나의 콧구멍으로 전하여 주는 듯하였다. 익어가는 나락들은 무거운 생명의 알갱이를 안은 채 고개를 숙이고 있다. 널따란 벌판에는 생명의 기운이 넘쳐흐른다. 땅에서 솟아오르는 흙의 냄새가 새로이 나의 전신을 씻어 주는 듯하였다. 먼 산에서 바람에 흔들리는 소나무들은 꿈틀꿈틀한 줄기와 뻣뻣한 가지로 힘 있게 흩날린다. 맑게 개인 하늘에는 긴장한 푸른빛이 이쪽에서 저쪽까지 한 귀퉁이 남겨 놓은 것 없이 가득이 찼다. 길가는 행인들까지 걷어 올린 두 다리에 시뻘건 근육이 힘 있게 꿈틀거린다. 들로 나가는 황소 목에 달린 종소리까지 쨍쨍한 음향으로 공기를 울린다.

공동묘지는 우리 동리에서 북쪽으로 십오 리나 되는 산등성이에 있었다. 내가 묘지에 가는 것은 임실의 실체를 만나 보려 하는 것도 아니요 꿈속같이 임실의 혼을 만나려는 것도 아니다. 임실이가 나를 그렇게까지 사모하다가 말 한마디 하지 못하고 그대로 원혼이 되어갔으며 또는 그 원혼이 그래도 나를 못 잊고 꿈속에까지 나를 못 잊어 내 눈에 보이며 또 그 원혼이 밤중에 나를 찾아 왔다 하면 그 간곡한 마음을 다만 얼마라도 위로하는 것이 나의 의리 있는 짓이라고 하는 생각까지 난 까닭이었다. 그러면 사람이라는 것은 이상한 것이 되어 어떠한 물건에 의지하지 아니하면 그 마음이라든지 그 정성을 다 하지 못하는 것이므로 부처를 생각함에 흙으로 빚어 만든 불상이거나 예수를 경배함에 쇠로 만든 십자가가 아니면 그 마음을 한 곳에 부치지 못하는 것과 같이 내가 임실이를 생각함에 그의 몸을 묻어 놓은 흙덩이 무덤이 아니면 나의 마음을 부쳐 보낼 수 없음이었다.

나는 이 무덤 저 무덤을 찾아서 임실의 무덤 앞에 섰다. 무덤이 무슨 말이 있으랴마는 나의 심정은 무엇으로 채우는 듯이 어색하여졌다. 죽은 사람의 무덤 위에는 새로 생명으로 솟아오르는 풀들이 파릇파릇 났다. 나는 세상에 가장 애처로운 정서로 얽어 놓은 이 무덤 속에 잠들어 있는 임실이를 위하여 무엇이라고 하여야 좋을지 아지 못하였다. 처녀로서 순결한 마음으로 일평생 한번밖에 그의 정을 주어 보지 못한 임실의 깨끗한 몸이 여기에 놓여 있고 그 순질한 심정에서 곱게 피어오른 사랑의 꽃이 저 심산 속에 피었다 사라진 이름 모를 꽃 같은 것을 생각할 때 나의 마음은 숭고하고 결백함으로 찼었다. 그러나 한 번밖에 피지 못하는 꽃이 나로 말미암아 피었고 그것이 나로 인하여 꺼져 버린 것을 생각할 때 말할 수 없이 아까왔다. 더구나 그 꽃은 꺼졌으나 그 나머지 향기가 그렇게 쉽게 사라지지 않고 피었던 자리 언저리에 남아 있어 없어지기를 아끼어 하는 것을 생각할 때 얼마나 나의 마음이 에이는 듯하였는지 몰랐다.

나는 무덤 가장자리를 돌아다녀 보았다. 그의 무덤은 보잘 것이 없었다. 그의 무덤에는 찾아오는 이도 없었다. 그의 죽어간 뒤에는 그를 위하여 가슴을 태우는 이라고는 그의 어머니와 아버지가 있을 뿐이다. 그러나 죽어간 임실이가 그렇게까지 사모하던 내가 이 자리에 왔는 것을 아는지 모르는지 만일 참으로 넋이 있어 안다 하면 그가 그것을 만족히 여길는지 아닐는지? 나의 마음속에는 말할 수 없는 안타까움이 있을 뿐이었다.

나는 옆에 피어 있는 석죽石竹꽃을 따서 그것으로 화환을 만들어 무덤 앞에 놓아 주고 집으로 돌아왔다. 그 후에는 전과 다름없는 생활을 하여 왔다. 그리고 임실이도 꿈에 오지 아니하고 나도 임실의 생각을 잊어버리었다.

그러자 일 년이 지나간 어떤 날 또다시 임실이가 왔었다. 그것은 바로 임실이가 죽은 지 일 년이 되던 날이다. 그 후에는 연연히 그날이면 임실이가 보이더니 내가 서울 와서 공부하던 해 부터는 그날이 되어도 오지 않았다. 지금은 아주 남의 이야기가 되어 버린 것 같이 잊어버리었으나 문득문득 그때 생각이 나면 그때 문간에서 나를 부르던 소리가 귀에 역력하여 온 몸이 으쓱하여진다.

행랑 자식

나도향 소설 9선

1

어떠한 날, 춥고 바람 많이 불던 겨울밤이었다. 박교장의 집 행랑[1]에서 글 읽는 소리가 나더니 꺼져 가는 촛불처럼 차츰차츰 소리가 가늘어 간다. 그러다가는 다시 옆에서 어린애 입에 젖꼭지를 물리고서 졸음 섞어 꽥 지르는 소리로,

"어서 읽어!"

하는 어머니 소리에 다시 글소리는 굵어진다.

나이는 열두 살. 보통학교 사년 급에 다니는 진태鎭泰라는 아이니 그 박교장의 집 행랑아범의 아들이다.

왱왱 외우던 글소리는 단 이 분이 못 되어 다시 사라졌다. 그리고는 동리집 시계가 열한 시를 치는 소리가 들리더니 사면은 고요하였다.

2

이튿날 날이 밝은 뒤에 보니까 온 마당, 지붕, 나뭇가지에 눈이 함박같이 쏟아졌다. 그런데 아직까지도 눈이 다 끝나지 않고 보슬보슬 싸래기눈이 내려온다.

진태는 문 뒤에 세워 놓았던 모지랑비를 들고 나섰다. 처음에는 새로 빨아 펼쳐 놓은 하얀요 위에 뒹구는 것처럼 몸 가볍고 마음 상쾌한 기분으로 빗자루를 들었으며 모지랑비[2]와 약한 자기 팔로써 능히 그 많은

---

1) 행랑: 예전에, 대문 안에 죽 벌여서 지어 주로 하인이 거처하던 방.

눈을 쳐버릴 줄 알았으나 두어 삼태기3)를 가까스로 퍼버리고 나니까 팔이 떨어지는 것 같고 허리가 부러지는 듯하였다. 그러나 아니 칠 수는 없었다. 날마다 아침에 일어나서 마당을 쓰는 것이 자기의 직분이다.

어머니는 안으로 밥을 지으러 들어가고 아버지는 병문으로 인력거를 끌러 나갔다.

한두 삼태기를 개천에 부은 후에 다시 세 삼태기를 들고서 낑낑하면서 개천으로 간다. 두 손끝은 눈에 녹아서 닭 튀해 뜯을 때 발 허물 벗겨 내듯 빠지는 듯하고 발끝은 저려서 토막을 내는 듯하다.

그는 발을 억지로 옮겨 놓았다. 눈 든 삼태기가 자기를 끌고 가는 듯하다. 그렇게 그가 길 중턱까지 갔을 때 그의 팔의 힘은 차차 없어지고 다리에 맥이 횃 풀리었다. 그래서 그는 손에 들었던 눈 삼태기를 탁 놓치었다. 그러자 누구인지,

"이걸 좀 봐라."

하는 어른의 호령 소리가 바로 자기 머리 위에서 들리자 고개를 쳐들고 보니까 교장어른이 아침 일찍이 어디를 다녀오시다가 발등에다가 눈을 하나 잔뜩 덮어쓰시고 역정나신 얼굴로 자기를 내려다보고 계시다. 진태는 그만 얼굴이 홧홧하여졌다. 그리고 아무 말도 못 하고 그대로 멀거니 서 있었다. 그는 무엇으로 그 미안한 것을 풀어야 좋을지 알지 못하였다. 그러다가 하얀 새 버선에 검은 흙이 섞인 눈이 묻어 있는 것을 보고서 자기의 손으로 그것을 털어 드리면 얼마간 자기의 죄가 용서되리라 하고서 허리를 구부려 두 손으로 그 버선등을 털어 드리려 하였다. 그러나 교장은 한 발을 탁 구르시더니,

---

2) 모지랑비: 끝이 다 닳아서 무디어진 비.
3) 심태기: 쓰레기 · 거름 · 흙 · 곡식 등을 담아 나르는 용구.

"고만두어라. 더 더럽는다."

하시고서,

"엥!"

하시며 안으로 들어가시었다. 진태는 무참하였다. 손에는 어제 저녁에 습자 쓰다가 묻은 먹이 꺼멓게 묻어 있다. 털어 드리면은 잘못을 용서하실 줄 알았더니 더 더러워진다 핀잔을 주시고 역정을 더 내시는 것 같다. 그래서 그는 어떻게 해야 좋을지 알지 못하여 그대로 멀거니 서 있었다. 무참을 당하여 얼굴도 홧홧하고 두 손에서는 불이 난다.

그래서 그는 안으로 들어가지 못하고 행랑 자기 방으로 들어가다가 안마루 끝에서 주인마님이,

"아 그 애 녀석도, 눈이 없는가? 왜 앞을 보지 못해?"

하는 소리를 듣고서는 쥐구멍으로라도 들어가 버리고 싶도록 온몸이 옴츠러졌다. 그리고는 자기 뒤로 따라 나오며 주먹을 들고서 때리려 덤비는 자기 어머니가,

"이 망할 녀석, 눈깔을 얻다 팔아먹고 다니느냐?"

하고 덤비는듯하여 질겁을 하여 방 안으로 들어갔다.

아니나 다를까, 조금 있더니 보기 싫은 젖퉁이를 털럭털럭하면서 어머니가 쫓아 나왔다.

"이 망할 녀석, 눈깔이 없니? 나리마냄 새 버선에다가 그것이 무엇이냐? 왜 그렇게 질뚱발4)이냐, 사람의 자식이."

어머니는 그래도 말이 적었다. 그리고는 그내 다시 안으로 들어갔다.

진태는 간이 콩알만 하게 무서운 것은 둘째 처놓고, 웬일인지 분한 생

---

4) **질뚱발**: 질뚱바리. 행동이 느리고 소견이 꼭 막힌 사람을 낮잡아 이르는 말.

각이 난다. 아무리 생각을 하여도 자기 잘못 같지는 않다. 자기가 눈 삼 태기를 들고 가는데 교장어른이 딴생각을 하면서 오시다가 닥뜨린 것이 지 자기가 한눈을 팔다가 그리한 것은 아니다.

그래서 웬일인지 호소할 곳이 없어 그는 그대로 방바닥에 엎드러졌다. 그리고는 고개를 두 팔로 얼싸안고 자꾸자꾸 울었다. 그는 눈물이 방바 닥에 떨어지는 것을 알았다. 삿자리 깐 그 밑으로 흙내가 올라오는 것을 맡았다. 그리고는 어머니도 걱정을 하고 아버지도 걱정을 할 터요 더구 나 아버지가 이것을 알면은 돌짝 같은 손에 얻어맞을 것을 생각하매 몸 서리가 난다. 그는 신세 한탄할 문자를 모르고 말도 모른다. 어떻든 억 울하고 분하였다. 그렇다고 어디 가서 호소할 데도 없었고 분풀이할 곳 도 없었다.

그는 방바닥에 한참 엎드려서 느껴 가면서 울고 있을 때 방문이 펄석 열리었다. 그는 깜짝 놀랐으나 돌아다보지도 않았다. 그의 생각에는 그 문 여는 사람이 어머니려니 하였다. 그래서 약한 마음에 이렇게 우는 것 을 보면은 어머니는 나를 위로하여 주려니 하였다. 그래서 어머니가 일 어나라고 하기만 기다렸다.

그러나 한참 아무 소리가 없더니,

"애!"

하고 험상스러웁게 부르는 사람은 자기 아버지다. 그는 위로를 받기커 녕 벼락이 내릴 것을 그 찰나에 예감하였다. 그는 눈물이 쏙 들어가고 온 몸이 선뜩하였다.

이번에는 꽥 지르는 소리로,

"애, 일어나거라, 이것아."

하는 아버지의 성난 얼굴이 엎드린 속으로 보인다. 그는 그러나 벌떡 일 어나지는 못하였다. 자기 눈 가장자리에는 눈물이 묻었다. 그 눈물을 보면은 반드시 그 우는 곡절을 물을 터이다. 그 대답을 하면은 결국은 벼락이 내릴 터이다. 그래서 일어나지도 못하고 그대로 있지도 못하고 그의 가슴은 초조하였다.

두 발이 성큼 방 안으로 들어오는 듯하더니 무쇠 갈구리 같은 손이 자기 저고리 동정을 꿰들어 번쩍 쳐들었다. 그는 쇠관에 매달린 쇠고기 모양으로 반짝 들리었다.

"울기는 왜 우니?"

하는 그의 아버지도 자식 우는 것을 볼 때 어떻든 그 눈물을 동정하는 자정慈情이 일어나는지 목소리가 조금 낮아지며 또는 웃음이 섞이었으니 그것은 그 눈물 나는 마음을 위로하려는 본능이다.

"왜 울어?"

대답이 없다.

"글쎄, 왜 우니?"

가슴이 타나 대답할 수는 없었다.

"엄마가 때려 주든?"

진태는 고개를 내흔들며 느껴 울었다.

"그러면 왜 우니? 꾸지람을 들었니?"

"아… 뇨."

진태는 다시 고개도 흔들지 않았다.

"그럼 왜 울어. 말을 해."

아버지는 화가 나는 것을 참았다. 그리고는,

"이 자식아! 말을 해라. 왜 벙어리가 되었니? 말이 없게!"

하고서는 무슨 생각을 하였는지 여러 번 타일러 보다가,

"웬일야!"

하고 혼자 말을 하더니 바깥으로 나아간다. 그것은 근자에 볼 수 없는 늘

어진 성미였다. 아마 어멈에게 물어 볼 작정이었던 것이다.

아범은 문 밖으로 나갔다. 그러더니 다시 들어오며,

"삼태기 어쨌니? 응, 삼태기?"

하며 안팎으로 들락날락하는 서슬에 안 부엌에서 어멈이 설거지를 하면서,

"왜 아까 진태가 마당을 쓴다고 가지고 나갔는데." 하고,

"걔더러 물어 보구려."

한다. 아범은 화가 나는 듯이,

"그런데 죽죽 울고 있으니 무엇이라고 그랬나?"

하며 어멈을 본다.

그러자 안마루에서 마님이 무엇을 보다가 운다는 소리를 듣더니 미안한 생각이 났던지,

"아까 눈인가 무엇인가 친다고 나리마님 발등에다가 눈을 쏟아 뜨렸다네. 그래서 어멈이 말마디나 한 것인 게지."

아범의 눈은 실룩해졌다. 그리고는 잡아먹을 짐승에게 덤비려는 호랑이 모양으로 고개가 쑥 내밀리더니 어깨가 으쓱 올라간다. 그리고는 아무 말 없이 바깥 행랑으로 나간다.

바깥으로 나온 아범은 다짜고짜로 방문을 열어 젖뜨렸다. 그의 생각에는 주인나리의 발등에 눈 엎은 것은 외려 둘째이다. 삼태기 하나 잃어버린 것이 자기 자식을 쳐 죽이고 싶도록 아깝고 분하고 망할 자식이다.

"이 녀석."

자기 아들을 움켜잡았다.

"이리 나오너라."

진태는 두 손 두 다리를 가슴에다 모으고서 발발 떨면서 자기 아버지만 쳐다본다.

"이 망할 자식, 울기는 애비를 잡아먹었니, 에미를 잡아먹었니? 식전

아침부터 홀짝홀짝 울게."

하더니 돌덩이 같은 주먹이 그의 등줄기를 보기 좋게 울리었다.

　"에그 아버지, 에그 아버지."

하며 볶아치는 소리가 줄을 대어 나왔으나 그 뒷말은 없었다. 매를 맞는 진태도 잘못 했습니다를 조건 없이 할 수는 없었다.

　"무어야 아버지! 이 녀석, 이 망할 자식."

하고서는 사정없이 들이 팬다.

　울고, 호령하는 소리가 야단스럽게 나니까 어멈이 안에서 뛰어나오며,

　"인제 고만두, 고만둬요. 요란스럽소."

하고 만류를 하나,

　"이게 왜 이래. 가만있어. 저리 가요."

하고 팔꿈치로 뿌리치고는,

　"이놈아, 그래 눈깔이 없어서 나리마님 버선에다가 눈을 들이 부어놓고, 또 무엇에 마음이 팔려서 삼태기를 밖에다가 놓아 두어 잃어버리게 했니? 응, 이 집안 망할 자식!"

　아범의 손이 자기 아들의 볼기짝, 등어리, 넓적다리 할 것 없이 사정없이 때릴 때마다 어린 살에는 푸르게 멍이 들고 피가 맺힌다.

　그러할 때마다 아범의 목소리는 더한층 높아지고 떨리고 슬픔과 호소가 엉키었다. 그는 자기 아들을 때릴 때마다 눈앞에서 자기 손에 매달려 애걸하는 자기 아들이 보이지 않고 안방 아랫목에 앉아 있는 주인나리가 보인다. 그리고는 자기 아들을 때리는 것 같지 않고 자기 주인나리를 욕하고 원망하고, 주먹질하고 싶었다.

　"인제 고만 좀 두."

하는 어멈은 자식을 가로챘다. 그래 가지고는 다시 자기 아들을 껴안았다.

3

그날 해가 세시나 넘어 네 시가 되었다. 진태는 학교에 다녀왔다. 앞대문을 들어오려다가 보니까 새로이 삼태기 하나를 사다 놓았다. 싸리나무로 얽은 누렇고 붉은 삼태기를 볼 때 그의 매 맞은 자리가 다시 아프고 얼얼하다.

툇마루에 걸터앉으니까 어머니는 상에다 밥을 차려 가지고 방으로 들어오라고 부른다. 방안에는 모닥불이 재만 남았는데 인두 하나가 꽂히어 있고, 또는 다 삭은 화젓가락과 부삽 하나가 꽂혀 있다.

어머니는 누더기 천에다가 작년에 낳은 어린애를 안고서 젖을 먹인다. 어린애는 젖꼭지를 물고서 입을 오물오물하면서 한 손으로 다른 쪽 젖꼭지를 만진다.

진태는 그 동생을 볼 때 말없이 귀여웠다. 그래서 손가락으로 볼따구니도 건드려 보고, 엇구 엇구 헛바닥소리를 내어서 얼러 보기도 하였다.

어린애는 벙싯 웃었다. 그리고는 젖꼭지를 쑥 빼고서 진태를 돌아다보았다.

어머니는 침착한 얼굴로 어린애의 손가락만 만지고 있더니,

"옜다."

하고 어린애를 내밀면서,

"좀 업어 주어라."

하고서 어린애를 곤두세운다. 그러자 진태는,

"밥도 안 먹고!"

하고 밥을 얼른 먹고서 어린애를 업었다. 그러나 진태의 집에는 아직 밥을 짓지 않았다. 어머니는 안에 들어가 밥을 지으려 하기는 해도 우리 먹을 밥은 지으려 하지 않는다.

진태는 어머니가 안으로 들어간 후 어린애를 업고서 방 안으로 왔다 갔다 하면서 밥을 짓지 않으니 아마 쌀이 없나 보다 하였다. 그리고는 아버지가 얼른 돌아와야 할 것이라 하였다.

진태는 뚫어진 창틈으로 바깥을 내다보면서 아버지가 혼자 인력거를 끌어서 쌀 팔 돈을 가지고 오지나 않나 하고서 고대하였다.

그래도 미심하여서 그는 쌀 넣어 두는 항아리를 들여다보았다. 들여다 보니까 겨 묻은 쌀바가지가 시꺼먼 항아리가 콱 빈 데 들어 있을 뿐이다. 진태는 힘없이 뚜껑을 덮고서 섭섭한 마음으로 방 안을 왔다 갔다 하였다. 어린애는 등에서 꼼지락꼼지락하고서 두 발을 비빈다.

'오늘도 또 밥을 하지 못하는구나.'

하고서 펄럭펄럭하는 문을 열고 쪽마루로 내려왔다.

내려와서는 냄비가 걸려 있는 아궁지 밑을 보았다. 거기에는 타다 남은 푼거리 장작이 두어 개 재속에 남아 있다.

그는 다시 장작 갖다 놓아두는 부엌 구석을 보았다. 부스러기 나무도 없다.

바람이 불어서 쓸쓸스러운 행랑의 씻은 듯한 살림살이를 훑고 지나가고 으슴츠름하게 어두워 가는 저녁 날은 저녁 못 지을 것을 생각하고 섭섭한 감정을 머금은 진태의 어린 마음을 눈물 나게 한다.

조금 있다가 어머니는 허둥지둥 나왔다. 아마 부엌에 불을 지피고 나온 모양이다. 진태의 눈에는 아궁이에서 타나오는 장작불을 한 발로 툭툭 차 넣던 어머니의 짚세기[5] 발이 보인다.

어머니는 나오면서 등에 업힌 어린애를 보더니,

"에그 추어! 저런, 무엇을 좀 씌워 주려무나." 하고서,

---

5) 짚세기: '짚신(볏짚으로 삼아 만든 신)'의 잘못.

"남바위 어쨌니? 손이 다 나왔구나."

하더니 방으로 들어가 진태가 돌에 쓰던 것이니까 십 년이나 되는 남바위를 들고 나온다. 털은 다 떨어지고, 비단은 다 삭았다.

그것을 어린애를 씌워 주고 어머니는 다시 문 밖을 내다보고 오 분이나 서 있었다. 진태는 그 서 있는 의미를 짐작하였다. 아버지 돌아오시기를 기다리는 것이라.

그러다가 어머니는 갑자기 덜미에서 누가 딱 하고 놀래는 것처럼 깜짝 놀라며 다시 안으로 들어가려고 돌아섰다. 그때 진태는,

"저녁 하지 않우."

하고서 어머니 뒤를 따라 들어갔다. 어머니는 화가 나고 초조하던 판에,

"밥도 쌀이 있고 나무가 있어야지."

하고 소리를 꽥 지른다. 진태 잔등에 업혀 있던 어린애가 깜짝 놀라며 와 운다.

진태는 어린애를 주춤주춤 추슬러 달래면서 아무 말 못 하고 섰었다.

어머니는 다시 안으로 들어갔다. 진태도 따라 들어갔다. 그리고는 부엌 앞에 앉아서 불을 넣고 앉았었다.

4

날이 어두웁고 전깃불이 켜지었으나 밥을 하지 못하였다.

그리고 아버지도 아직 돌아오지를 않는다. 진태 어머니는 상을 차려 드리고 바깥으로 나오려고 하니까, 마님이,

"어멈."

하고 부르신다.

"네."

하고서 어멈은 문을 열려다가 다시 돌아다보았다.

"오늘 저녁을 하였나?"

어멈은 조금 주저주저하다가,

"먹을 것 있어요."

하고서 부끄러운 웃음을 웃었다.

"아범 들어왔나?"

"아즉 안 들어왔에요."

"그럼 저녁도 짓지 못하였겠네그려."

어멈은 아무 말도 없었다. 마님은 벌써 알아채고서,

"그래서 되겠나? 어린것들이 치워서 견대겠나."

하고서,

"자, 이것이나."

하고서 상 끝에 먹다 남은 밥을 이 그릇에서 저 그릇으로 모두어 놓으면서,

"그놈도 들어오라구 그래. 불도 안 땐 모양이지? 추어서들 견디겠나. 어른은 괜찮겠지마는 어린애들이…." 하고서,

"어서 그놈도 들어오라고 해."

하며 어멈을 쳐다본다. 어멈은 다행히 여겨 바깥으로 나오며,

"애, 진태야!"

하며 진태를 부른다.

"왜 그러세요?"

진태는 문 밖에 섰다가 문 안으로 들어오며 묻는다.

"들어가자!"

"어디로."

"안으로 말야. 마님이 밥 먹으러 들어오라신다."

진태의 얼굴은 당장에 새빨개지더니,

"왜 아버지 들어오시거든 밥을 지어 먹지."

"어디 들어오시니."

"언제든지 들어오시겠지."

"들어가. 부르시니."

진태는,

"싫어요."

하고서 돌아섰다. 진태의 마음에는 아까 아침에 나리의 버선등을 더럽힌 것을 생각하매 다시 마님의 낯을 뵈옵기도 부끄러웁거니와 아무것도 잘못한 것이 없는데 아버지에게 매를 맞게 한 것이 분하기도 하였다. 그런데다가 안방에는 자기와 동갑 되는 교장의 딸이 자기와 같은 학교 여자부에 다니는데 그 계집애 보기에 매 맞은 것이 부끄럽다.

"얘, 나중에는 별소리를 다 듣겠네. 어서 들어가자."

어머니는 재촉을 한다.

"어서 들어가."

진태는 심술궂게,

"싫어요. 나는 밥 얻어먹으러 들어가기는 싫어요."

하고 소리를 질렀다.

"빌어먹을 녀석, 기다리셔, 안에서."

"기다리시거나 말거나 나는 안 들어가요."

어멈 마음에도 자기 아들의 말하는 것이 잘못이 아니었다. 그리고 꾸짖기는 고사하고 동정할 만한 일이었으나 그래도 당장에 배고파할 것과 또는 자기도 밥을 먹어야지만 어린애 젖을 먹일 것이다. 그래서 자기 아들의 굳은 의지를 어머니 된 위력으로 꺾지 않을 수 없었다.

"안 들어갈 터이냐?"

그 말을 하고 부지깽이를 찾는 척할 때 그는 웬일인지 하지 못할 짓을 하는 비애를 깨달았다.

"싫어요."

진태는 우는 소리로 거절하였다.

"싫으면 밥 굶을 터이냐?"

"굶어도 좋아요."

"어디 보자. 어린애나 이리 내라."

어린애를 안고서 어머니는 안으로 밥을 얻어먹으러 들어갔다. 그러나 진태는 방에 들어가 깜깜한 속에 드러누워 있었다.

그날 어째 그렇게도 섧고 분하고 쓸쓸한지 모르겠다. 어째 이런가 하는 생각이 난다. 그리고 아버지나 얼핏 들어왔으면 좋겠다 하였다.

십 분이 못 되어 어머니는 다시 나왔다.

"애."

하고 문을 열고 고개를 들이밀며,

"마냄이 들어오래 신다. 어서, 어서."

진태는 그대로 누운 채 다시 돌아누우며,

"싫어요, 안 들어가요."

"나리가 걱정하셔."

"싫어요, 글쎄."

어멈은 다시 들어갔다. 그리고 오 분이 못 되어 또 나오는 소리가 들렸다. 그러더니 이번에는 문을 열고서,

"그럼, 옜다!"

하고 무엇을 내민다.

진태는 방바닥이 차디차고 찬바람이 문틈으로 스쳐 들어오는 것을 막기 위하여 이불을 내리덮고 새우잠을 자다가 어머니 소리를 듣고서,

"무엇예요."

하다가 얼른 속소리를 잡아당겼다.

"자, 밥이다. 먹고 드러누워라. 이 치운데 저것이 무슨 청승이냐."

진태는 온 전신을 사를 듯이 부끄러운 감정이 획 흐르며,

"글쎄 싫다니까. 안 먹어요. 먹기 싫어요."

어머니는 들어왔다. 진태를 밀국수 방망이 밀듯이 흔들흔들 흔들면서 타이르고 간청하듯이,

"일어나거라, 웅! 일어나."

진태는 더욱 담벼락으로 가까이 가며,

"싫어요. 나는 배고프지 않어요."

하고서 고개를 이불로 뒤어쓰고 아무 말이 없다.

"고만두어라. 너 배고프지 나 배고프겠니?"

하고서 그대로 안으로 들어가려 할 때,

"에 추워."

하고서 들어오는 사람은 자기 아버지다. 어멈과 아범은 맞닥뜨렸다.

"이건 눈깔이 빠졌나. 엑구 시…."

하며 아범이 소리를 질렀다.

"어두워서 보이지를 않는구려."

하고서 여성답게 미안한 어조로 어멈은 말을 한다. 이 한번 닥뜨린 것이 빈손으로 들어오는 자기 남편을 몰아셀 만한 용기를 꺾어 버리었고 주머니 속이 비어 있는 아범은 또한 큰소리를 할 만한 용기를 줄게 하였다.

"어떻게 되었소?"

"무엇이 어떻게 돼? 큰일 났어, 큰일. 벌이가 있어야지. 저녁은 어떻게

했나?"

"여보, 그 정신 나간 소리는 좀 두었다 하우. 무엇으로 저녁을 해요."

아범은 아무 소리 못 하고 방 안으로 들어갔다. 진태는 일어나 앉았다. 그리고는 속으로 반갑기는 그만두고 한 가닥의 희망까지 끊어져 버리었다.

"그럼 어떻게 하나?"

아범은 불 켤 것도 생각지 않고서 한탄을 한다.

"그래 한 푼도 없소."

"아따, 이 사람! 돈 있으면 막걸리 먹었게."

막걸리라는 소리가 어멈의 성미를 거웠다.

"막걸리가 무어요? 어린 자식들은 치운 방에서 배들이 고파서 덜덜 떠는데 그래도 막걸리요. 그렇게 막걸리가 좋거든 막걸리장사 마누라나 하나 데불고 살거나 막걸리 독에 가서 거꾸로 박히구려. 그저 막걸리막 걸리 하니 언제든지 막걸리 신세를 갚고야 말 터이야. 저러다가는."

"글쎄 그만둬요. 또 여호 모양으로 톡톡거려. 엥, 집에 들어오면 어펜 네 꼴 보기 싫어서."

하고 입맛을 쩍쩍 다신다.

진태는 옆에서 그 꼴만 보다가 불을 켜고 있었다.

"그럼 저녁을 먹어야지."

하고서 아범은 꽤 시장한 모양으로 없는 궁리를 하려 하나 아무 궁리도 없다.

"이것이나 먹구려."

하고 어멈은 진태를 주려고 국에다 만 밥을 내놓으니까,

"그게 무어야."

하고 숟가락으로 두어 번 떠먹어 보더니,

"너 저녁 먹었니?"

하고서 진태를 돌아다본다. 진태는 말을 하려야 할 수도 없거니와 말하기도 전에 어멈이,

"안 먹었다우."

하고 진태를 책망도 하고 원망도 하는 듯이 흘겨보았다.

"왜?"

하고 아범은 숟가락을 든 채로 그대로 있다.

"누가 알우, 먹기 싫다는 것을."

"그럼 배고프겠구나."

하고서 밥그릇을 내놓으면서,

"좀 먹으련?"

하니까, 진태는,

"싫어요."

하고서 멀리 피해 앉는다.

"왜 그러니."

"먹을 마음이 없에요."

삼십 분쯤 지났다. 문 밖에서 어멈이,

"진태야! 진태야!"

하고 부른다. 진태는 그 부르는 어조가 너무 은밀한 듯하므로,

"네."

대답 한 번에 바깥으로 나갔다. 어머니는 대문간에 손에다가 무엇인지 가느다란 것을 쥐고 서 있다.

"저."

하고 어머니는 헝겊에 싼 그것을 풀더니,

"이것 가지고 전당국에 가서 칠십 전이나 팔십 전만 달래 가지고 싸전에 가 쌀 닷곱만 팔고, 나무 열 냥 어치만 사가지고 오너라."

한다. 진태는 얼른 알아채었다. 옳지, 은비녀로구나. 자기 집안에 값진 것이라고는 어머니 시집을 때 가지고 온 그 비녀 하나하고 굵다란 은가락지뿐이다.

진태는 그것을 받아 들었다. 그리고는 전당국을 향하여 간다. 전당국이 잡화상 옆에 있는 것이 제일 가까웁고 조금 내려가면 이발소 윗집이 전당국이다. 그러나 첫째 집은 가지를 못한다. 그것은 그 전당국 주인의 아들이 자기하고 같은 학교를 다니니까 만일 들키면 창피할 것이요, 부끄러울 것이라. 그래서 그 집을 남겨 놓고 먼 저 아래 전당국으로 가리라 하였다. 그는 팔짱을 끼고 웅숭그리고서 전당국으로 들어가려 하니까 어째 누가 손가락질을 하는 것 같고 구차함을 비웃는 듯하다. 그리고 그 전당국 주인까지도 자기의 구차한 것을 호령이나 할 듯이 싫을 것 같다.

그러나 눈 딱 감고 들어가려 하니까 문간에다가 기중忌中이라 써 붙이고 문을 닫아 버렸다.

'기중.'

사람이 죽었구나 하고서 생각하니 그 몇 분 동안에 자기 마음이 긴장되었던 것은 풀려진다.

그러면 이번에는 하는 수 없이 그 동무 아버지의 전당국으로 가야 하겠다.

한 발자국이라도 더디게 떼어 놓아 그 전당국으로 들어설 때 가슴은 거북하고 머리에는 열이 올라와서 흐리멍덩하다.

기웃이 들여다보니까 아무도 없다. 혹시 동무 학동이나 만나지 않을까 하였더니 사무 보는 어른이 한 분 앉아 있고 아무도 없어 아주 다행이다.

그는 정거장 표 파는 데처럼 철망으로 얽고 또 비둘기 창구멍처럼 뚫어 놓은 곳으로 은비녀를 디밀었다. 신문을 보던 사무 보는 어른이 한번 흘겨보더니,

"무엇이냐?"

하고서 소리를 꽥 지른다.

"이것 잡으세요?"

하는 소리는 떨리고 가늘었다. 사무 보는 이는 아무 말 없이 그것을 받아 들더니 저울에다가 달아 본다.

진태는 속마음으로 만일 저것을 잡지 않으면 어떻게 하나? 나쁜 것이라고 퇴짜를 하면은 어떻게 하나 하고 있을 때,

"얼마나 쓰련?"

하고 돈을 묻는다. 그는 겨우 안심을 하고서 돈 말하려다가 자기가 부르는 돈보다 적게 주면 어떻게 하나 하고서 도리어 그이더러,

"얼마나 나가요?"

하고 물었다. 그는 한참 있더니,

"일 원이다."

한다. 그러면 자기 어머니가 얻어 오라는 것보다는 삼사십 전이 더하다. 그는 겨우 안심을 하고서,

"칠십 전 주세요."

하였다.

"네 이름이 무엇이냐?"

전당표에 이름이 쓰이는 것은 좋지 못하나 하는 수 없이 이름을 대었다.

사무 보는 이가 전당표를 쓰는 동안에 진태는 왔다 갔다 하였다. 그리고서 남에게는 전당 잡으러 온 체하지 않으려고 사면을 둘러보며 군소리를 하였다.

진태가 바깥을 내다볼 때, 누구인지 덜미에서,

"진태냐?"

하는 어린애 소리가 들렸다. 그는 얼른 돌아다보니까 거기에는 그 집 주

인의 아들이 반가워 맞으며,

"어째 왔니?"

하며 나온다. 진태는 달아나고 싶었다. 그리고는 될 수만 있으면 돈도 그만두고 피해 가고 싶었다.

"내일 산술 숙제 했니?"

어쩌면 그렇게 다정하게 물으랴? 그러나 진태는,

"아니."

하고서 고개를 내저었다. 그의 얼굴은 진홍빛같이 붉어졌다.

"얘, 큰일 났다. 나는 조금두 할 수가 없어!"

그의 말소리는 진태의 귀에 조금도 안 들린다. 내일 숙제는 고만두고 내일 학교에 가면 반드시 여러 동무들이 흉들을 볼 터이요, 또는 놀려 대임을 당할 것이다. 그리고 그의 앞에는 커다란 수남이가 보이며 장난에 괴수요 핀잔 잘 주고 못살게 굴기 잘 하는 그 불량한 학생이 보인다.

전당표와 돈을 받아 들었다. 이제는 싸전으로 갈 차례다. 석 되나 닷 되나 한 말 쌀을 파는 것은 오히려 자랑거리지마는 닷곱은 팔기가 참으로 부끄럽다. 구차한 것이 죄악은 아니지마는 진태에게는 죄지은 것처럼 부끄럽다. 그는 싸전에 가서 종이봉지에 쌀 닷곱을 싸들었다.

첫째 싸전쟁이가, "왜 전대를 가지고 오지 않았어?"

꽥 소리를 한번 지르더니 딴사람의 쌀을 다 퍼주고야 종이봉지 하나가 아까운 듯이 가까스로 닷곱 한 되를 퍼주었다.

돈을 주고 나왔다. 쌀 든 손은 얼어서 떨어지는 듯하다. 한 손으로 귀를 녹이고 또 한 손으로는 번갈아 가며 쌀 봉지를 들었다.

이번에는 나무가게로 갈 차례다. 나무가게로 갔다. 이십 전 어치를 묶었다. 그것을 새끼에다 질빵을 지어서 둘러메고 쌀은 여전히 옆에다 끼었다. 행길로 고개를 숙이고 가다가는 어깨가 아프고 손, 발, 귀가 시려서 잠깐 쉬다가 저쪽을 보니까 자기 집 들어가는 골목을 조금 못 미쳐서 학교 선생님 한 분이 오신다.

진태는 얼핏 일어났다. 그리고 선생님이 골목까지 오시기 전에 먼저 그 골목으로 들어가야 하겠다 하였다. 그리고는 줄달음질하였다. 선생님은 아무것도 둘러메시었을 리가 없으므로 걸음이 속하시다. 자기는 힘에 닿지 않는 것을 둘러메었고 또 걸음이 더디다. 거진 선생님과 맞닥뜨리게 되었다. 그래서 앞도 보지 않고 골목으로 뛰어 들어가다가 거기서 나오는 사람과 마주쳤다.

"에쿠!"

하면서 손에 들었던 쌀이 모두 흩어지고 나무는 어깨에 멘 채 나가자빠졌다.

"이 망할 집 자식, 눈깔이 없니?"

하고 들여다보는 그이는 자기 아버지다. 진태는 그래도 뒤를 돌아다보았다. 벌써 선생님은 본체만체 지나가 버리시었다.

"이 망할 자식아, 쌀을 이렇게 흩트러서 어떻게 해?"

하며 아버지는 두 손으로 껌껌한 데서 그것을 쓸어서 바지 앞에다 담는다.

진태는 멍멍히 서 있다가 아버지에게 끄을려서 집으로 들어갔다.

집에 들어가니까 어머니가 얼마나 받았으며, 얼마나 썼으며, 얼마나 남았느냐고 묻는다.

진태는 그 소리를 듣고서 전당표를 주었다.

그리고는 자세한 이야기를 하였다.

그러나 어머니는 진태의 잘잘못이 없었다. 유일한 보물을 전당을 잡혀서 팔아 온 쌀까지 땅에다 모두 엎질러 버린 것을 생각하매 그대로 있을 수 없을 만치 아깝고 분하다. 그래서,

"이 망할 녀석, 먹으라는 밥을 먹지 않아서 밥이나 먹고 자라고 하겠더니…."

하고서 주먹을 들고 덤벼들며,

"어디 좀 맞아 보아라!"

하고서 또다시 덤벼든다. 진태는 아무것도 변명하지 않았다. 그러나 하루에 두 번씩 매를 맞게 되니까, 무엇이 원망스럽고 또 무엇을 저주하고 싶었으나 그것이 무엇인지 알지 못하였다. 그래서 그는 한참 얻어맞고 혼자 울었다. 그는 위로해 주는 사람 하나 없고 쓰다듬어 주는 사람 하나 없었다.

그는 방구석에 틀어박혀서 한참 울다가 그대로 잠이 들었다. 꿈에는 억울한 꿈을 꾸었다.

그믐달

나는 그믐날을 몹시 사랑한다.

그믐날은 요염하여 감히 손을 댈 수도 없고, 말을 붙일 수도 없이 깜찍하게 예쁜 계집 같은 달이 동시에 가슴이 저리도 쓰리도록 가련한 달이다.

서산 위에 잠깐 나타났다. 숨어버리는 초생달은 세상을 후려 삼키려는 독부毒婦가 아니면 철모르는 처녀 같은 달이지마는, 그믐달은 세상의 갖은 풍상을 다 겪고, 나중에는 그 무슨 원한을 품고서 애처롭게 쓰러지는 원부怨婦와 같이 애절하고 애절한 맛이 있다.

보름에 둥근 달은 모든 영화와 끝없는 숭배를 받는 여왕女王과 같은 달이지마는, 그믐달은 애인을 잃고 쫓겨남을 당한 공주와 같은 달이다. 초생달이나 보름달은 보는 이가 많지마는, 그믐달은 보는 이가 적어 그만큼 외로운 달이다.

객창한 등에 정든 임 그리워 잠 못 들어 하는 분이나, 못 견디게 쓰린 가슴을 움켜 잡은 무슨 한恨 있는 사람이 아니면 그 달을 보아 주는 이가 별로 없을 것이다.

그는 고요한 꿈나라에서 평화롭게 잠들은 세상을 저주하며, 홀로이 머리를 풀어뜨리고 우는 청상靑孀과 같은 달이다. 내 눈에는 초생달 빛은 따뜻한 황금빛에 날카로운 쇳소리가 나는 듯하고, 보름달은 치어다보면 하얀 얼굴이 언제든지 웃는 듯하지마는, 그믐달은 공중에서 번듯하는 날카로운 비수와 같이 푸른빛이 있어 보인다. 내가 한恨 있는 사람이 되어서 그러한지는 모르지마는, 내가 그 달을 많이 보고 또 보기를 원하지만, 그 달은 한 있는 사람만 보아 주는 것이 아니라 늦게 돌아가는 술주정꾼과 노름하다 오줌 누러 나온 사람도 보고, 어떤 때는 도둑놈도 보는 것이다.

어떻든지, 그믐달은 가장 정情 있는 사람이 보는 중에, 또는 가장 한 있는 사람이 보아 주고, 또 가장 무정한 사람이 보는 동시에 가장 무서운 사람들이 많이 보아준다. 내가 만일 여자로 태어날 수 있다 하면, 그믐달 같은 여자로 태어나고 싶다.

청춘
靑春

나 도 향

소 설   9 선

1

안동安東이다. 태백太白의 영산靈山이 고개를 흔들고 꼬리를 쳐 굼실굼
실 기어 내리다가 머리를 처들은 영남산嶺南山이 푸른 하늘 바깥에 떨어
진 듯하고, 동으로는 일월산日月山이 이리 기고 저리 뒤쳐 무협산巫峽山에
공중을 바라보는 곳에 허공중천이 끊긴 듯한데, 남에는 동대東臺의 줄기
갈라산葛蘿山이 펴다 남은 병풍을 드리운 듯하다.

유유히 흐르는 물이 동에서 남으로 남에서 동으로 구부렸다 펼쳤다 영
남과 무협을 반 가름하여 흐르니 낙동강洛東江 웃물이요, 주왕산周王山
검은 바위를 귀찮다는 듯이 뒤흔들며 갈라 앞을 스쳐 낙동강과 합수合
水치니 남강南江이다.

옛말을 할 듯한 입 없는 영호루暎湖樓는 기름을 흘리는 듯한 정적 고요
한 공기를 꿰뚫어 구름 바깥에 솟아 있어 낙강洛江이 돌고 남강이 뻗치는
곳에 푸른 비단 같은 물줄기를 허리에 감았으니, 늙은 창녀娼女의 기름때
묻은 창백한 얼굴같이 옛날의 그윽한 핑크 색 정사情史를 눈물 흐르는
추회追懷의 웃음으로 듣는 듯할 뿐이다.

서쪽으로 고개를 돌리자. 태화산太華山 중록中麓에 말없이 앉아 있는 서
악西岳 옛 절 처마 끝에는 채색 아지랭이 바람에 나풀대고 옥동玉洞 한절
[大寺] 쓸쓸히 빈 집에는 휘 ── 한 바람이 한문閒門을 스치는데 녹 슬은
종소리가 목쉬었다.

노래에 부르기를 성주城主의 본향本鄕이 어디메냐고 읍邑에서 서북으로
시오리를 가면은 바람에 불리고 비에 씻긴 미륵彌勒 하나가 연자원燕子院
옛 터전을 지킬 뿐이다.

낙양촌洛陽村의 꿈같은 오계午鷄의 울음소리 강물을 건너 귓속에 사라지
고, 새파란 밭 둔덕에 나어린 새악시의 끓는 가슴 타는 마음을 짜내고 빨

아내는 피리소리는 어느 밭 두덩에서 들리는지 마는지.

벽공碧空을 바라보니 노고지리 종달종달 머리를 돌이키니 행화杏花·도화桃花 다 피었다. 할미꽃 금잔디 위에 고달피 잠들고, 청메뚜기 콧소리 맞춰 춤춘다.

일요일이다. 오늘도 여전히 꽃 피고 나비 춤추는 파랗게 개인 날이다.

석죽石竹색 공중이 자는 듯이 개이고 향내 옮기는 봄바람이 사람의 품 속으로 숨바꼭질한다. 버들가지에는 단물이 오르고 수놈을 찾고 암놈을 찾아 날개를 쳐 푸르륵 날고 목을 늘여 길게 우는 새들은 잦아지는 봄꿈에 취하여 나뭇가지에서 몸부림한다.

반구伴鷗, 귀래歸來의 두 정자를 멀리 바라보는 곳에 낙동강 푸른 물이 햇볕에 춤을 추며 귀에 들리는 듯이 고요한 저쪽 모래톱에는 사공이 조은다.

신세동新世洞에서 빙그르 서남으로 돌아가는 제방 위에는 머리를 모자에 가리고 웃옷을 한 팔에 걸은 방년 이십의 소년은 얼굴이 향내가 나는 듯이 불그레하게 타오르고, 두 눈은 수정 알 박은 듯이 영롱한데, 머리는 흑단黑檀같이 검고 눈썹은 붓으로 그린 듯하고 두 입 가장자리는 일수 조각장이가 망칠까 마음을 졸여 새긴 듯이 못 견디게 어여쁘다.

그는 영호루 편을 향하여 걸어갔다. 걸음걸음이 젊은이의 생기가 뛰고 허리를 휘청 고개를 까댁, 흐르다 넘치는 끓는 핏결이 그의 핏속에서 춤춘다.

그는 버들가지를 꺾어 입 모퉁이를 한 옆으로 찡그리며 한 손에 힘주어 그것을 틀었다. 그리고 주머니에서 칼을 꺼내어 피리를 내었다. 그러나 그는 그것이 만족치 못한 듯이 길 옆에 내던지고 또다시 맷 걸음 앞으로 가다가 다시 버들가지를 찢어 내버렸다. 그리고는 그것을 아래위 툭 잘라 꺾어 던지고 다시 비틀어 입으로 잡아 빼었다. 그러나 공교히 옹이의 마디가 쭉 훑는 바람에 애써 비튼 버들을 반 가름하여 놓았다.

　그 소년은 잠깐 눈을 밉상스럽게 찡그리고 한참 그것을 바라보더니 휙 집어 풀 위에 던져 버리고 얄상궂게 싱긋 웃으면서,

　'빌어먹을 것 괜히 애만 썼네.'

하고 또다시 버드나무를 쳐다보았다.

　이번에는 기름하고 휘청휘청하는 놈을 길게 찢었다. 그리고는 풀 위에 주저앉았다. 마음 유쾌한 잔디가 앉아 있는 몸을 시원하게 하고 마음 어루만지는 듯이 편안하게 한다.

　그는 피리를 내었다. 칼을 대고 가지를 돌려 아래위 쓸데없는 것을 베어 버리고 정성을 다하고 마음을 졸여 살며시 빼낸 것이 버들피리다. 그는 그 끝을 둘째손가락 위에 대고 칼날을 세워 혀를 내려고 살짝 겉꺼풀만 벗겼다. 그러고 또다시 저쪽 편 혀를 내려 하다가 그는 갑자기 '에쿠' 하고 칼들은 손으로 그 둘째손가락을 꼭 쥐었다. 그리고 한참 있더니 그 손가락을 입에다 넣고 호호 불었다. 내려는 피리는 그의 겨드랑이에 끼어 있었다.

　손가락에서는 진홍빛 붉은 피가 솟아올랐다. 그러나 그 소년의 주머니에는 종이도 없고 수건도 없었다. 양복 입은 그에게 피나는 손가락을 동여맬 만한 옷고름이나마 없었다. 쓰리고 아픔을 견디다 못하여 상을 찌푸리고 사람의 집을 찾아간다는 곳이 영호루 높은 집 옆으로 돌아 초가 라 삼간을 해정히 짓고서 오는 이 가는 이에게 한 잔 술 한 그릇 밥을 팔아 가면서 그날그날을 지내가는 주막집이었다.

　"물 주소." 꽉 닥치는 감발[1]한 장돌뱅이.

　"그런 둥 그런 둥, 허허허."

---

1) 감발: 허물이나 잘못을 꾸짖고 나무람.

큰 웃음 웃는 촌양반이 밥을 먹고서 막 일어서 들메인 미투리[2]를 두어 번 구르고,

"야, 주인 아즈먼네이 또 만납시다이."

"웅."

하는 군소리에 뭉치인 인사를 던지고 언제 보아도 그저 그대로 말 한 마디 없는 영호루만 처다보고서 무슨 감구지회가 그의 마음을 쓰다듬는지 반 얼빠진 사람처럼 한참 있다가 어디론지 가 버린다.

주막집은 잠깐 조용하였다. 부엌 구석에 조을던 누른 개 한 마리가 앞발을 버티고 기지개를 켜고 긴 혀를 내밀어 콧등을 두어 번 핥더니 그대로 푸르륵 털고 나아온다.

그 소년은 그 주막집을 마루 끝까지 들어서며,

"여보, 주인."

하고 주인을 찾았다. 뒤꼍에서 손을 씻었는지 치맛자락에 물 묻은 것을 훔치며 나오는 사오십 가까운 중년의 노파가 양복장이가 이상한 듯이 슬며시 내다보며,

"왜 그러십니까?"

하며 그 소년을 바라보았다. 그 소년은 온순한 어조로,

"그런 게 아니라요, 내가 손을 다쳤는데 처맬 것을 좀 얻으려 하는데요."

하며 손가락을 내보였다. 손가락 끝에는 누른 빛 도는 혈장血漿이 엉키어 붙었다. 그 노파는 끔찍하게 여기는 듯이 얼핏 달려들며,

"에그, 그거 안되었습니다 그려."

하고 한참이나 들여다보더니,

"가만히 계시소."

---

2) 미투리: 삼이나 노 따위로 짚신처럼 삼은 신. 흔히 날을 여섯 개로 한다.

하고서 마루 위로 올라가려 하였다.

그때 어떠한 처녀가 물동이를 머리에 이고 그 마당 한 가운데로 들어섰다. 발은 벗었으나 살빛은 검 노른데 바짓가랑이 밑으로 보일 둥 말 둥 하는 종아리는 계란빛 같이 매끈하고, 행주치마를 반허리에 감았으니 내다보느냐 숨어드느냐 몽실 매끈한 겉 가슴이 사람의 마음을 무질러 녹이는 듯하다. 고개는 잘 마른 인삼 같으며 가늘지도 않고 굵지도 않고 매끈 동실한데 귓밑의 섬사한 솜 머리털이 보는 이의 눈을 실눈 감듯이 가무 삼삼하게 한다. 두 뺨에는 연홍빛 혈조가 밀려 올랐고 쌍꺼풀 졌는지 말았는지 반쯤 부끄러움을 머금은 두 눈에는 길다 하면 길고 알맞다 하면 알맞을 검은 속눈썹이 쏟아져 나오는 신비스러운 안채를 체질하듯이 깜박한다. 코는 가증하게도 오똑 갸름하고 청춘의 끓는 피 찍어 묻혔느냐 그의 입술은 조금만 힘주어 다물지라도 을크러져 터질 듯이 얇게도 붉다. 흑단 같은 검은 머리에 다홍댕기 드리지나 말지 이리 휘휘 저리 설기 들다 남은 머리가 반쯤 겉 귀 위에 떨어졌는데, 머리에 인 물동이에서 진주나 보석을 흘리는 듯이 대굴 따르륵 구르는 물방울은 소매 걷은 분홍 저고리에 남이 알면 남편 생각 간절하여 혼자 울은 눈물 흔적이라 반 웃음 섞어 놀려 먹을 만치 어룽지게 할 뿐이다.

그 처녀는 허리를 구부리고 물동이를 내려 정지 간 물독 속에 물을 부었다. 그리고 머리에 얹었던 또아리를 다시 오른손 네 손가락에 휘휘 감았다.

이것을 본 그 소년의 손가락 상처는 깨끗하게 나은 듯이 쓰림도 모르고 아픔도 몰랐다. 다만 몽환의 낙원에서 소요하듯이 아무 때도 없고 흠도 없는 정결의 나라에 들었을 뿐이었다. 환락에 차고 찬 그의 두 눈에서는 다만 칠야의 명성明星을 끼어

안으려는 유원한 애회愛懷와 이 꽃잎의 이슬을 집으려는 청정한 애욕의

꽃잎에 명주실 같은 가는 줄이 그 처녀의 머리서부터 발끝까지 고치 엮듯 하였다. 그러고 그의 심장은 나어린 그 처녀를 지근거려 보는 듯이 부끄러움과 타오르는 뜨거운 정염精炎이 얼기설기한 두려움으로 소리가 들리도록 뛰었다.

　노파는 방에서 나왔다. 마루를 내려와 그 처녀를 보더니,

　"양순良淳아, 반지그릇은 어쨌는?"

하고서 화가 나서 몰아세우는 듯이 묻는다.

　"왜 방 안에 없어요, 왜 그러세요?"

하면서 방 안으로 들어가는 양순의 은실 같은 목소리가 구슬이 튀는 듯한 발걸음과 함께 그 소년의 신경의 끝과 끝을 차디찬 얼음으로 비비는 듯도 하고 따가운 젓가락으로 집어내는 듯도 하였다.

　방에 들어간 양순은,

　"이것 아니고 무어세요?"

하며 승리자의 만족한 웃음을 웃는 듯이 자기 어머니를 바라보았다. 그러다가는 비로소 처음으로 마당에 그 소년이 서 있는 것을 보았다. 그는 누가 치맛자락을 잡아당기는 듯이 멈칫 하고 섰다. 그러다가는 앵둣빛 같은 웃음을 웃으며 누가 간지르는 듯이 정지로 뛰어 들어갈 때에는 그 처녀 육체의 바깥에 나타나지 않는 모든 부분 샅샅이 익지 못한 청춘의 푸른 부끄러움이 숨어들었다.

　노파는 헝겊을 가지러 마루에 던져 놓은 반짇고리로 가까이 갔다. 그러나 거기에는 쓸 만한 오라기가 하나도 없었다.

　"이것 어떻게 하는?"

하고 주저주저할 때,

　"무엇을 어떻게 해요? 왜 그러세요?"

하고 부끄러움을 삼켰는지 점잖고 얌전하게 얼굴빛을 가라앉힌 양순이

는 다시 나왔다. 뒤적뒤적 가위 소리를 덜컥거리며 반짇고리를 뒤지는
노파는,

"저기 서신 저 양반이 손을 다치셨는데 싸매 드릴 것이 없구나."

하니까 양순은 다시 고개를 돌이켜 그 소년을 쳐다보더니 다시,

"응, 잠깐만 기다리세요."

하고 다시 방 안으로 들어가 똘똘 뭉친 조각보 보퉁이를 들고 나오더니
이리 끄르고 저리 헤쳐 한 카락 자주 헝겊을 꺼내어 오니, 그것은 작년
섣달 설빔으로 새 댕기를 접을 때에 끊고 남은 조각이다.

"여기 있어요."

하고서 자기의 헝겊을 그 젊은 소년이 그의 손에 감는 것이 그다지 기뻤
든지 서슴기는 그만두고 간원하듯 내주었다.

소년은 그것을 받았다. 그 헝겊이 그리 곱지는 못하였으나 자기의 손
을 감을 때 봄바람 같이 부드러우며 노곤한 햇볕같이 따뜻하였다. 피가
몰려 흥분된 손가락은 마음 시원하도록 차지근하였다.

이리 감고 저리 동이기는 하였으나 한 손으로 맬 수는 없었다. 그래서
그 끝은 입에 물고 한끝은 오른손에 쥐고서 거북하게 매려 할 때 양순은
이것을 바라보더니 가엾이 여기는 듯이,

"제가 매 드릴까요?"

하고 두 손을 들어 그 소년의 윤기 있는 손가락을 매어 주었다. 그리고
그 소년이 고맙다고 인사를 하려 할 때 녹는 듯한 반웃음을 살짝 웃고서
아무 소리 없이 싹 돌아섰다.

2

그 소년은 의성군義城郡출생으로 대구상업학교를 작년에 마친 유일복柳
一馥이라는 사람이다. 학교를 마치자 대구은행 안동지점 계산과에 근무
하게 되어 오늘까지 계속해 온 것이다.

그는 그 주막집에서 집으로 향하여 돌아오려다가 또다시 영호루에 올
라갔다. 고개를 돌리면 이름만 가진 영가永嘉 구읍의 쇠잔한 자취가 한가
히 족재簇在하고 내다보면 자기의 그리운 고향으로 통한 주름살 같은 넓
은 길이 낙동강의 허리를 잘라 남으로 통하였다.

그윽한 감구의 회포가 그의 마음을 수연하게 물들이는 동시에 아까 본
그 처녀의 달콤한 웃음이 애연한 인상을 박아 준 듯하다. 아무것도 없는
자기 주위가 무엇이 있어 못 살게 구는 듯하고 가득 찼던 자기 마음이 이
지러진 반달같이 한 귀퉁이가 비었다가 또다시 동그란 보름달처럼 가득
찼다 하는 것 같았다. 그의 마음 한 귀퉁이가 비는 듯할 때에는 뜻 모르
는 눈물이 흐르려 하고 그의 가슴이 찰 때에는 넘쳐흐르는 기쁨이 그를
몹시도 즐거웁게 하였다.

그가 머리를 쳐들어 하늘을 바라볼 때에는 끝없이 퍼진 하늘이 자기의
모든 장래를 말하는 것 같이 길어 보였으며, 그가 고개를 숙여 땅을 내려
다볼 때에는 발밑에 살살 기어 다니는 개미보다 저 자신이 별로 커 보이
지는 않았다.

그는 오늘에 비로소 그 전에 맛보지 못하던 비애를 맛보았으며 예전에
당해보지 못하던 기쁨을 당하였다.

그는 웬일인지 자기의 몸뚱이를 돌고 또 도는 뜨거운 피가 약동하는
그대로 자기의 육체의 모든 관능을 모래사장에 비비고 싶도록 발휘하여
보고도 싶고, 촉루髑髏의 곰팡내 흐르는 암굴에서 이 세상 모든 것을 눈

딱 감아 버리고 요절한 정精의 육향肉香에 취하여 그대로 사라지고도 싶었다.

'나는 이제 집으로 돌아가야지?'

혼자 군소리를 하기는 십여 차나 하였으나 발에다 송진을 이겨 붙이지도 않았을 것이요 몸에다 동아줄을 얽어 놓지도 않았으나 초가삼간 작은 집, 보이지 않는 그 방 안에 혼자 앉아 바늘을 옮기는 그 처녀의 흔적 없이 잡아낚는 이성異性의 매력이 그를 잡아 놓았다.

그는 하는 수 없이 또다시 영호루에서 내려왔다. 그리고도 다시 한 번 그 집 뒤를 일부러 돌았다. 행여나 그 처녀가 다시 한 번 눈에 띄었으면! 다시 한 번 나를 바라나 보았으면!

그러나 그 처녀의 숨소리나마 들리지 않았다. 다만 괴괴 정적한 마을 집에 저녁연기가 자욱할 뿐이었다.

그는 가기 싫은 다리를 힘없이 끌어 서문西門 밖 법상동法尙洞 자기 여관을 찾아들어온다.

한 걸음 떼어 놓으니 한 걸음이 멀어지고 두 걸음 떼어 놓으니 두 발자국 떠나온다. 뒤를 돌아다보나 살금살금 기어오는 저녁 그늘이 벌써 그 집을 싸돌아 보이지 않으며 실모래 깔린 길이 그리로 연했으나 자기 맘 전해 줄 것은 하나도 없다.

그가 자기 은행 옆에 왔을 때였다. 누구인지,

"어데 가쇼?"

하는 이가 있었다. 일복은 다만 망연히 그를 바라보다가,

"네, 집에 갑니다." 하였다.

"어데 갔다 오십니까?"

"영호루에 바람 좀 쏘이러 갔다 옵니다."

"혼자요?"

"네, 혼자요."

"그런데 우리 집에 한번 놀러 오시지요."

"참 간다간다 하고 못 가 뵈어서 죄송합니다."

"별 말씀을 다 하십니다. 한번 놀러 오십쇼."

"네, 이따 저녁 후에 가겠습니다."

"그러세요. 그러면 기다리지요."

그는 삼십이 가까운 그 고을 보통학교 교원인 이동진李東眞이었다. 일복은 자기 사관舍館에 돌아와 남폿불3)을 켜 놓고 저녁 예배를 보러 가리라 하고 성경과 찬송가를 찾아 놓고 저녁상 들어오기를 기다렸다.

남폿불이 때 없이 팔락팔락할 때에 그 속에서 꼼지락거리는 것도 그 처녀이었으며 귀 쪽 귀퉁이 어두컴컴한 곳에서 춤추는 듯하는 것도 그 처녀의 환영이었다. 그가 그 옆의 책을 집어 글을 볼 때 그 글자와 글자를 쫓아 내려가는 것도 그 처녀의 어여쁜 자태이었으며, 그가 편지를 쓰려고 붓을 들어 한 줄 두 줄 써 내려가는 것도 그 처녀의 그림자뿐이었다.

그가 저녁을 먹을 때였다. 편지 한 장을 주인 노파가 갖다 준다. 그것은 자기의 친구에게서 온 것이었다.

　　사랑하는 유군!

　　오래도록 군의 음신音信4)을 얻어듣지 못하여 나의 외로운 생애가 더욱 적막하다. 나는 웬일인지 아직 나어린 군에게 이 편지가 쓰고 싶어 못 견딜 만치 쓰고 싶었다. 그래서 종작이 없고5) 두찬杜撰6)의 흠이 있

---

3) 남폿불: 남포등에 켜 놓은 불.

4) 음신: 먼 곳에서 전하는 소식이나 편지.

5) 종작이 없고: 말이나 태도가 똑똑하지 못하여 종잡을 수가 없이.

을는지 모르지만 쓰고 싶어 쓰는 것이니까 거기에 진실이 있을 줄은 믿는 바이다.

군은 이 세속에 무엇이라 부르짖는 수많은 대명사의 껍질을 씀보다도 먼저 사람이 되기를 나는 바란다. 예술가가 됨보다도 학자가 됨보다도 무엇보다도 먼저 사람이 되어야 할 것이다.

우리 인생이 최고 이상을 향하여 부단의 노력을 하고 있다 하면 그 최고 이상이라 하는 것은 참사람일 것이다.

그러면 그 참사람이 되려면! 되지는 못하더라도 되려고 노력이라도 하려면 거기에는 그 무슨 힘이 있어야 할 것이다. 그 힘을 창조하는 그 무슨 신앙이 있어야 할 것이다.

유군이여! 나는 달구다 내버린 무쇳덩이다. 나는 참쇠가 못 된다. 참으로 쇠의 사명을 완전히 하는 참쇠다운 쇠가 되려면 그것을 불에 달구어 메로 때려야 할 것이다. 장도리 쇠메가 재아무리 많을지라도 그 쇠를 완전히 연단鍊鍛할 수 없는 것과 같이 우리 사람을 아무리 이성적으로 교육하고 훈어訓御하고 지도指導할지라도 가슴속에서 활활 붙는 사랑의 불길로 녹을 만치 달궈 내지 않으면 참사람이 못 될 것이다.

사랑의 불길! 아아 유군! 나의 가장 친애하는 유군! 나의 동생 같은 유군! 나를 신임하여주는 유군!

쇠가 불 속에 들어간다 함은 무엇을 이름인가? 철광에서 깨어 낸 차디찬 광철이 도가니에 들어간다 함은 무엇을 이름인가? 거기에 참으로 쇠된 본분을 완전히 하려는 근본정신의 발휘할 기회를 얻는 것이 아닌가? 그러나 그 광철은 쪼들림을 당할 터이다. 귀찮음을 맛볼 것이다.

인간 사회에 무근無根한 연쇄를 이룬 우리 인생도 정情의 불길에 들어

---

6) 두찬: 틀린 곳이 많은 글.

가 이성理性의 망치로 두드려 맞아 참으로 사람이 되려는 그 고통은 어떠하며 그 가슴 아픔은 어떠할까? 자기의 영육靈肉을 정의 불길에 녹이고 달굴 때, 또는 이성의 망치로 두드릴 때 사붓사붓 박히는 망치의 흔적이 그의 가슴을 쓰리게 할 때, 아아 눈물지으며 한숨 쉴 터이다. 어떠한 때에는 해 돋는 월겟빛 하늘같은 장래를 바라보고 너무 기쁜 눈물의 웃음을 웃을 것이며 그 어떠한 때에는 해 지는 석조夕照에 빠져 가는 저녁 해 같은 낙망의 심연에서도 헤맬 터이다.

유군이여! 만일 그대가 처음으로 이성을 동경하게 되거든 그가 웃을 때 군도 군 모르게 웃을 것이며 그가 눈물질 때 군도 군 모르게 울 것이다. 그 때의 그대는 지순至純할 것이며 지정至淨할 것이다. 조화가 무르녹는 진주 같은 문자를 주루룩 꿰어 놓은 일편의 시詩였을 것이다. 아니라, 아무 시인도 그것을 시로 표현하기 곤란할 만치 청정무구淸淨無垢 지순지성至純至聖이었을 것이다.

만일 그대가 그 찰나를 얻었거든, 그 순간을 얻었거든 그것을 연장하여라. 그것을 무한히 연장하기에 노력하라.

나는 옛날에 그것을 얻었으나 그것을 연장하지 못한 까닭에 무쇳덩이가 되어 버렸다. 군에게는 희망이 있다. 그대가 만일 그 찰나를 연장시키려 노력하다가 반발의 반발을 연장시켰을 때 그것이 끊기려 하거든 그것을 놓지 말고 붙잡고 사라져라. 감정과 이성의 조화 일치가 참사람되는 데 유일한 궤도라 하면 감정의 모든 것인 사랑의 연장이 끊어지려 할 때 그 이성 혼자만 남는다 하면 그것은 궤도를 벗어난 유량流量일 것이니 그대는 참 사람이 못 될 것이라. 최고 이상에 이르지 못하는 자여, 인생의 사명을 이루지 못할 사람일 것이다. 그러므로 그대는 반발의 반발만큼 참사람 되는 것이 마땅하다. 그래서 그대는 참사람으로 사라지는 것이 도리어 인생의 근적 정신에 부끄러움이 없을 것이다.

사랑하는 유군! 나는 나중으로 군이 사랑에 눈뜨거든 먼저 사랑을 얻으라! 하는 것이다. 사랑을 위하여 너의 이성을 수고롭게 하라! 그리하여 그 사랑을 얻은 그 후에 군에게 생生의 광명을 얻을 수 있는 것이며 절대의 세력을 부여하는 신앙이 생길 것이다.

金友一 김우일

柳一馥 유일복의 것

편지를 다 본 그의 마음은 바늘 끝으로 찌르는 듯하기도 하고 또는 치륜齒輪과 치수齒輪가 절조 있게 맞아나가는 것과 같이 그의 편지에 써 있는 글의 의미와 정신이 자기 가슴속에서 혼자 휴지休止하였던 무슨 치륜과 서로 나가 맞아 돌아가기를 시작하는 듯하였다.

그리고 어떠한 사물을 만나든지 반드시 자기 가슴에서 새로이 약동하는 그 처녀의 춤추는 듯 하는 모양을 끌어내어 그것과 조화를 시키려고만 하는 그에게 자기의 가장 경모하는 김우일의 편지를 볼 때 끓는 물로 밀가루를 반죽하는 것과 같이 차지고 끈기 있게 그 처녀와 또는 자기와 그 편지의 정신을 혼일混－할 수가 있었다.

그는 그 편지를 보고 가장 큰 힘을 얻었다. 그리고 그 전보다 더 그 편지를 요 경우 그 시기에 보내 준 그 김우일을 신뢰할 생각이 생겼으며 절대의 애착하는 마음이 그를 잡아당기었다.

그리고는 다시 그 편지를 펼쳐 들고,

'만일 그대가 처음으로 이성을 동경하게 되거든 그가 웃을 때 군도 군 모르게 웃을 것이며 그가 눈물질 때 군도 군 모르게 울 것이다…'

하고 다시 한 번 읽어 보았다. 그리고는,

'그대가 만일 그 찰나를 얻었거든, 그 순간을 얻었거든 그것을 연장하여라. 그것을 무한히 연장하기에 노력하여라.' 하고 다시 읽었다.

'그렇다. 나는 웃었다. 그 처녀가 웃을 때 나도 모르게 나는 웃었지! 그렇다. 나는 얻었다. 그 찰나를 얻었다. 나는 그것을 연장할 터이다. 연장하려고 노력할 것이다.'

그렇게 부르짖고는 주먹으로 상을 한 번 치고 벌떡 일어서 무엇을 얻은 듯이 한 번 웃었다.

'그렇다 나는 그 찰나를 연장할 터이다.'

구두를 신으면서도 중얼거리었다. 대문을 나서 큰길로 걸어가면서,

'나는 웃었다. 그가 웃을 때 나도 나 모르게 웃었다… 나는 얻었다. 그 찰나를 얻었다. 그것을 무한히 연장할 터이다. 노력할 터이다.'

3

그가 법상동 예배당에 들어갈 때에는 그 전에 한 번도 당해 보지 못하던 갑갑함을 당하였으며 지루함을 당하였다.

휘황찬란하여 보이는 커다란 남폿불이나 웅얼거리는 신남신녀信男信女의 소리가 어쩐 일인지 눈에 먼지가 들어간 것 같이 뻣뻣하고 거북하였으며 목구멍이 알싸한 것 같이 가슴이 답답하였다.

그는 그 자리에 앉아 찬송가를 시작하였을 때 아무 선율도 맞지 않고 조화도 되지 않는 그 얼룩진 노래 소리 일지라도 영호루 옆 그 주막집에 조그마한 처녀와 자기의 얼크러지는 행복을 찬양하는 것 같았으며 또한 저쪽 중공中空에 계신 듯한 하나님이 엄연한 얼굴에 인자한 웃음으로 그것을 재롱삼아 들어 주시는 듯할 때 그는 기뻤다. 그리고 찬송가를 그치는 것이 섭섭하였다.

성경을 보고 연금을 하는 것도 그 조그마한 처녀와 자기 사이를 몽환적으로 얽어 놓는 사이에서 습관적으로 하였다.

목사는 사십 전후의 장년이었으나 몸은 그리 크지도 않고 작지도 않은데 머리에는 벌써 흰 머리털이 군데군데 나 있었다.

그가 연단에 올라서 목사들의 약속 있는 듯한 구조□調로 자기의 정력을 다하고 지략을 다하여 여러 교도에게 최상의 위치에 서서 하나님의 말씀을 전할 때 그의 말 중에 한 귀절이라도 일복의 귀를 끄는 것은 없었다.

목사는,

'여러분, 여러분이 사랑이 없으면 하나님의 나라에 들어가지 못할 것이올시다. 여러분은 하나님을 사랑할 것이올시다. 여러분이 여러분의 목숨을 아끼고 사랑하는 것과 같이 하나님 아버지를 사랑하여야 할 것이올시다.'

하고 소리를 지르더니 또다시,

'여러분은 또다시 여러 형제를 사랑하고 동포를 사랑하여야 할 것이올시다. 요한 1서 제3장 14절을 보면, 우리가 형제를 사랑함으로써 이미 죽음을 벗어나 삶으로 들어감을 벌써 알았도다. 형제를 사랑치 않는 자는 죽음 가운데 있는 자 로다 라고, 써있습니다. 그렇습니다. 사랑을 모르는 자와 사랑하지 않는 자는 죽은 사람이올시다' 할 때 일복은 목사를 향하여 눈을 크게 떴다.

"사랑을 모르는 자와 사랑하지 않는 자는 죽은 사람이올시다."

이것을 속으로 한 번 짚어 외어 볼 때 자기 속 혼잣말로, '그러면 나는 지금 살려 한다. 죽음에서 삶으로 나아가려 한다. 그렇다. 무한한 생의 광휘光輝가 나의 눈앞에서 번쩍인다. 나는 죽음에서 일어나 삶에서 눈뜨려 한다.' 그리고는 또 목사가,

'하나님은 사랑이요' 할 때 일복은 또다시, '그렇다. 나는 사랑을 사랑

하여야 할 것이다. 사랑을 사랑하는 자가 즉 하나님을 사랑하는 것이니까' 하고 또다시, '나는 사랑을 사랑하련다. 나는 사랑을 사랑하련다' 하고서는, '그렇다. 나는 그 찰나를 얻었다. 그 순간을 얻었다. 그 순간에 죽음에서 삶으로 사랑을 사랑하려 잠 깨인 자이다' 하였다.

그가 기도를 할 때에는 사랑은 하나님께 하였다 함보다도 그 처녀의 환상幻想 앞에 고개 숙였었다. 별들이 찬란한 꽃잎을 뿌린 듯하게 반짝이는 푸른 하늘을 눈 감은 속에서 바라보며 절대의 제일위第一位에 올려놓은 것도 그 처녀이었으며, 구름 가고 달 밝은 그 청공青空에 여신女神과 같이 우러러보기도 그 처녀뿐이었을 것이다. 도리어 자기 마음속에 그려 놓은 로맨틱한 환상을 목사의 기도 올리는 소리가 흠 없는 옥돌에 군데군데 흠지게 하는 종의 소리같이 울렸는지도 알 수 없었을 것이다.

그가 기도를 그치고 예배당 문 밖을 나섰을 때에는 또다시, '나는 찰나를! 나는 얻었다. 그것을 연장할 터이다. 나는 사랑한다. 나는 죽음에서 삶으로 나온 자이다' 하며 예배당 뜰을 지나 아까 저녁 때 약속한 이동진의 집으로 가려 할 때 누구인지,

"일복 씨! 어디 가세요."

하는 고운 여자의 목소리가 들렸다. 일복은 고개를 돌렸다. 그 여자는 미소를 띠고 일복을 향하여 고개를 숙이고 섰다. 일복은 그 여자를 볼 때, 그 여자가 웃을 때,

"네, 어디 좀 가요."

하고서는 도리어 속으로 귀찮은 생각이 났으며 노하는 생각이 났다.

"저 좀 보세요."

"급한 일이 있어서 가야 하겠는데요."

"저의 말을 좀 듣고 가세요."

"아뇨, 바빠요."

"일복 씨는 저를 생각하여 주지 않으세요?"

"무엇을 생각하지 않아요?"

일복은 생각하였다. 그는 참으로 생각지 않았다. 또한 생각해지지 않는다. 생각할 수가 없었다.

"네, 저는 그 말씀을 모르겠습니다."

하고 아무 말 없이 큰길로 나서면서 혼잣말로 우리 부모가 그를 보고 웃었으며 그의 부모가 나를 보고 좋아하였으나 나는 그 여자가 웃을 때 나 모르게 나는 웃지 못했다. 나는 그 찰나를 그 여자에게서 얻지 못하였다. 나는 도리어 그 여자가 나를 보고 웃을 때 나는 성내었었다. 나는 불안하였으며 살에 붙는 거머리같이 근지럽게 싫었었다. 그렇다. 나는 하나님을 사랑한다. 즉 사랑을 사랑한다. 내가 그 여자의 말을 듣지 않은 것도 죄악은 아니지. 나는 하나님을 사랑하는 자이니까!

이동진의 사랑 들창을 두드리기는 아홉 시나 되었을 때였다.

"어서 들어오쇼."

하는 주인의 말을 따라 방에 들어앉은 일복의 입에서는 첫인사가 끝났다.

이동진은 담배를 권하니,

"어디 먹을 줄 압니까?"

하고 그것을 사퇴한 후 옆에 있는 책을 집어 보려 할 때,

"그 손은 왜 처매셨나요?"

하며 가엾은 듯이 들여다본다. 일복은 어린애처럼 웃으며,

"그런 게 아니라 장난을 하다가 베었어요."

"무슨 장난을요?"

"아까 영호루에 갔다가 피린가 무엇인가 좀 내느라고 하다가 다쳤어요."

"하하, 그것 참 취미 있는 상처입니다그려."

"그나 그뿐인가요. 어여쁜 여성이 그 상처를 매어 주었으니 더욱 시적 詩的이지요."

"네에, 그래요."

"그나 또 그뿐인가요. 그 여성의 부드러운 웃음이 저의 마음까지 동여 맺는걸요."

"하하, 그것 참 그럴 듯합니다. 그런데 그 여자란 누군가요?"

"왜 영호루 밑에 주막집 있지 않습니까?"

"네, 있지요. 가만 있거라."

한참 생각하다가,

"옳지, 엄영록嚴永錄의 집 말씀입니다그려."

"그 집이 엄영록의 집인가요?"

"네, 그렇지요. 그의 누이동생 말입니다그려, 아주 유명합니다. 경북慶 北의 제일가는 미인이라는 소문이 있는 여자지요. 그런데 그 여자가 그 손을 매어 드렸어요?"

"네."

이야기는 한참 중절되었다가,

"그런데 엄영록이를 아십니까?"

"알지요."

"친하세요?"

"그 전부터 집에를 다니니까 장날이면 꼭 들러 가지요."

"그러세요!"

4

집에 돌아와 하룻밤을 새고 은행 일을 마친 그 이튿날 저녁 때, 일복은 또 다시 영호루를 향하여 갔다. 멀리 보는 공민왕恭愍王의 어필 현액御筆縣額이 그를 맞이하는 듯이 바라보며 있을 때 그 전에 그리 반갑지 않던 영호루가 오늘에는 웬일인지 없지 못할 것 같이 반가웁고 그립다. 그러나 처녀를 생각할 때에는 반드시 영호루가 연상되고, 영호루를 생각할 때에는 반드시 그 처녀가 생각이 된다.

양복 주머니에서 그 처녀가 준 자주 헝겊을 꺼내어 보며,

‘이것을 갖다 주어? 가서 다시 한 번 만나 봐? 그렇다! 가보는 핑곗거리는 단단히 된다.’

해는 바야흐로 서산을 넘으려 하고 저녁연기는 온 읍내를 덮기 시작한다.

일복이 그 주막집 앞을 다다랐을 때 그는 또다시 주저하였다. 만일 내가 이것을 돌려보낼 때 그 처녀가 있어서 나를 또 보고 웃으면 모르거니와 있지 않으면 어떻게 하노? 그렇기는 고사하고 보고도 웃지 않으면 어찌하나 웃지도 않으려면 있지 않는 게 좋고 없으려면 내가 가지 않는 것이 좋지!

그는 바로 들어가지를 않고 일부러 영호루를 돌았다. 그리고 영호루 주춧돌 틈으로 그 집을 엿보았다.

그때였다. 또다시 어저께와 같이 그 처녀는 물동이를 이고 물 길러 갔다. 넘어질까 겁하여 두 눈을 아래로 깔고 물 길러 갔다. 걸음걸음이 향자취를 땅위에 인박고 발끝 발끝마다, 꽃 그림자를 그리는 양순은 텅 빈 물동이에 사랑의 샘물을 가득 채우려는 듯이 물 길러 갔다. 쓰지 않은 새 그릇 같은 양순의 가슴속에 새로운 사랑의 씨를 담아 주려는 일복이 뒤에 있음을 알았는지 몰랐는지! 그는 아무 소리 없이 물만 길러 갔다.

일복은 그 뒤를 따라갔다. 좁은 비탈길을 지나고 언덕 아래 길을 거쳐 밭이랑을 꿰뚫고 언덕 모퉁이 하나를 돌아 포플라 그늘이 슬며시 걸친 우물에 왔다.

우물에 허리를 굽혀 물을 뜨는 양순은 뒤에 누가 있는지도 알지 못하고 다만 두레박을 물속에 텀벙 잠가 이리 한 번 저리 한 번 잦혀 누일 뿐이었다.

저녁 그늘진 곳에 수분 섞인 공기가 죄는 일복의 마음을 더욱 으스스하게 한다. 그리고 점점 어두워 가는 저녁 날에 아무도 없이 다만 나뭇가지 속에서 쌕쌕하는 고요한 곳에 단둘이 서 있는 것이 어째 그의 마음을 정욕으로 가늘게 떨리게 한다.

양순이 물동이를 들고 일어서려 할 때이다. 일복은, "에헴." 하고 기침을 하였다. 양순은 소스라치게 놀라며 뒤를 돌아다보았다. 그러고 그 서 있는 사람이 일복임을 알고서 겨우 안심하는 중에도 '나는 누구라구. 왜 사람을 놀라게 하느냐' 하며 반가와하는 가운데 얄미웁게 토라지는 듯이 반쯤 웃었다. 일복은 다만,

"이것 가지고 왔는데." 하고 그 헝겊을 꺼내 놓았다. 그 처녀는 그것 한 번 들여다보고 또 일복의 얼굴을 다시 한 번 쳐다보았다. 그러고서는 그것을 받으려 하지도 않고 물끄러미 서 있었다.

"자, 받어요."

하고 그 헝겊을 그 처녀의 손에 쥐어 주는 일복의 얼굴은 빨개졌다.

그리고 몸이 떨리었다. 아무 소리 없이 그것을 받아들은 양순은 웬일인지 섭섭한 기색을 띠고 서 있다가 아무 소리 없이 물동이를 이었다. 그리고 구름이 발에 걸치는 듯이 느럭느럭 힘없이 걸어갔다.

일복은 다만,

"내일도 또 저녁 때 물 긷지?"

하였다. 그러니까 그 처녀는,

"네." 할 뿐이었다.

두 사람이 다시 언덕 모퉁이를 돌아섰을 때에는 일복은 언덕 위에 올라서서 멀리 그 처녀가 자기 집으로 물동이 이고서 돌아가는 것을 바라볼 뿐이었다.

양순은 물을 독에 부어 놓고 누가 쫓아오는 듯이 방으로 뛰어 들어갔다. 그리고는 방구석에 돌아앉아 훌쩍훌쩍 울면서 손에 든 헝겊을 손에다 단단히 쥐었다.

"그이가 왜 이 헝겊을 도루 주었노?"

할 때 눈물방울은 삿자리 위에 떨어졌다.

"그이가 이 헝겊을 싫어하는 것인 게지."

할 때 그는 고개를 숙이고 다시 느껴 울었다. 그리고 또다시 고개를 들고 먼 산을 볼 때,

"내가 준 헝겊을 도루 줄 때에는 나를 보기 싫어 그리한 것인 게지."

하고서는 또다시 눈물방울이 따르륵 두 뺨에 굴렀다.

"그런 줄 알았더면 애당초 주지를 말 걸!"

양순은 웬일인지 울음이 복받쳐 올라오고 어두운 방구석이 마음 죄게 답답하다. 그러다가는,

"나는 내일은 물 길러 가지 않을 터이야."

하고 그 헝겊을 갈갈이 찢어 창 밖에 내버렸다.

5

그 이튿날 저녁에는 또다시 일복이 그 우물가에 갔다. 나무와 풀과 그 우물에 놓여 있는 돌멩이까지 어제 같으나 그 아리따운 처녀는 보이지 않았다.

해가 지고 날이 어둑어둑하여도 양순은 오지 않았다. 눈썹달이 서편 하늘에 기울어져 한적한 옛 읍을 반웃음져 흘겨보며 서산으로 들려 할 때 사랑을 도적하려는 어여쁜 도적놈은 지금 사랑하는 사람을 기다리고 있다. 바람이 쏴 —— 해도 그가 오는가? 나무 끝이 사르륵하여도 그가 오는가? 오는지 안 오는지! 오려거든 온다 하고 오지 않으려거든 오지 않는다 하지, 오는지 안 오는지 알지 못해 속 태우는 마음 미친 소년이 있는 줄은 누가 있어서 알아줄는지!

달이 어뒀으매 정조貞操 도적맞을까 보아 오지를 않을 터이요, 오지 않으면 외로이 기다리는 나이 젊은 사람의 붉은 피를 바지작바지작 태우는구나.

그러나 제가 아니 오지는 못하느니라. 물동이 머리에 얹고 누가 있을까 마음 졸여 황망히 오는 사람은 분명히 그 처년데 날이 어두워 그 얼굴은 모르겠으나 그 윤곽은 분명히 양순이요 그 걸음걸음이 분명히 그 처녀다.

양순은 우물까지 와서 사면을 한 번 둘러보았다. 그리고는 물 한 두레박 뜨고 뒤를 돌아보고서는 가느다란 목소리를 입 속에 굴려,

"오지 않았나?"

하는 소리를 할 때 나무 뒤에 숨어 있는 일복의 가슴은 부질없이 뛰었다. 그리고 양순이가 물을 떠놓고 한참이나 서 있다가 긴 한숨을 쉴 때 일복은 슬며시 그의 등 뒤에 나서서,

"이것 좀 봐!"

하고 나지막하게 부를 때 그 처녀는 두 어깨가 달싹 하도록 깜짝 놀라며 뒤를 돌아다보았다. 일복은 다시,

"양순!"

하고 서서 정 뭉친 두 눈으로 흘겨보며 다시,

"양순!" 하였다. 양순은 다만 돌아선 채로 아무 소리가 없이 손가락에 옷고름만 배배 감고 있었다.

"오늘은 어째 물을 늦게 길러 왔어? 여태까지 기다리고 있었는데…."

양순은 한 번 허리를 틀더니 말을 할 듯 할 듯하고 그대로 서 있다.

"나는 네가 보고 싶어서 여기 와 기다렸는데 너는 아마 그렇지 않지? 나는 너를 날마다 여기서 만나 보았으면 좋겠어!"

"저두요."

하는 양순은 부끄러워 그랬던지 얼굴이 빨개지며 두 손으로 낯을 가리었다.

"정말?"

하고 묻는 말에 양순은 아무 대답이 없다.

"정말야? 응, 정말야? 대답을 해야지."

양순은 물동이를 이려고 허리를 구부리며 부끄러워 웃음지며,

"네."

하고서는 그대로 동이를 이고 가 버리려 하니까, 들려는 물동이를 일복은 붙잡으며,

"내일 또 오지?"

"네."

"내 또 와서 기다릴게."

양순은 집에 돌아왔다. 어머니는,

"무엇 하느라고 여태까지 있었는?"

하며, 들어오는 양순을 흘겨본다.

"두레박이 우물에 빠져 건지느라고 그랬어요."

한 마디 말로 의심을 풀었다. 물을 부어 놓고 방으로 뛰어 들어가 양순은 얼른 뒷 창문을 열고 어저께 저녁에 갈갈이 찢어 버린 그 헝겊을 다시 차곡차곡 모아다가 다시 손에 쥐어 들고,

"내가 잘못 알고 그랬지! 내가 모르고 그랬지! 이것이 그 이의 손가락을 처매었든 것인데!"

하고서는 그대로 그것을 똘똘 뭉쳐 반짇고리에 넣어 놓았다.

6

대구은행 안동지점 지배인의 집 대문 소리가 열 두 시나 거의 지나 닭이 홰를 치며 울 때 고요한 밤의 한적을 깨뜨리고 나더니 지배인의 딸 정희貞姬가 혼자 몸으로 어디인지 지향하여 간다.

밤이 점점 고요하고 달은 밝아 흐르는 빛이 허리 감겨 땅에 끌리는 듯한데 무슨 생각을 하는지 달빛같이 창백한 빛이 얼굴에 돌며 걸음을 천천히 걷는 중에도 주저하는 꼴이다. 그는 혼잣말로,

'나는 왜 이다지도 불행한고.'

하더니 수건으로 눈물을 짓는지 콧물 마시는 소리가 난다.

정희가 일복의 집 문간에 와서 문을 열어 달랄까 말까? 그러나 내가 이렇게 하는 것이 잘못이나 아닐까? 아무리 정혼定婚한 남자일지라도 밤중에 남몰래 찾아오는 것이 여자의 일은 아니지, 하며 주저주저하고 서 있

다가 문틈으로 집안 동정을 살펴보니 일복의 방에는 여태까지 불이 켜 있다.

"여태까지 주무시지를 않는 모양일세!"

"어떻게 할까? 문을 열어 달랠까 말까! 이왕 왔으니 할 말이나 다 하고 가지."

정희는 대문을 밀어 보았다. 단단히 닫혀 있을 줄 알았던 대문이 힘없이 삐걱하고 날 때 정희의 온몸엔 맥이 풀리는 듯하였다. 주저하던 생각은 어디로 가고 인제는 아니 들어갈 수 없구나 하여지며 공연히 가슴이 두근두근하다.

정희는 마당으로 들어서며,

"일복 씨."

하고 가늘은 가운데에도 애연한 어조로 일복을 불렀다. 한 번 부르나 말소리가 없고 두 번 부르나 대답이 없다.

정희는 이렇게 정성껏 부르는데 대답이나마 하여 주지 하고 야속한 생각이 나며 공연히 눈물이 핑 돈다. 그리고서 저 방 안에는 그이가 누워 있으렷다. 누워서 잠이 고단히 들었으렷다. 내가 여기 와서 있는지도 알지 못하고 자렷다. 아니다. 온 줄을 알려고도 하지 않으렷다.

아니다! 그렇지 않지! 그이는 지금 자지를 않는다. 눈을 뜨고서 영호루를 생각한다. 내가 온 줄 알면서도 일부러 못 들은 척하는 것인 게지? 아 —— 무정한 이여.

정희는 다시 허리를 구부리고 일복의 방문 틈으로 들여다보면서 이번에 한 번만 다시 불러 보아서 대답이 없거든 그대로 가 버리리라 하였다.

"일복 씨!"

하면서 문틈을 들여다보니까 방 안에는 아무도 없었다. 그러면서 언뜻 마루 끝을 보니까 미처 생각지도 못하였던 구두가 없다.

정희의 마음은 냉수로 씻은 듯이 말짱하여지고 또는 깨끗하여졌다. 그리고 웬일인지 또다시 조그마한 나머지 믿음이 있는 듯하였다.

'어디를 가셨을까?'

'주인에게 물어나 볼까?'

그러나 고단히 자는 주인에게 물어 보기는 싫었거니와 또한 젊은 여자가 밤중에 남자를 찾아온 것도 남에게 알리기 싫어서,

'내일 또 오지.'

하고서 문 밖으로 그대로 내려갔다.

그가 큰길에 나섰을 때였다. 저쪽에서 일복이가 이쪽을 향하여 온다. 그는 몸을 감출까 하고 주춤하였다. 그러다가는 이왕 보려던 이를 보고 가는 것이 옳다고 생각하고 그가 자기 곁으로 가까이 오기만 기다리고 서 있었다.

무슨 생각을 하는지 고개를 숙이고 오는 일복이 정희 앞에 탁 당도하였을 때에 정희는 한 걸음 나서면서,

"일복 씨!"

하였다. 의외의 여자의 목소리가 자기를 부르므로 일복은 깜짝 놀라 발을 멈칫하고 서서,

"누구요?"

하였다. 정희는 원망스러운 중에도 부끄러운 생각이 나서 고개를 숙이고 아무 말 없이 서 있다가 가까스로,

"저예요." 하였다.

"이게 웬일이십니까?"

"댁에까지 갔다 오는 길예요."

"집에요?"

"네."

"무엇 하려요, 낮도 아니고 밤에."

"…."

기막힌 듯이 한참 서 있던 일복은,

"어떻든 댁에까지 바래다 드리지요."

이 말을 들은 정희는,

"아네요. 오늘 일복 씨에게 꼭 한 마디 말씀을 할 것이 있어요."

"저에게요?"

"네. 꼭 한 마디요."

"오늘은 늦었으니 내일 만나 말씀하시지요."

"아네요. 오늘 못 만나 뵈이면 또다시 만나 뵈일 날이 없어요."

"그것은 어째서요?"

정희는 무엇을 결심한 듯이,

"어떻든 댁까지 같이 가세요."

두 사람은 아무 말도 없이 일복의 집까지 걸어갔다.

서산으로 넘는 달이 원한을 머금은 계집의 혼령같이 눈 흘겨 서창西窓을 들여다보며, 흐드러지게 비웃음 웃는 앞뜰의 나뭇가지가 선들선들한 바람을 풍지 틈으로 들여보낼 때, 정희는 두 다리를 쪼그리고 일복 앞에 고개를 숙이고 앉아 있더니 나오지 않는 목소리로,

"일복 씨!"

하고 불렀다. 안개같이 뽑아 나오는 목소리를 애원의 구슬로 매디매디 장신한 듯이 끊어질 듯 끊어질 듯한 목소리가 방 안에 이상하게 긴장한 정조情調를 바느질하는 듯하다.

등불만 바라보고 있던 일복은,

"네."

하고 고개를 돌려 정희를 보매 정희는 두 눈을 아래로 깔고 앉아,

"일복 씨는 저를 어떻게 생각하세요?"

"무엇을 어떻게 생각해요?"

"저는 일복 씨의 아내인 것을 알어 주세요?"

일복은 한참 있다가,

"아내요? 저는 아직 아내가 없는 사람입니다."

정희는 당신의 대답이 의례히 그러시리라는 듯이,

"일복 씨는 저를 아내로 생각지 않으신다 하드래도 부모가 장차 아내가 되게 정하셨으니까 저는 일복 씨의 아내지요."

일복은 이 소리를 듣고서 코웃음 웃는 듯이 반쯤 입을 삐죽하더니,

"사랑 없는 아내는 아내가 아니지요."

"그러시면 저를 사랑치 않는다는 말씀이지요?"

"모르겠습니다. 아마 그렇지요."

치마폭을 다시 휩싸고 앉는 정희는 고개를 숙이더니 다시 눈물 섞인 목소리로,

"일복 씨!"를 부르며,

"알었습니다. 저는 아무도 원망하지 않습니다. 일복 씨의 사랑을 얻지 못하게 태어난 저만 불행하지요. 그러나 저는 부모의 작정대로 그것을 억지로 이행하려고 아내로 생각해 달라는 것도 아닙니다. 그렇지요. 사랑이 없는 아내는 없으니까요 법률상의 아내나 인습에 젖은 그 형식의 아내를 저는 원하는 것이 아네요. 저에게는 온 우주가 없을지라도 일복 씨 하나는 잃을 수 없어요. 만유萬有가 있음도 자아自我가 있은 연후의 일입니다. 저는 일복 씨가 없으면 자아까지 잃을 것입니다."

"일복 씨!" 다시 부르나 대답이 없다.

"여보세요."

또 아무 말도 없다.

"일복 씨, 저는 일복 씨를 사랑합니다. 저의 진정을 일복 씨는 알아 주지 못하시겠어요?"

"저는 마음 약한 사람이 되기를 원치 않아요. 저는 제가 마음 약한 자인 것 압니다. 그러므로 언제든지 마음이 굳은 자가 되기를 노력합니다. 저의 마음 여자의 애원을 들을 때마다 불쌍함을 깨달았을지라도 사랑을 깨달은 일은 없었어요. 연민은 사랑이 아니겠지요. 정희 씨가 참으로 나를 사랑하여 주신다 하드래도 나에게는 아무 행복과 불행이 간섭되지 않습니다. 도리어 어떤 경우에는 나의 마음을 귀찮게 할 때가 있습니다."

정희는 그 자리에 엎드러지며,

"일복 씨!" 하고 느끼어 울면서,

"그러시면 한 가지 원이나 들어 주세요."

새벽닭의 우는 소리가 먼 동리 닭의 홰에서 꿈속같이 들려온다. 달은 떨어져 방 안은 어둠침침한데 두 사람의 숨소리에 섞인 정희의 느껴 우는 소리가 온 방 안을 채울 뿐이다.

"저에게 원하실 것이 무엇일까요?"

일복은 보기 싫고 귀찮은 듯이 말을 던지었다.

"네, 꼭 한 가지 원할 것이 있어요."

"말씀하세요."

"저를 다만 한 마디 말씀으로라도 아내라고 인정만 해주세요. 그러면 저는 다른 원은 아무것도 없어요."

일복은 허리를 펴고 팔짱을 끼고 고쳐 앉더니,

"에 ──." 하고 무엇을 생각하는 듯이 한참 있다가,

"네, 알겠습니다. 그러나 어떠한 이성異性이 어떠한 이성을 혼자 사랑하는 것은, 그것은 누구에게든지 자유겠지요마는 남편 없는 아내나 아내 없는 남편은 없겠지요. 비록 있다 하면 그것은 진리에서 벗어났거나 결

함 있는 것이겠지요. 또는 형식이나 허위겠지요. 나는 거기에 대답할 수 없습니다."

정희의 다만 터럭만한 것이나마 희망은 칼날 같은 일복의 혀끝으로 떨어지는 말 한 마디에 다 끊어졌다.

때가 이미 늦었는지라 정희라는 여성은 자기가 결심한 맨 마지막 길을 아니 밟을 수가 없었다. 그는 벌떡 일어서며,

"안녕히 계세요. 저는 갑니다. 저는 또다시 일복 씨를 뵈올 때가 아마 없겠지요."

하고서 마루 끝을 내려서 신을 신고서 문 밖으로 나왔다.

나이 어린 정희의 갈 곳이 어디메냐? 달 같은 정희의 마음은 월식月蝕하는 그 밤처럼 무엇이 삼킨 듯이 있는지 없는지 어둠 침울하고 작열하는 백금선白金線과 같이 뜨거운 혈조血潮는 다만 그의 가슴을 중심하여 전신을 태울 뿐이다. 정희의 전신을 꿀꺽 집어삼키는 듯이 아찔 아슬한 비분이 때 없이 온몸으로 쌀쌀 흐를 때 그는 몸서리를 치며 그대로 땅에 거꾸러지고 싶었다.

그것이 실연失戀이란다. 조소하는 듯이 땅 틈에서 우는 벌레 소리가 똑똑하게 정희의 귀에 들려올 때 정희에게는 구두 신은 발로써 그놈의 벌레를 짓밟아 죽이고 싶도록 깍정이었다. 그리고 어두컴컴한 서투른 길을 급한 보조로 걸어 나오다가 발끝에 돌멩이가 채고 높은 줄 알았던 땅이 정신없이 쑥 들어갈 때 에쿠 하고 넘어질 듯하다가도 그 돌멩이 그 허방에 분풀이를 하고 싶어서 못 견딜 지경이었다.

정희에게는 만개한 꽃이 다 여윈 듯하고 둥근 달이 이지러진 듯하다. 밤빛에 흔들리는 웃는 꽃들도 때 아닌 서리를 맞아 애처롭게 여위어 땅에 떨어져 짓밟힌 듯하고 구만 리나 멀고 먼 하늘에 진주를 뿌린 듯한 작고 큰 별들도 죽어 가는 요귀妖鬼의 독살스러운 눈동자 같이 보일 뿐이다.

그는 발이 이끄는 대로 정처 없이 걸어간다. 화분花粉 실은 봄바람이 그의 두 뺨을 선들선들하게 스치고 적적한 밤기운은 쓰리고 아픈 가슴을 채울 뿐이다.

원산遠山의 검은 윤곽은 세상의 광막廣漠을 심수心髓에 전하여 주는 듯하고 어두움 속에 멀리 통한 백사지白沙地 길은 일종一種 낭만적 경지로 자기를 인도하는 듯하였다. 그 낭만적 경지라 함은 물론 모든 행복의 이상경理想境이 아니라 그와 반대되는 곳이었을 것이다.

정희는 가슴에서 쓰린 감정이 한 번 치밀어 올라오며 주먹을 쥐고 전신을 바르르 떨고, '죽을까?' 할 때 굵다란 눈물방울이 두 뺨을 스치었다.

'죽지, 살어 무엇하나!'

그 옆에 누가 서 있어 그에게 의견을 묻는 듯하다.

'죽어도 좋지요.'

그는 하늘을 우러러보며 혼자 부르짖었다. 그리고 두 손을 모으고 두 입술이 떨리며 눈물이 식어 그의 옷깃에 떨어지는 소리가 들릴 때,

'하나님, 모든 것을 만드신 하나님! 저도 하나님이 만드셨지요. 인간의 모든 행복이 하나님의 뜻으로 되는 것이라 하면 또한 불행도 그러하겠지요. 사람이 만물을 자유로 할 수 있을 만치 총명한 것 같이 하나님은 또한 우리를 자유로 하실 수 있을 만치 전능하시지요. 아아 하나님, 저는 아무것도 모릅니다. 마음 약한 사람의 하나로서 인생의 가장 큰 행복을 잃어버린 사람입니다. 하나님, 저는 다만 하나님이 시키시는 대로 그대로 모든 것을 행할 뿐입니다.'

그는 걸음을 낙동강 연안으로 향하여 갔다. 두 팔을 가만히 치마 앞에 모으고 걸음을 반걸음 반걸음 내놓을 때마다 그의 고통과 초민焦悶은 그 도를 더하여 갈 뿐이다.

틀어 얹은 머리털이 풀어지고 흩어져 섬사한 살쩍이 촉촉히 솟은 땀에

젖었다. 그에게는 있다 하면 가나안 복지요 이스라엘 백성을 인도하면 모세의 영감靈感 있는 지팡막대기가 아니라 죽음의 깊은 물로 그를 집어 던지려 하는 낙망에서 일어나는 일종 반동적 세력이었다.

어두컴컴한 저쪽에 출렁거리는 물소리를 정희는 들었다. 그리고 푸른 물이 암흑 속에서 울멍줄멍 자기의 몸을 얼싸안으려는 것이 보일 때 그는, '아!' 하고 그대로 땅에 엎드려져, '너무 속하구나!' 하고서,

'나는 원망도 없고 질투도 없고 다만 순결한 일생을 만들기 위하여 스스로 죽음을 구하여 여기까지 왔습니다. 세계는 순결한 곳에 비로소 영靈의 나라를 세울 수 있겠지요.'

사박사박하는 가루 모래가 바람에 불려 사박사박할 때 동으로 왕태산王汰山 저쪽의 새벽빛이 서편 암흑과 어우러져서 밝아 온다.

정희는 구두를 벗었다. 이것이 그의 죽음으로 가는 첫째 번 해탈解脫이다. 그리고 이번에는 더욱 천천히 걸음걸이를 하여 물 흐르는 곳으로 가까이 갔다. 비단 양말 밑에 처음으로 가루 모래가 닿을 때 그는 차디찬 송장의 배 위를 딛는 것 같이 몸서리치게 근지러움을 깨달았다. 그리고 두 발걸음 세 발걸음 점점 물 가까이 가서는 멈칫하고 서며 가슴이 무쇠로 때리는 듯이 선뜻하여졌다. 그리고 컴컴한 가운데서 시커먼 물이 넘실넘실할 때 그는 무서워 떨었다. 그리고는 물속의 졸던 고기 하나가 사람 그림자에 놀라 푸르락하고 뛸 때 그는 간이 좁쌀만 하여지도록 놀랐다. 그리고는 '에그머니' 소리를 칠 만치 몸을 소스라쳤으나 달아날 만치 약하지 않았다.

그는 그 자리에 선 채로 뒤도 돌아다보지 않고 오 분 이상을 꼼짝 아니하고 있었다.

그러다가 먼 동리에서 '죽어라' 하고 신호를 하는 듯한 닭의 소리가 들릴 때 그는 비로소 동쪽이 밝은 것을 알았다. 그래 치마를 머리 위에 뒤

집어쓰고 모든 용기를 다하여 물속으로 달음질하였다.

그가 이제는 물속에 들어왔지? 하였을 때, 인제는 죽었지 하였을 때, 모든 세상을 단념하고서 두 팔을 두 다리를 쭉 펴고 힘없이 누웠을 때, 그가 송장이 된 줄 알고 모든 세상의 괴로움 슬픔이 없어진 줄 알았을 때, 자기 몸은 둥실둥실 강물을 따라 흐르는 줄 알았을 때, 그 찰나에 다시 정신을 차려 보니 아직까지도 모래 위 자기가 섰던 그 자리에 나무에 붙잡아 매어 놓은 듯이 꼿꼿이 서 있었다. 그는 다시 주먹을 쥐었다. 푸른 물은 서색曙色을 받아 조금 얇게 푸르다. 그는 또다시 달음질하였다. 그가 죽을힘을 다하여 죽음으로 뛰어 들어가려 하는 노력은 죽는 것보다도 더 어려웠을 것일는지!

이를 악물었다. 그리고 물이 이 몸에 닿으리라고 예기하던 찰나에 그는 도리어 그 반대 방향 되는 그의 등 뒤쪽으로 자빠지고 등이 모래 위에 닿을 터인 그 찰나가 되기 전에 그의 등은 어떠한 사람의 가슴에 안겼다. 그리고 비로소 처음으로,

"이게 무슨 짓요?"

하는 소리가 사람의 입에서 나오는 것인 것을 분명히 알게 되었다. 그는 아무 말 없이 그저 물 있는 곳으로 뛰어들려 할 뿐이었다. 그는 그때에는 자기가 죽으리라고 결심한 낙망을 동기로 물로 들어가려 하는 것을 무슨 부끄러움, 또는 세상에 대한 자아의 불명예를 생각할 때 그는 거의 비스름하게 물로 뛰어들려 하였다. 그러나 그를 제지하는 그 사람은 그리 완강하지는 못하였으나 정희 하나를 붙잡기에는 넉넉한 힘이 있었다.

정희의 전신은 땀에 젖었다. 그리고 이제는 하는 수 없구나 하였을 때 그는 그 사람 팔에 그대로 안기며 힘없이 쓰러졌다. 그리고 얼굴가린 치마는 벗으려 하지도 않고 소리가 들릴 만치 느껴 울었다. 그가 정신을 차릴 때에는 그의 머리가 어떠한 사람의 무릎에 놓여 있고, 그는 모래사장

에 두루마기를 깔고 누워 있었다.

7

"나무아미타불!"

정희는 눈을 떴다. 온몸이 땀에 젖은데다가 새벽바람이 불어 척근척근하게 한다.

"누구십니까?" 하고 자기를 문지르고 있는 사람을 바로 쳐다보았으나 그의 얼굴 윤곽이라든지 음성이라든지 또는 몸짓이라든지 한 번도 만나본 기억이 없는 사람인데 머리에는 송낙松蘿[7]을 썼다.

"나무아미타불!"

을 또 한 번 외 더니 가슴을 내려앉히고 한숨을 한 번 쉬고,

"누구신지는 알 수 없으나 젊은신 양반이 어째 그런 마음을 잡수셨을까요?"

정희는 일어나 앉으려 하지는 않고 고개를 힘없이 그 여승女僧의 무릎 위에서 저쪽으로 돌리며,

"그거야 말씀해 무엇 하겠습니까마는 어떻든 고맙습니다."

하고 다시 하늘을 쳐다보니 아까 있던 별은 여전히 깜박거리고, 아까 보이던 산도 여전히 멀리 둘리어 있고, 아까 자기를 삼키려던 물은 여전히 흘러가느라고 차르럭거린다.

"고맙기야, 이것도 다 부처님이 지시하심이지요. 그러나 이렇게 젊으

---

7) 송낙: 예전에 여승이 주로 쓰던, 송라를 우산 모양으로 엮어 만든 모자.

신 이가 물에 빠지려 하심은 반드시 곡절이 있을 듯한데요. 저에게 말씀을 하시고 어서 바삐 날이 밝기 전에 댁으로 가시지요. 소문이 나면 좋지 못할 터이니까요."

정희는 또다시 한참 있다가 겨우 일어나려 하니까 그 여승은,

"염려 마시고 누워 계세요. 신열이 이렇게 나시고 가슴이 이렇게 뛰시는데." 하며 아직 주름살이 잡히지 않은 사십 가까운 여자의 손으로 정희의 머리를 짚어 준다. 정희는, "저에게는 이제부터 집도 없고 부모도 없고 아무것도 없는 사람예요. 지금 당신이 나를 구하신 것이 세상 사람이 혹 그것을 잘한 일이라고 칭송할는지는 알 수 없으나 죽는 사람은 벌써 이 세상에서 한 가지 반 가지의 행복을 얻지 못할 줄 알 뿐만 아니라 도리어 세상에 살아 있는 것이 고통이며 불행한 것을 안 까닭에 죽으려 한 것이니까 죽는 것이 사는 것보다 어떻게 생각해서 더욱 행복은 된다 할 수 없드래도 사는 것보다 나으니까 죽으려 한 것이겠지요. 지금 당신이 나를 구한 것이 당신의 자비일는지는 알 수 없으나 나에게는 도리어 고통의 연쇄가 될는지도 알 수 없어요."

여승은, "그렇지요 그것도 그렇지요. 그러나 이 세상의 괴로움은 극락에 들어가는 어비입니다…."

말도 마치기 전에 정희는,

"알았습니다. 신심信心 깊으신 당신으로는 그런 말씀 하시는 것이 잘못이라 할 수는 없겠지요. 당신은 당신 마음 가운데 언제든지 극락이나 열반이란 당신 자신이 믿는바 이상경을 동경하는 까닭에 이 세상에서 살아갈 수가 있는 것이지요. 그러나 저의 마음에는 당신과 같이 굳세인 힘을 주는 것인 천당도 아니요 극락도 아니요 그 무엇인 것이 없어졌습니다."

여승은, "그 무엇이라시는 것은 무엇입니까?"

"네, 그것은 말씀하지 않으렵니다. 그 말을 하여서 도리어 자비하신 당

신의 마음을 걱정되게 할 것은 없으니까요. 그것은 청정하신 당신의 마음을 도리어 불쾌한 감정으로 물들이게 할 터이니까요. 도리어 당신네들에게는 죄악시되는 것입니다. 그러나 우리 인생의 모든 종교 모든 속박 모든 세력을 깨뜨려 부술지라도 그것 한 가지는 우리 인류가 존재한 그 날까지는 길이길이 우리 인생에게 최대의 신앙을 줄 것입니다."

여승은 알아챈 듯이 한참이나 묵묵히 있다가,

"알았습니다. 알았세요. 그러면 저는 또다시 말씀을 여쭈어 보려 하지도 않겠습니다."

"네, 그 말 하나는 물어 주지 마세요. 그것은 언제든지 기회가 오면 알어질 날이 있을 터이니까요. 그런데 여보세요. 저는 다만 청정한 몸으로 이 세상에서 살다가 죽으렵니다. 저의 영靈에게도 아무 흠이 없고 저의 육肉에게도 아무 흠이 없이 죽고 싶어요. 종교에 헌신한 사람이 어떠한 종교의 한 가지 신앙만으로써 그의 일생을 마칠 때 그가 영생의 환희를 깨닫는 것과 같이 나는 아무 매듭과 아무 자국이 없는 영과 육으로 영원한 대령大靈과 영원한 만유萬有 속에 안기고 싶어요."

여승에게는 그 무슨 의미인 줄 알아듣지 못한 듯이 다만 묵묵히 앉아 있을 때 저쪽 갈라산 앞에서 삐걱삐걱 새로이 밝아 오는 새벽 기운을 흔들며 낙동강 하류로 흘러가는 뗏목 젓는 소리가 들려온다.

두 사람은 일시에 깜짝 놀랐다. 그리고 정희는 일어나 앉아 사면을 둘러보았다. 새벽빛은 벌써 온 하늘에 가득 차고 작은 별들은 자취를 감추고 동쪽하늘에 여왕의 이마를 치장하는 금강석 알 같은 샛별이 번쩍번쩍할 뿐이다.

"어서 가십시다."

사람도 없는데 누가 듣는 듯이 여승은 조그마한 목소리로 황망히 정희를 재촉한다. 정희도 여승의 손을 잡고 일어섰다. 그러나 어데로 갈꼬?

"댁이 어디세요?"

"나는 갈 집이 없어요."

"그러실 리가 있나요? 봐 하니 그러실 것 같지는 않은데요."

"우리 집이라고 있었기는 있었지만은 이제부터는 우리 집이 아네요. 있다 하드래도 가기를 원치 않으면 가지 못해요."

"그러면 어떻게 하십니까?"

"무엇을 어떻게 해요. 나는 벌써 죽은 사람예요. 그러기에 아까도 말씀했거니와 죽으려는 사람을 구하시는 것이 당신에게는 자비가 될는지 알 수 없으나 나에게는 행복이 못 된다 하였지요."

"그러면 소승하고 같이 가세요."

"고맙습니다. 네, 네, 나를 어디로든지 데려다 주세요. 그리고 나의 살어 있는 것 누구에게든지 알리지 말어 주세요."

"그것은 어째서요."

"네, 그것은 그렇지요 - 한참 있다가 - 요 다음에 말씀하지요."

여승은 정희의 발바닥 발을 보더니,

"신을 신으시지요." 하였다.

이 말을 들은 정희는 그 소리를 듣고 구두를 신으려 하다가 무엇을 생각한 듯 얼른 말머리를 돌리어,

"싫어요. 죽으려다 다시 산 사람이, 죽으려 할 제 벗어 버린 신을 다시 신으려 하니까 어째 몸서리가 쳐지는구려. 그대로 발바닥으로 가지요."

두 사람은 걸어간다. 먼 곳에서 바라보매 송낙 쓴 중의 등에 정희가 업히어 강물을 건너는 것이 희미히 보인다. 그리고 저쪽 의성으로 통한 고개 비스듬한 길 위에 두 사람의 그림자가 사라지고 말았다.

8

그날 새벽이 새어 아침이 되었다. 온 안동 전읍에 이상한 소문이 퍼지었다.

"어젯밤에 사람이 물에 빠져 죽었다네그려."

"어디서?"

"강물에서."

"누구인지 모르나?"

"모르기는 왜 몰라. 은행소銀行所 사장社長의 딸이라네."

"이 사람아, 사장의 딸이 아니라 지배인의 딸이란다."

"아냐 사장의 딸야. 자네는 알지도 못하고 공중 그러네그려."

"아따, 이 사람아. 대구은행 안동지점에 사장이 있든가? 지배인이 사장 대리를 보지."

"그런데 나이는 얼만데?"

"열여덟 살야. 왜 자네 보지 못하였나? 작년에 대구여자학원을 제2호로 졸업한 그 여자 말일세."

"그것 참 안되었는걸. 그런데 시체나 찾았나?"

"송장까지 못 찾았다네. 물은 그리 깊지도 않은데 어디든지 떠가다가 모래에 묻혔거나 어디 걸렸겠지."

"그런데 어떻게 물에 빠진 것을 알었어?"

"웅, 그것은 강가 모래톱에 구두를 나란히 벗어 놓았는데 바로 물가로 사람 걸어간 자국이 나란히 났네그려."

"자네 가 보았나?"

"그래, 가 보았어. 그런데 조화데 조화야. 빠진 곳은 물이 한 자도 못 되데 그려."

한참 있다가 또다시,

"그런데 그와 정혼한 사람이 있지?"

한 사람이 입술을 삐죽 내밀더니.

"말 말게. 이번 일도 다 그 사람 때문이라네."

"그 사람 때문이라니?"

"소박덕이야. 소박덕이. 새로운 문자로 말하면 실연자렷다."

"그걸 보면 사람이란 알 수 없는 것이야. 남들은 침들을 게게 흘리면서 따라다니는 놈도 있는데 또 싫다고 내대는 사람은 누구야. 그것을 보면 우리 사람이란 영원히 불구자들야. 장님이며 귀머거리들야."

이러한 소문이 난 줄을 알지 못하는 일복은 아침 일찌기 일어나서 은행으로 가려 하다가 시간이 아직 되지 못하였으므로 이동진을 찾아 그의 집까지 갔다.

"동진 씨."

하고 문 밖에서 부르는 소리를 들은 주인은,

"네. 누구십니까? 에구, 이게 웬일이시오. 이렇게 일찍이…."

하면서 아직 대님도 풀은 채 문 밖으로 나와 일복을 맞아들인다. 일복은 방안으로 들어가 앉으며,

"네, 하도 잠이 오지 않기에 세 시에 일어나 앉어 밤이 새기를 기다려 여기까지 찾어 왔습니다. 일찍 일어나니까 참 좋은 걸요."

두 사람은 대좌하였다. 이 말 저 말 하다가 일복은 무슨 하기 어려운 말이나 꺼내려 하는 듯이 기침을 한 번 하고,

"그런데요, 한 가지 청할 것이 있어서요."

하니까, 동진은 이상히 여기는 눈으로 일복을 바라보며,

"무슨 말씀입니까?"

하였다. 일복은 다짐을 받으려는 것처럼,

"꼭 성공을 시켜 주셔야 합니다."

"글쎄 말씀을 하셔야지요. 성공할 만한 일이면 어디까지든지 일복 씨를 위하여 전력하여 드리지요. 대체 무슨 일인가요?"

일복은 한 번 빙긋 웃더니 부끄러워 얼굴이 잠깐 연분홍빛으로 변하였다가 사라지며,

"저 —— 엄영록을 아신다지요?"

하고서는 동진의 기색을 살피는 동시에 아첨하는 듯이 또 빙긋 웃었다.

"하하하하."

하고, 크게 웃는 동진의 웃음 속에는 일종의 조롱과 호기심이 잠재하였다.

이것을 알아챈 신경질의 일복은 달아나고 싶을 듯이 부끄러웠다. 그러나 꿀꺽 참고 자기도 거기에 공명하는 듯이,

"하하하."

하고, 웃었으나 그 웃음소리는 자기의 폐부를 씻어 내는 듯한 시원한 웃음이 아니었다.

"알았습니다. 그러면 날더러 중매가 되라시는 말씀이지요. 예, 진력해 보죠. 그러나…."

한참 입을 다물고 있더니,

"그러면 그이는 어떻게 하시나요?"

하며 일복의 얼굴을 중대 문제나 들으려는 듯이 물어 본다.

"그이라뇨?"

"정희 씨 말씀이에요."

"네, 정희요. 정희가 나에게 무슨 관계가 있습니까?"

"그게 무슨 말씀에요? 그 정희 씨는 일복 씨의 아내가 되시지 않습니까?"

"아내요? 저는 아내가 없거니와 될 사람도 없어요. 있었다 하드래도 그것은 벌써 옛날이지요."

동진은 일복의 마음을 잘 알아차리지 못하였는 듯이,

"나는 이런 문제를 당할 때마다 한 가지 큰 걱정으로 생각하는 것이 있어요. 요사이 젊은이들 가운데에는 이혼 문제가 많이 일어나는 모양이올시다. 그런데 그것은 당사자 된 그 사람들이 깊이깊이 생각하지 않고서 경솔히 행하는 것이라 생각합니다. 자기네들은 자기의 만족만 채우기 위하여 일개 잔약한 여자의 불행을 생각지 못한다 하는 것예요."

"그거야 사랑이 없는 까닭이지요. 또한 그 아내 되는 이가 자기를 이해하지 못하고 다만 습관의 노예가 되는 까닭이지요."

"홍, 사랑이 없어요? 사랑만 없다 하면 차라리 모르겠습니다만은 그것을 지나쳐 자기의 정식 아내를 아내라는 미명하에 유린하는 사람들은 그것을 무엇이라 할까요? 아내와 사랑이 없다는 핑계로써 다른 여자를 소위 애인이라고 사랑을 하면서 또 한옆으로 자기 아내에게 자식을 낳게 하는 것은 그것이 자기 아내에게 대하여서 부정不貞일 뿐만 아니라 그 소위 애인이라 하는 사람에게 간음이 아니고 무엇예요? 정식 아내는 신성합니다. 부모가 정하여 주었다거나 또는 법률상으로 인정한다 하여 신성한 것이 아니라 그에게 자기는 누구의 아내라는 굳은 신념과 책임을 갖게 한 곳에 있어 신성하지요. 보십시오. 비록 그의 남편을 이해하지는 못할지라도 그 남편을 위하여 자아를 희생하는 곳에 있어 아마 자기네들이 싫어하는 아내 같은 이가 별로이 없다고 생각합니다. 나는 요사이 새로운 청년 간에 애인이라는 새로운 명사를 많이 듣습니다. 애인, 진정한 애인이 있기를 나도 바라마지 않는 바가 아니지만은 자기네들도 죄악으로 덮어놓고 인정하는 첩妾이라는 말과 애인이라는 명사의 그 거리가 얼마나 먼지 알 수가 없는 일이 있어요."

이 말을 들은 일복은,

"그렇지요. 거기 들어서는 나도 공명하는 의견을 가졌습니다. 아내가 즉 애인이요 애인이 즉 아내가 되지 않으면 안 될 것이지요. 〈아내=애인, 애인=아내〉 여기에 비로소 완전한 애인 원만한 가정이 생길 것입니다. 그런데 동진씨나 나나 입으로 말하는 곳에 그럴 듯한 생리, 일리, 혹은 진리가 없지 않겠지만은 우리의 모든 행동에 모순이 있을는지 없을는지 나는 단언하기 어렵다고 생각해요. 감정이 미친 장님처럼 날뛸 때에 과연 생각의 일절—節 사이에라도 죄악의 마음이 발동하지 않느냐 하는 것이 저의 입으로는 대답하기 어려운 말입니다. 그러나 우리 사람이 약한 동시에 강할 수 있는 것으로서 다른 만물과 다른 점이 있는 것이지요. 우리는 약한 데서 일어나 강한 데로 나가는 곳에 자아를 완성할 수 있다고 생각합니다. 미성품未成品인 자아를 성품成品을 만들려고 노력하는 그 노력 여하에 그 인격이 나타나는 것이라고 저는 생각해요. 오늘의 제가 약자가 되어 일개 여성의 눈물을 보고서 저의 입을 한 번 잘못 벌리었드면 저는 영원히 죄짓는 사람이 되었을 터이지요."

"그것은 무슨 말씀이십니까?"

"네, 차차 아시겠지요. 그러나 동진 씨는 나를 독신자로 물론 인정하시는 동시에 어떠한 이성의 사랑을 구하는 데 완전한 권리와 자격이 있는 것을 의심치 않으시겠지요?"

동진은 빙긋 웃어 그것을 긍정하는 뜻을 표하더니,

"그거야 그렇지요. 그러나 정희 씨와 그렇게 되셨다 하는 말씀을 들으니까 어째 좋은 마음은 들지 않는 걸요."

"그러하시겠지요. 그런 일이 없으니만은 같지 않으니까요. 저도 좋은 감정이 일지는 않아도, 그러나 적은 것은 큰 것을 위하여 용단 있게 버릴 것이지요. 그러면 아까 말씀한 것은 꼭 그렇게⋯."

"그거야 염려 맙쇼. 말씀을 해보지요."

9

일복은 동진의 집 문을 나섰다. 그리고 큰길 거리로 나섰을 때 등에 나무를 진 촌사람들과 지게에 물건을 듬뿍 진 장돌뱅이들이 서문으로 통해서 읍을 향하여 들어오는 것을 보았다. 이것을 본 그는 무엇을 깨닫는 듯이 발을 멈칫하다가 다시 걸어가며,

"옳지, 가만 있거라. 오늘이 며칠인가? 오늘이 장날이로구나, 오늘이 장날이야. 됐다, 됐어. 그러면 오늘 엄영록이가 이동진의 집에를 들어올 터이지. 그러면 내가 부탁한 말을 하렷다."

하고서는, 웬일인지 얼굴이 시커멓고 상투 꼬부랭이에 땀내 나는 옷을 입은 촌사람 장돌뱅이들이 만나는 족족 반가와 손목을 붙잡고 인사를 하고 싶었다. 그리고는 엄영록은 양순의 오라비였다, 저렇게 저 사람들처럼 생긴 촌사람이었다. 그리고 나는 은행원. 제가 나를 매부를 삼기만 하면 해로울 것은 없지! 사람의 마음이라 알 수 없지만은 제가 나를 매부를 삼아 보아라. 제 등이 으쓱하여질 터이지.

일복 앞에는 새로 뜨는 아침볕이 금색으로 번득거려 새날의 기쁜 새 소식을 전하여 주는 고마운 전령사의 사람 좋은 웃음같이 그의 마음을 즐거움으로 넘치게 하고, 부드러운 봄바람이 산들산들한 길거리로 걸어 가는 사람들은 모두 혼인 잔치 구경 가는 사람들처럼 발자취가 가벼웁고 기꺼운 농담이 입 가장 자리에 어린 듯하다.

그에게는 어린애가 촛불을 잡으려는 듯한 환희와 기대가 있었다. 앞길이 밝고도 붉으며 신묘하고도 즐거운 희망의 서색이 그를 끝없는 장래까지 끌고 가는 듯하였다. 그러나 어린애가 다만 그 목전에 휘황한 촛불의 빛만 보고 그 뜨거운 것은 알지 못하는 것과 같이 일복도 또한 자기 앞길에 전개되는 광채 나게 즐거운 것만 볼 줄 알았지만, 그 외에 그 광

채 속에 가리어 있는 그 어떤 쓰림과 그 어떤 아픔이 있을 것을 알지 못하였다.

그가 은행 문을 들어서기는 아홉 시가 십오 분을 지난 뒤였다. 앞서 온 은행원들은 장부들도 뒤적거리고 전표를 가지고 왔다 갔다 하기도 했다.

일복은 모자를 벗어 걸고 자기 사무상事務床으로 나아가려 할 때 다른 행원 두엇이 자기를 돌아다보고서는 냉정한 눈으로 다만 묵시默視를 하고서는 하나는 저쪽 지배인실 모퉁이를 돌아가 버리고 한 사람은 자기 상에 돌아앉아 전표에 도장을 찍을 뿐이다.

그는 일부러 당좌예금계當座預金係에 있는 행원에게 가까이 가서 심심풀이로 말을 붙여 보려 하였다.

"오늘은 어째 이르구려. 어제는 아마 마시지를 않은 모양이구려."

술 잘 먹는 당좌예금계는 삐쭉하면서, 그 전 같으면 껄껄 웃고 말 일을 오늘은 어째 유난히 냉정한 태도에 침착한 어조로,

"내가 술 잘 먹는 것을 언제 보셨든가요?"

하고서는 장부를 이것저것 꺼내 들고서 쓸데없이 뒤적거린다. 이 말을 들은 일복의 마음은 불쾌하였다. 더구나 '보셨든가요'라 아주 싫었다. 전 같으면 '보셨소' 하든지 '보았다' 할 것을 오늘에 한하여 '보셨든가요' 경어를 쓰며 그의 표정이 너무 사무적인 데 일복은 불쾌하지 않을 수가 없었다. 그리고 말 한 마디를 정다웁게 꺼냈다가 도리어 불의不意와 분외分外에 존경을 받고 보니 도리어 그는 치욕을 받은 것 같고 멸시를 당한 것 같았다. 그래서 입이 멍멍 하여지며 공연히 얼굴이 홧홧하여졌다. 그러나 그대로 돌아설 것도 없어,

"아뇨. 보았다는 것이 아니라 본래 유명하시니까 말씀예요."

"무엇이 유명해요? 나는 그런 불명예스러운 유명은 원치 않아요."

일복은 기가 막혀 한참이나 아무 말이 없다가,

"그렇게 말씀할 것은 없지요. 그리고 그렇게 불명예 될 것은 없을 듯한데요."

"일복 씨는 그것을 불명예로 생각지 않으시는지는 알 수 없으나 저는 아주 얼굴 붉어지는 불명예로 알아요. 그리고 저는 언제든지 자기로 말미암아 남에게 불행을 끼치기를 원치 않으므로 이제부터는 술을 끊으려 합니다."

"술 먹는 것으로 남에게 불행을 끼치게 할 것이 무엇입니까?"

당좌계는 '흥' 하고 한 번 기막힌 듯이 웃더니 그 말대답을 하지도 않고,

"사람이란 불쌍한 것이지요. 자기 때문에 생명을 잃은 사람이 있는 것을 알지 못하고 안연한 태도로 하늘과 땅 사이에 서 있는 것은…."

일복은 속으로 '이 사람이 미쳤나' 하였다. 그래서, '그게 무슨 말씀에요?' 하려 할 때 누가 소절수小切手8) 하나를 들이밀므로 그는 그 소절수 들이민 사람의 얼굴 한 번 보고 그것을 받는 당좌계를 한 번 쳐다보고서는 남의 일에 방해가 될까 하여 이쪽 자기 사무상으로 왔다.

일복이 자기 사무상으로 가는 뒷그림자를 보는 당좌계는 현금 출납계를 건너다보며 일복을 향하여 입을 삐쭉하더니 빙긋 웃었다. 출납계원도 거기에 따라 웃었다. 일복을 보고서 말 한 마디 하는 사람이 없었다. 그리고 전표를 옮기는 하인까지 경멸히 여기는 태도와 또는 가까이 하기에도 무서운 눈으로 일복을 대한다. 그리고 여기저기 자기 일을 보고 앉았는 여러 사람들은 약속한 듯이 말이 없고 은행 안은 근지러운 듯이 적적하여 때때로 문 닫히는 소리와 스탬프 찍는 소리가 가라앉은 신경을 놀라웁게 자극할 뿐이다.

일복은 자기의 장부를 폈다. 그러고서 주판을 골라 놓고 한 줄기 숫자

---

8) 소절수: 수표.

를 차례로 놓아 본 뒤에 다시 다른 장부를 펴려 하다가 다시 접어놓고 혼자 멀거니 앉아 유리창으로 바깥을 내다보고 앉았으려니까 또다시 자기 눈에 보이는 것은 양순이며, 또는 오늘 그의 오라비와 이동진 사이에 체결될 연담緣談이 성공되리라는 믿음이 공연히 침울하던 마음을 양기陽氣 있게 흥분시켜 당장에 자기가 하늘로 올라갈 듯이 기쁜 생각이 나는 동시에 아까 당좌예금계에게 받은 반 모욕의 핀잔이 지금 와서는 자기의 행복을 장식하는 한 개 쇠못같이 밖에 생각되지 않아 혼자 빙긋 웃었다.

열 한 시가 되어도 지배인은 들어오지를 않았다. 일복은 지배인실을 돌아다보고 지배인이 들어오지 않음에 얼마간 이상히 여기는 생각이 났다. 그리고 여태까지 알지를 못하였더니 모든 사무를 다른 사람들은 지배인을 거치지 않고 그대로 처리하는 것을 그때야 발견하였다. 지배인에게 인印을 찍어 받아야 수리될 전표는 그대로 그 다음 계係로 돌아가 거기서 임시 처리가 되고, 지배인의 승낙을 받아야 할 만한 일은 내일로 연기가 된다.

그것을 본 일복은 오늘 지배인이 들어오지 않는 것은 반드시 무슨 긴급한 일이 생기었으며, 또는 다른 사람들은 그것을 아는구나 하였다. 그래서 그는 하인을 불러,

"오늘 지배인 어른은 안 오셨니?"

하고 물었다. 다른 사람들이 자기에게 대하여 태도가 냉정한 듯하므로 하는 수 없이 만만한 하인을 부름이다. 하인은 다만,

"네, 안 들어오셨어요. 아마 오늘은 못 들어오신다나 보아요. 무슨 일이 계신지요?"

하고서, 일종 연민히 여기는 눈으로 일복을 보다가 저쪽에서 자기를 부르므로 그리로 가 버렸다.

조금 있다가 지배인의 집 하인 하나가 은행문에 들어섰다.

"유일복 씨 계세요?"

하는 하인의 말을 수부受付에 앉았던 행원이 듣고서 조소하듯이 쌩긋 웃더니 얼굴짓을 하여 일복을 가리킨다. 하인의 목소리를 들은 일복은 서슴지 않고 벌떡 일어서며,

"왜 그러나?"

하였다. 하인도 일복을 조금 경멸히 여기는 듯이 시원치 않은 말씨로,

"댁에서 잠깐만 오시라고요."

즉 지배인이 부른단 말이다.

"나를?"

"네."

"왜?"

하인은 조금 주저하다가,

"모르겠어요."

"여기 일은 어떻게 하고?"

"곧 오시라고 하시든 걸요. 퍽 급한 일이 있는가 봐요."

일복은 공연히 의심이 난다. 어제 저녁에 정희가 다녀갔는데 오늘 지배인이 은행에도 들어오지 않고 또 은행사무 시간에 당장 오라는 것은 어떻든 좋은 일이 아닌 것을 예감하였다.

"가지. 먼저 가게."

"아뇨. 같이 가세요."

하인은 구인장拘引狀을 가진 형사나 순사 모양으로 의기양양하고 또는 엄격한 빛을 띠고 그 자리에 서 있다.

그러나 일복은,

"먼저 가."

하고 조금 무례를 책하는 듯이 하인을 흘겨보았다. 그러나 하인은, 더욱

꼿꼿한 태도로써,

"같이 가서야 합니다. 같이 모시고 오라 하셨어요."

일복은 하는 수 없이 모자를 쓰고 여러 사람에게 인사하고 문 밖으로 나왔다.

나가자 은행 속에서는,

"잡혀가는구나!"

"인제는 저도 이 은행하고는 하직일세."

"하지만 제 잘못은 아니니까."

"이 사람아, 그럼 누구 잘못인가? 사람이 인정이 있어야지. 그렇게까지 저를 생각하는 여자를 목숨까지 끊게 하였으니 그게 사람이 할 짓인가? 사람으로써는 너무 냉정한 짓을 하였으니!"

"말 말게. 그 사람도 하고 싶어 했겠나. 다 저 좋아하는 사람이 있으니까 그랬지."

"참 알 수 없어. 글쎄 주막집 계집애가 아무리 인물이 반반하다 하드래도 그래 자기 처지도 생각하고 장래도 생각해야지. 무엇 무엇 할 것 없이 죽은 사람만 불쌍하이. 그러나 저도 잘못이지. 죽을 것까지야 무엇 있나?"

10

문 밖에 나오려니까 장꾼들이 와글와글 한다. 층계를 내려서려 하니까 우편배달부가 편지 뭉치를 들고 은행문을 향하여 들어온다.

우편배달부는 일복을 보더니 고개를 끄덕하며 인사를 하고서 편지 한

장을 꺼내 준다.

일복은 그 편지를 손에 받기 전에 벌써 그것이 김우일에게서 온 것을 알았다. 편지를 뜯었다. 그리고 읽었다.

나는 지금 이곳에 온 지 삼십 분이 못 되어 이 편지를 친애하는 군에게 쓴다. 일천여 년 긴 역사를 말하는 고운사孤雲寺에 오려고 맘먹기는 벌써 여러 해였으나 이제야 이곳에 발을 잠시 머물게 되니 옛날과 오늘을 한 줄에 쭈루룩 꿰뚫은 회고의 심정 위로 나의 추상의 그림자는 시간을 초월한 듯이 고금을 상하를 오락가락한다.

군이여, 안동서 여기가 걷자면 삼십 리, 멀지 않은 곳이니 한 번 다녀가라. 그대를 떠난 지도 벌써 반재여半載餘 멀리 있어 그립던 정이 가까운 줄을 알게 되매 더욱 끊어지는 듯이 간절하다.

義城孤雲寺의성고운사에서 友一우일

이 편지를 받아 든 일복은 의성 편을 바라보았다. 몽몽한 구름과 한없는 천애天涯가 다만 저쪽에 고운孤雲이 있다는 추상推像만 주고 산이 막힌 그쪽에는 산모퉁이의 위로 두어 마리 소라개가 소라진을 치고 있다.

나의 벗은 저쪽에 있다. 나의 모든 사상, 모든 감정을 속속들이 피력할 수 있고 또는 호소할 수 있으며 또는 능히 지도하여 주고 안위를 줄 수 있는 친우는 여기서 재를 넘고 물을 건너 삼십 리 저쪽에서 나 오기를 기다리고 있다.

나는 갈 터이다. 마음을 서로 비추어 밝힐 수 있고 간담을 서로 토하여 서로 알아주는 우일에게로 나는 가리라 하였다.

그는 당장에 맥관脈管으로 흐르는 핏결이 술 먹어 유쾌한 흥분을 깨달은 듯이 얼굴이 더워지도록 약동함을 깨달았다. 그리고 흐르고 넘치는 회우懷友의 정이 그의 가슴으로 스며드는 듯함을 느꼈다.

한 사람의 지기知己도 갖지 못한 사람은 아무것도 가진 바 없이 사막을 가려 함과 같다. 일복에게는 만 사람 주고도 바꿀 수 없는 우일이라는 지기가 있다. 그는 그의 생애에 기름이며 에너지였다. 우일은 자기를 바쳐서 일복을 도와주는 사람이다. 그에게는 일복을 능히 신앙을 부어 줄 만한 뜨거운 열정이 있었으며, 일복을 우는 데서 웃게 하며 약한 데서 강하게 할 만한 힘이 있었다.

우일의 웃음은 도리어 일복을 감격으로 울릴 수 있으며 그의 눈물 한 방울은 일복의 용기를 솟쳐 줄 만큼 뜨거움이 있었다.

우일은 일복이 울려 할 때 웃음으로 그 눈물을 위로하였으며, 그는 일복이 넘어지려 할 때 농담 섞어 격려하여 그를 붙잡아 주는 사람이다. 네가 우느냐? 함께 울어 주는 마음 약한 동정자가 아니라 울려거든 네 맘껏 울고 그 울음을 말았거든 다시 웃어라 하는 자였다. 너는 약함을 알고 비애를 알고 고통을 알아라! 그러나 그것은 강자強者가 되기 위하고 또는 환희歡喜를 얻기 위하고 또는 무한한 생生의 위안을 얻기 위하여서 하라 하는 자였다.

남이 넘어지거든 그를 붙잡아라. 그리고 자기 등에 그 사람을 짊어지고 나아갈 만한 용자勇者가 되라. 넘어진 사람을 위하여 함께 넘어져 같이 파멸되는 자가 되지 말라 하는 자였다.

진주 같은 눈물방울은 영원한 환희의 목을 장식하는 치렛거리요 탕 비인 한숨의 울림은 무한한 안위의 반영인 신기루로밖에 생각지 않는 사람이었다.

일복이 편지를 주머니에다 넣고 다시 앞으로 한 걸음 나가려 할 때에 하인은 죄수를 감시하는 간수와 같이 일복에게서 시선을 조금도 떼지 않았다.

일복은 그러나 그것을 알지 못하였다. 그가 다시 군청郡廳서기 한 사람을 만나 모자를 벗고 인사를 하며 넘치는 우정을 웃음으로 나타내었으나 그 사람은 전에 없는 멸시하는 표정으로 모자를 벗고 땅만 내려다보며 인사를 하고 지나갈 뿐이다.

장거리에서 물건을 사고팔던 사람들도 일복을 모두 한 번씩 유심히 바라본다. 저쪽에서 방물方物을 늘어놓고 촌사람과 수작을 하던 상투장이[9] 장돌뱅이가 일복을 보더니 손가락질을 하며 무엇이라 수군댄다.

술집 마누라장이가 일복을 보았다. 허리가 아픈 듯이 뒷짐을 지고 뚱뚱한 배를 내밀고서 진물진물한 두 눈을 두어 번 끔벅끔벅하더니 긴 한숨을 휘 —— 쉬며 들릴 둥 말 둥한 소리로,

"허 —— 저렇게 얌전한 이가 가엾은 일이로군."

하며, 옆의 어린애를 업고 있는 늙은 할멈을 부르더니,

"동생네, 이리 오소. 술이나 한잔 자시소."

사투리 섞어 동무를 부른다.

일복은 어제와 아주 다른 별천지를 지나간다. 모든 사람들이 자기에게 대한 태도가 그렇게까지 고등을 틀어 놓은 듯이 변한 줄은 알지 못하고 다만 이상한 숲 속으로 지나가는 듯이 일복은 장거리를 지나간다.

방 안에서 술 먹던 사람은 고개를 기웃 일복을 쳐다보며, 이발관에서 머리를 깎던 이발장이는 가위를 솔로 털면서 일복을 내다본다.

일복은 지배인의 집 문간에 들어섰다. 새로이 지은 주택이 해정하고 깨끗하나 그런데 맨 첨 생각나는 것은 정희다.

정희가 나를 보면 어저께 일을 생각하고 퍽 부끄러워하겠지! 아니다,

---

9) 상투장이: 상투를 튼 사람을 낮잡아 이르는 말.

보러 나오지도 않으렷다. 보러 나오지 않는 것이 피차간 좋은 일일는지도 알지 못하니까. 그러나 오늘 지배인이 다른 날과 다르게 나를 사무 시간에 자기 집으로 부르는 것은 반드시 중대한 일이 있는 모양인데 필연 정희에게 무슨 말을 듣고서 그것을 나에게 권고하려거나 또는 책망하려는 것인 게지. 그렇지, 그래. 그러나 쓸 데 있니. 나에게는 하늘이 준 절대 자유가 있으니까. 내가 하고 싶은 일은 하고 하기 싫은 일은 아니하는 것이지. 일복은 마루 끝까지 갔다. 그 전 같으면 문간까지 나오지 못하는 것을 한할 만치 자기 목소리만 들어도 반가와 하던 지배인이 자기가 방문 가까이 와서 기침을 서너 번 하여도 소리가 없다.

그가 열어 놓은 방을 흘깃 들여다볼 때 지배인은 그대로 자리에 누워 일복을 보고도 본체만체한다. 어제까지 그렇게 인자하고 온정이 넘치었으나, 적의와 노여움과 심각한 비애의 빛이 그 얼굴에 박혀 있다.

일복은 방 안에 들어서 예를 하였다. 그러나 지배인은 점잖은 사람의 예하는 투로 고개를 끄덕 아무 말이 없다. 그러나 그의 드러누운 태도로 패전한 장군이 적군의 하급 병졸을 대하는 듯이 비소鼻笑 중에는 한恨 있는 적의를 품은 듯하였다.

일복은 자리를 정하고 앉았다. 그러나 어쩐지 지배인의 태도가 너무 냉담하다 함보다도 결투장에서 늙은 원수에게 무리로 결투하기를 강청함을 받은 듯이 불안하여 못 견딜 지경이었다.

"부르셨습니까?"

하는 것이 맨 처음 불안을 누르고 나오는 일복의 목소리다. 지배인은 다만 들릴 듯 말 듯한 한숨을 쉬어 긴장하였던 가슴을 내려앉히더니,

"어제 저녁에 정희가 자네에게 갔든가?"

일복은 속으로 그렇지 그래, 그 까닭이지, 하면서도 부끄러운 생각이 나는 중에 얼굴이 잠깐 붉어져 수줍은 생각이 나면서도 공연히 사람을

부끄럽게 하여 준 정희가 원망스러웠다. 그러나,

"네."

하고 정직하게 대답하였다.

"그러면 몇 시에 왔나?"

"자세히는 모르겠으나 두 시는 된 듯합니다."

"두 시."

한 번 다시 묻더니,

"혼자 왔는가?"

"네."

"자네는 정희를 아내로 생각하는가?"

일복은 아무 대답이 없다.

"왜 대답이 없어!"

"그것을 왜 저에게 거꾸 물으십니까?"

"글쎄 거기에 대답을 해 달란 말야."

"저는 아무 대답도 할 수가 없어요."

"그것은 어째서?"

"정희는 저에게 아무 관계가 없는 사람이니까요."

지배인은 멀거니 무엇을 탄식하는 듯이 한참 있더니,

"그러면 자네 내 말 한 마디 들어 주려나?"

"무슨 말씀입니까?"

지배인은 벌떡 일어나서 바로 앉더니,

"만일 세상에 어떤 사람으로 인하여 그 어떤 사람이 목숨을 끊는다 하면 도덕상으로 보아서 그 어떤 사람은 책임을 갖게 되겠지."

"물론 그거야 형편에 따라서 다르겠지요."

"형편에 따라서 다르다니, 형편이란 어떤 것 말인가?"

"즉 말씀하면 어떤 남성과 여성이 있어 그 여성이나 남성이 그 어떤 남성이나 여성을 혼자 사랑하다가 저편에서 뜻을 받아 주지 않는 편에는 책임이 없다는 말씀예요."

이때 안방 쪽에서 여자의 울음소리가 들리기 시작하였다. 바늘로 찌르는 듯하고, 날카로운 칼로 저미는 듯한 여성의 울음소리가 따뜻한 햇볕이 쬐어드는 앞마당을 지나 일복의 귓속으로 원한 있는 듯이 달려든다. 그리고 調있게 뽑아내는 애처로운 소리가 일복의 가슴 위로 살금살금 기어드는 것이 천연 산발한 처녀가 덤비어 돌아다니는 듯하다.

일복은 가슴이 공연히 내려앉았다. 지배인이 나를 불러다가 정희 말을 묻고서, 또는 어떤 사람으로 인하여 그 어떤 사람이 목숨을 끊는다 하면 도덕상으로 보아서 그 어떤 사람이 책임을 지지? 하는 말을 물은 것을 생각하면서 안에서, 곡성이 나는 것을 들으매 반드시 곡절이 있는 일인가 보다 하였다. 그리고서 자기가 거기에 대답한 말이 생각날 때 내가 대답은 그렇게 하였지만 만일 그 경우를 당장 내가 당하고 있으면 참으로 그 책임을 면할 수 가 있을까?

울음소리는 일복을 소스라치고 소름이 끼치게 한다. 그리고 저 울음소리가 마녀魔女의 홑 치맛자락이 흩날리는 것 같이 회선回旋하는 저 방 안 아랫목에는 창백하게 식은 정희의 시체가 놓여 있지나 아니한가? 그리고 그 정희의 죽음이 이를 악물고서 나를 영원히 원망하지 않는가?

그의 추상이 너무 불명하고 막연하게 자기 눈앞에 보일 때 그는 모든 의식에서 뛰어나 정말 정희가 죽었고 정말 정희의 홑이불 덮은 송장이 저 어머니의 우는 방 아랫목에 놓여 있는 것을 믿었다.

지배인은 안에서 울음소리 나는 것을 듣더니 북받쳐 올라오는 비애를 못 견디는 듯이 힘 있고 떨리는 목소리로,

"일복 군!"

하고서 한참이나 천장을 쳐다보더니 사나이 얼굴에 금치 못하여 흐르는 뜨거운 눈물방울이 두 뺨에 괴며,

"저 울음소리가 무슨 소리인지 자네는 아는가?"

일복도 고개를 숙이었다. 온 방 안은 순례자의 경건한 묵도를 올리는 듯한 엄숙하고도 신비한 침묵이 돌았다. 지배인은 일복을 자기 자식같이 끼어 안으며,

"일복! 나의 딸 정희는 갔네! 영원히 갔네! 전능하신 하나님은 우리 딸을 불러가셨네! 그러나 영과 육을 한꺼번에 찾아가셨네! 아! 일복 군! 내가 누구를 원망하고 누구를 허물하겠나! 그러나 간 사람의 고통과 비애를 나누어 차지할 사람이 남아 있는 사람 가운데 한 사람도 없는 것을 나는 더욱 서러워한다."

일복의 가슴은 떨리었다. 어떻게 그렇게도 나의 추상이 맞았는가? 그러면 정희가 과연 나로 인하여 죽었는가?

일복은 지배인의 점잖은 눈물을 보고서 자기도 아니 울 수가 없었다. 그의 눈물이 한 방울 두 방울 방바닥에 떨어지는 소리가 더욱 그의 신경을 으스스하게 자극한다.

일복은 그때에 자기가 마음이 약한 자인 것을 다시 깨달았다. 그가 눈물을 흘리며 자기를 힘 있게 끼어 안는 정희 아버지의 뜨거운 살이 자기 몸에 닿을 때 그는 웬일인지 죄지은 죄수가 의외의 특사特赦를 받은 듯이 눈물 날듯 한 감격을 당한 동시에 또는 자기가 짓지도 않은 죄가 있는 듯이 그 무엇인지 알지도 못하게 뉘우치는 생각이 났다.

"일복 군!"

지배인의 목소리는 간원하는 정이 목이 메었다.

"정희는 죽었으나 자네는 나의 사위지? 그것을 자네가 허락지 않는다 하드래도 나는 그렇게 인정할 터일세."

일복은 방바닥에 엎드러졌다. 그리고 눈을 감고 엎드린 방바닥 밑 암흑 속에는 정희가 있다. 저 —— 멀리 영혼이 날아가서 자기를 본 체도 하지 않고 멀거니 앉아 있다. 일복은 그 정희를 웬일인지 다시 데려 오고 싶도록 그리웠으나 그것은 할 수 없다고 단념할 때 그는 가슴이 죄도록 괴로웠다.

그리고 지배인의 묻는 말에 대하여 얼핏,

"네."

하고 대답을 하고 싶도록 모든 꿋꿋한 감정은 풀려 버렸다. 그러나 얼른 입이 떨어지지는 않았다. 그때의 일복은 마음이 약하여지려는 자이었다.

그러다가 다시 그가 지배인의 얼굴을 쳐다보려고 고개를 들 때, 여전한 햇빛 여전한 현실이 그의 눈과 코와 눈과 귀와 또는 피부에 닿을 때, 그는 다시 풀렸던 감정이 다시 뭉치며 두 손을 단단히 쥐고 전신에 힘을 주었다.

그는 속으로 혼자 '아니지!' 하였다. '약자로부터 강자가 되려고 위대한 노력을 하는 자가 인격 있는 자가 될 수 있는 것이다.'

그는 눈물을 씻었다 어린애 꾸지람 들을까 겁하여 남몰래 씻는 듯이 눈물을 씻고 시치미를 떼는 듯이 얼굴빛을 고치고 바로 앉았다.

그리고는 또 생각하기를, 나의 입아! 네가 나를 죄짓게 마라! 하였다. 그리고 그의 심장을 속마음으로 가라앉히며 너는 상상傷함을 받은 염통이 되지 마라! 보기에도 지긋지긋한 푸르딩딩하게 상흔이 있는 마음이 되지 마라! 그리고 영원히 새 피가 돌고 뜨거운 피가 밀물 일듯 용솟음치는 심장이 되라! 깨끗한 심장이 되라! 하였다.

'눈물에 지는 자가 되지 마라! 자기의 영靈을 비애라는 여울에 던지는 자가 되지 마라! 탄식이란 폭풍우에 날려 보내지 마라! 강한 자야지만 완전한 사랑도 할 수 있나니라!'

일복은 벌떡 일어서며,

'운명은 우리를 무가내하無可奈何10)라는 경지로 인도하였습니다. 운명은 진리를 말하는 대변자입니다. 운명처럼 정직한 가치 표는 없습니다. 우리는 입이나 또는 형식으로써 그 가치 표를 뜯어고칠 수는 없습니다.'

11

집에 돌아온 일복은 쓸쓸히 빈 방에 혼자 누웠었다. 그러나 누르는 듯한 공포가 가끔가끔 공중에서 자기 가슴을 누르는 듯할 때 그는 다시 벌떡 일어나 앉았다.

"아 ── 그 책임은 내가 가져야 할 것이지!"

혼자 중얼거리는 그에게는 온 방안이 자기 몸에 피가 때때로 타는 듯이 고조高調로 긴장할 때마다 암흑하게 눈에 비친다.

'그가 죽은 것이 과연 나의 잘못으로 인함일까.'

한참 있다가 다시 멀리 보이는 강물을 실없이 내다보다가,

'그가 정말 나로 인하여 죽었다 하자! 그러면 그것은 무엇을 가지고서 나에게 그 책임을 질 만한 증거를 내세울 수가 있는가.'

그는 다시 초조한 감정을 내려 앉히고서 아주 침착하고 냉정한 생각으로 그것을 순서 있고 조리 있게 해석하기 시작하였다.

일개 여성의 생명! 더구나 꽃 같은 청춘 여자의 끔찍한 생명! 인생의 무한한 생의 관맥管脈 중의 하나인 정희의 생명! 그 생명은 나의 이 생명

10) 무가내하(無可奈何): 막무가내

과 조금도 다름없이 두 번 얻기 어려웁게 귀한 생명이다! 그러면 그와 같은 생명을 자기의 손으로 자기의 똑똑한 의식으로 사死의 선언을 하고 또한 자기 자신으로서 그것을 집행한 그 생명 소유자의 고통! 그것은 얼마나 정 있는 자의 동정을 받을 만하였을까? 그 동정할 만한 고통의 동기가 나에게 있다 하면 다른 몇 만 사람의 동정보다 더욱 많은 동정을 정희에게 부어 주어야 할 것이다.

그리고 보자. 내가 비록 정희의 몸에 손을 대거나 또는 흉기를 대어 죽인 것은 아니라 할지라도 또한 그의 생명을 빼앗으리라는 마음은 비록 먹지 않았다 할지라도 오늘의 그 결과는 어떠한가? 정희는 어떻든 죽은 것이 아닌가? 정희라는 여자가 자기의 생명이 끊길 만큼 원동적原動的 원인은 나에게 없다하더라도 그만큼 반동적 원인을 가진 자 되는 것은 면할 수 없을 것이다.

물론 내가 법률상으로는 죄를 면할 수 있고 또는 양심으로 보아서 내가 허물이 없지마는 인간성의 보배 중 하나인 인정으로 보아서 나는 그 책임은 면할 수 없을 것이다.

나 때문에 초민하고 나 때문에 고통하고 나 때문에 울고 또한 나 때문에 죽고 내가 있으므로 그의 인생이 의의 있을 수 있었고 또한 내가 있어 그의 생애가 능히 무가無價할 수 있는, 즉 내가 있으므로 그의 생이 죽고 살 수 있는 그를 오늘날 생명까지 끊게 한 나는 오늘에 이렇게 살아 있어 자기의 생을 누리고 또한 자기의 사랑을 사랑할 만치 무책임한 자이며 몰인정한 자일까? 자기의 생명을 귀중히 알면은 또한 남의 것도 그렇게 알아야 할 것이다.

그는 새로이 따가운 인정이 그의 전신을 따뜻하게 싸고돌기 시작하였다. 그리고서 그 전에는 그렇게까지 보기도 싫어하던 정희의 모든 것을 다시 불러내어 한 번 더 생각하고 한 번 더 만나보고 싶도록 그리운 생각이 나기 시작하였다.

그는 최근의 그를 보던 때와 또는 최초에 그를 만나던 때를 번개같이 머릿속에서 중동을 끊어 영사映寫하는 활동사진 필름같이 보았다.

그리고 어제 저녁 자기 앞에서 흘린 눈물방울이 떨어진 방바닥을 한 손바닥으로 쓰다듬어 보고, 또는 어저께 정희가 신 벗어 놓았던 마루 끝을 여전히 그 신이 있는 듯이 내려다보았다.

'그리고 어제 저녁에 이 방문을 정희가 나갈 적에 나의 이 손이 한 번만 붙잡았더라면 오늘 그가 그대로 이 세상에, 더구나 나와 가까운 안동읍에 살아 있을 걸!'

하고서 문지방과 문설주를 만져 보기도 하였다.

그리고서 그는 다시 정희가 그 옆에 앉아서 자기 목소리를 들을 수 있는 듯이 '정희!' 하고 불러 보았을 때 그 '정' 하는 음의 종성終聲인 'ㅇ'음이 피아노의 '파'음이 연하고 부드럽게 울려나오는 듯하였다. 그래서 그는, '정희! 정! 정!' 두어 번 거푸 혼자 중얼거렸다.

그러나 대답이 없고 다만 새파랗게 개인 공중에 두어 점 구름이 미끄러지는 듯이 서에서 동으로 흘러가는 것이 눈에 보일 뿐이다.

그러매 그는 고적한 듯한 생각이 나며 또는 여태까지 자기를 칭찬하고 숭모崇慕까지 하던 온 안동 전읍 사람들이 자기에게서 떠나 자기를 욕하고 비웃고 나중에는 저주까지 하는 듯이 생각이 들 때 그는 암야暗夜에 귀신 많은 산골을 지나가는 듯이 머리끝이 으쓱할 만큼 무서움을 깨달았다.

그리고 자기를 누가 있어 두 어깨를 답삭 들어 천인절벽千仞E絶壁 밑 밑 없는 음부陰府에 내려던지려고 지금 그 위에 번쩍 들고 있어 대롱대롱 매달린 듯하다.

그는 그러나 그 무서움 속에서도 억울함이 있었다. 몸이 떨리는 중에서도 그 비非를 반발하고 자기의 시是를 호소할 만한 정의를 주재하는 이를 찾아보고 싶었다.

그는 자기의 몸에서 우러나오는 두려움과 자기의 마음에서 솟아오르는 떨림을 어떻게 무엇으로든지 이길 것을 찾으려 애썼다.

그는 방에 들어앉은 것이 지옥에 들어앉은 듯하였다. 그래서 그 지옥을 벗어나기 위하여 밖으로 나왔다.

밖에 심은 푸성귀 향내. 저쪽 우물에서 물 길어 올리는 두레박에서 흐르는 물방울. 먼 산에서 바람에 춤추는 허리 굽은 장송丈松. 빨래하는 못 속에 비친 촌녀村女의 불경 저고리, 검은 치마.

그는 지옥에서 나왔다. 그러나 유열愉悅과 환락歡樂이 흐르는 천당에는 들지 못하였다. 태우는 몰약沒藥에 혼을 사르고 피우는 볼삼bolsam에 영을 취醉케 하는 듯한 몽중夢中에 들지는 못하였으나, 배암의 혀끝에서 흐르는 듯한 독액毒液을 빠는 듯하고 삼 척三尺 긴 칼끝에 묻은 독약을 피 솟는 가슴에 받은 듯한 고통은 잊었다.

그는 발을 정처 없이 옮겨 놓았다. 그러나 가고 싶은 곳도 없고 오라고 하는 곳도 없었다.

새로운 공기와 향기로운 풀 내음새가 저으기 초민에 타는 듯한 가슴을 문질러 줄 뿐이다.

'어찌할꼬? 내가 책임을 져? 진다하면 어떻게 해야 할 것인가? 책임을 진다고 죽은 사람을 다시 살릴 능력이 없는 사람으로서는 그것을 단념하는 수밖에 없거니와 그렇지 않고는 무슨 다른 도리가 있을까? 그러면 정희가 나로 인하여 죽었으니 나도 또한 정희를 위하여 죽을까.'

그것을 생각한 일복은 혼자 껄껄 웃으며,

'죽는다니 어리석은 일이지. 내가 생에 대한 집력執力이 강해서 그런 것이 아니라 그렇게 어리석은 희생자는 되기 싫어!'

그러면 또 무엇이냐? 나를 사랑하여, 즉 사랑을 위하여 자기의 몸을 바친 정희를 위하여서는 나는 사랑을 바치는 것밖에는 없지? 그렇지. 나의 목숨을 바치는 것은 어리석은 일이라 할지라도 나의 사랑은 바쳐야 할 것이다.

그러면 사랑을 바친다 함에는 다만 한 가지 길이 있을 뿐이다. 즉 소극적으로 내가 일평생 다른 여성을 사랑하지 않고 나의 정신과 육체로써 정희를 위하여 정조를 지켜야 한다는 것이다.

그는 길을 새 길로 취하였다. 초가집 담 모퉁이를 돌고 밭고랑을 지날 때 그는 자기의 그림자가 땅 위에 비쳐 있어, 자기를 따라오는 것을 보았다.

그리고는 또다시 '사랑은 생의 일부분이지!' 하면서 고개를 들어 저쪽 영호루를 보았다. 그러자 그의 머리에는 또다시 양순이가 보였다. 그 양순의 자태가 자기 눈앞에서 춤추는 듯 환영이 보일 때 그는 또다시,

'사랑은 죽음을 무서워하지 않을 만치 강한 것이다. 불이 나무에 붙을 수 있는 것이지마는 그 나무를 능히 사를 수 있는 것 같이 사랑도 생 있는 연후에 작열할 수 있는 것이지마는 능히 그 생을 불살라 버릴 수 있는 것이다.'

그때 자기 어깨를 탁 치며,

"어디를 가시오?" 하는 사람이 있었다. 일복은 깜짝 놀라 뒤를 돌아다 보았다. 거기에는 이동진이가 한 턱 내라는 듯이 웃으며 서 있었다.

"어째 여기까지, 이렇게?" 하며 일복은 조금 주저하는 중에도 반가와 손을 내밀었다.

"네, 나는 일복 씨에게 좋은 소식을 가지고 왔습니다."

일복은 그 좋은 소식이란 양순과 자기 사이의 연담이 그 공을 이룬 줄로 추상되었을 때 그의 맥을 풀리게 하였다. 그래서 그는 반가운 표정도 보이지 못하고 도리어 침착하게,

"무슨 소식을요?"

"네, 반가운 소식입니다. 엄영록은 그것을 승낙하습니다. 당장에 쾌락하였습니다."

"그러나 때는 이미 틀렸습니다. 내가 또다시 다른 여성을 사랑할 권리는 있지마는 나는 그 권리를 나로 인하여 죽은 여성을 위하여 내버리려 합니다."

이동진은 껄껄 웃었다. 그리고서는 일복에게,

"그것은 어째서요?" 하고 물었다.

"그것은 동진 씨도 아시겠지마는 나는 나를 사랑하는 사람을 죽게 한 사람입니다."

이동진은 입을 크게 벌리며 또다시 웃더니,

"나는 알겠습니다. 정희 씨가 죽은 까닭이겠지요?"

일복은 남이 그 말을 하는데 너무 감정이 감상으로 변하여 눈물이 날 듯 하였다. 그러나 억지로 그것을 참고서,

"네." 하고 먼 산을 보았다.

동진은 얼굴빛을 교회사教誨師처럼 엄숙한 중에도 정이 어리게 하며,

"여보세요! 일복 씨! 정희 씨가 죽은 것이 당신으로 인하여 죽은 줄 아십니까? 물론 그 외면적 원인은 일복 씨에게 있을는지는 알 수 없으나 정희 씨 그이는 자기 자신의 사랑을 위하여 죽은 사람입니다. 그는 자기의 사랑을 완전하고 깨끗한 사랑으로 만들기 위하여 죽은 것입니다. 지금 만일 그 정희 씨의 혼령이 있어 우리가 그 의견을 들을 수 있다 하면, 그는 당신에게 호소할 것도 없는 동시에 또한 원망도 없을 터이지요. 그는 옛날에 순교자가 폭군의 칼날도 무서워하지 않고 자기의 신앙을 위하여 죽은 것과 같이 자기의 사랑을 위하여 목숨도 아끼지 않은 것이지요."

일복은, "그렇지만 내가 그 책임을 면할 수 없으니까요."

동진은 다시 힘 있게, "그렇지요. 그 책임이 있다 하면 있겠지요. 그리고 없다 하면 또 없는 것입니다. 그러면 만일 일복 씨가 또다시 다른 여성을 사랑하지 않으신다 하시니 당신은 그 무가치한 인정 - 이 경우에만 말씀입니다. - 그것으로 인하여 일평생 당신은 사랑을 못 하시겠다는 말씀입니까? 사랑을 하는 사람이어야만 이 세상에서 강자가 될 수 있는 것입니다. 사랑만큼 위대한 세력을 우리에게 주는 것이 또 없으니까요! 사랑은 생生보다 적으나 온 생을 포괄하고 또한 지배할 수 있읍니다. 마치 우리 인생이 우주의 일부분에 불과하나 능히 그 영靈으로서 온 우주를 포괄할 수 있는 것 같이! 나는 적은 인정을 이겨 큰 사랑을 하시라 권합니다. 인정이 물론 우리 인류의 꽃이지만 사랑은 여왕입니다. 만일 신심 깊은 목사가 어떠한 매춘부를 위하여 눈물을 흘렸다 하면 그것을 동정이나 연민이라 할지언정 사랑이라 할 수는 없겠지요. 동정이나 연민으로 인하여 도리어 자기가 죄짓기를 원치 않을까. 일복 씨! 정희 씨는 정희 씨의 사랑을 위하여 순殉하였읍니다. 일복 씨는 또한 일복 씨의 사랑을 위하여 최후까지 강하게 나아가서야 할 것입니다."

이 말을 들은 일복은 새로운 광명이 자기 앞에서 번득거리는 것 같았다.

그래 그는 동진의 손을 잡고서,

"동정은 사랑이 아니지요? 나는 나의 사랑에 충실하여야 할 것이지요? 사랑을 하여야 참사람이 될 수 있겠지요? 우리 인간미를 영의 나라에서 참으로 맛볼 수가 있겠지요? 고맙습니다. 나는 그러면 지금에 잘못 길을 들려할 때 동진 씨가 그것을 가르쳐 주심에 대하여 감사합니다."

동진은, "아뇨, 천만의 말씀을 하십니다. 그러나 어떻든 나는 당신의 장래 할 행복이 영원하기를 빕니다. 오늘 엄영록은 당신에게 행복의 문을 열어 놓았읍니다."

12

일복은 그 이튿날 해가 떨어지려 할 때 양순의 물 긷는 우물을 향하여 갔다.

어제 동진에게 엄영록이가 자기 누이동생 양순을 자기에게 허락하였다는 말을 듣기는 듣고 당장에 알고 싶은 마음이 생기기는 하였으나, 한 옆으로 부끄러웁고 또 한옆으로 점잖은 생각이 나서 그날 바로 가지는 못하고 오늘 하루 종일 주저하다가 겨우 해 떨어지려 할 때 그 우물에 가서 기다리고 있었다. 물론 집에서 떠나기는 오정 때나 되었었으나 공연히 빙빙 돌아다니느라고 그날 해를 다 보내었다.

그는 우물 옆에 서서 오리라고 기대하는 양순을 기다릴 때 이슬같이 흐르는 반웃음이 입 가장자리에 돌아보는 이의 단침을 삼키게 할 듯하였다. 그리고 또는 고대하는 가슴이 따갑게 타서 불난 곳에 화광火光이 하늘에 퍼지는 것 같이 그의 가슴의 불길이 하얀 피부 밑으로 살짝 밀렸을 그의 용모는 술 취한 신랑같이 보였다.

그는 북국北國의 회색 천지에서 석죽색石竹色 공중에 연분홍 정조情調가 떠도는 남국南國에 온 것 같이 껴안고 딩굴 만치 흘러넘치는 희열이 도리어 그를 가슴이 두근거리도록 흥분시키며 입에 윤기가 흐를 만치 오감五感에 감촉되는 모든 것을 껴안고 입 맞추고 싶었다.

그는 우물에 허리를 구부리고 물 한 두레박을 퍼먹었다. 그러고 나니까 흥분되었던 것이 조금 가라앉았다.

사람의 기척만 나도 그쪽을 보고서 속으로,

'오는가?'

하다가 아니 오면 무참히 고개를 돌리기를 몇 번이나 하였는지, 어떤 때는 벌떡 일어서려다가 다른 곳을 보고서 군소리까지 한 일이 있었다.

　사면은 조용하다. 저쪽 포플라 그늘 속으로 대구서 오는 자동차가 읍을 향하여 달아나고는 또다시 무엇으로 탁 때린 듯이 조용하다.

　멀리서 저녁 짓는 연기가 공중으로 오르지 않고 땅 위로 기어간다. 아마 비가 오려는가 보다.

　그러나 양순의 그림자는 볼 수 없었다. 일복은 우물 옆 잔디 위 넓죽한 돌 위에 다리를 꼬고 앉아서 양순의 집을 머릿속으로 보고 앉았었다. 양순의 오라비 엄영록은 무엇을 하는가? 마루 위에 벌떡 드러누워 아리랑 타령을 하지 않으면 땔나무를 끌어들이렷다. 양순의 어머니는 무엇을 하는가? 부엌에서 솥뚜껑을 열어 보고서 옆에서 가로 거치는 개란 놈의 허구리를 한 발 툭 차며 '이 가이!' 하고 소리를 지르렷다. 그러고 보자, 양순은 지금 마루 끝에 내려섰다. 그러면서 혼자 속마음으로 '오늘도 또 그이가 안 왔으면 어떻게 하노? 그가 와 있었으면 좋으련만' 하면서 툇마루 위에 놓았던 또아리를 휘휘 감아 가리마 어여쁘게 탄 머리 위에 턱 얹고서 허리를 굽혀 물동이를 이렷다. 그럴 때 그만 잘못 또아리가 비뚤어지니까 그 옆에 있던 오라비더러 그것을 고쳐 놓아 달라고 두 팔로 물동이를 공중을 향하여 번쩍 들고 있으렷다. 그러면 그 오라비는 자기 누이 곁으로 와서 그 또아리를 바로 놓아 주면서 자기 누이가 새삼스럽게 어여쁘기도 하고 또 이 나하고 혼인할 것을 생각하매 아주 좋아서,

　'저것이 시집을 가면 흉만 잡힐 터이야. 또 쫓겨나 오지 않았으면 좋겠지만! 쫓겨오지! 쫓겨 와! 애, 양반 남편 섬기기가 어떻게 어려운데 그러니.' 하며 놀려먹으면 양순은 얼굴이 그만 빨개져서 물동이를 내던질 만치 부끄러워 저의 오라비에게 달려들며,

　'에그, 난 싫어. 오라버니두, 그럼 난 물 안 길러 갈 테야.' 하다가 그래도 나를 못 잊어 문 밖을 나서렷다. 지금 나섰다. 그리고 걸

어온다. 지금 오는 중이다.

　일복은 혼자 눈을 감고서 머리 속에서 양순의 걸음 걸어오는 것을 하나 둘 세고 있다. 그리고 지금쯤은 그 수양버들나무 밑을 걸어오렷다. 지금은 밭이랑을 지났다. 그리고 지금은 바로 요 모퉁이 돌아섰다. 양순은 지금 나를 보면서 이리로 온다. 왔다. 이만하면 눈을 떠야지. 이 눈을 뜨면은 양순이 바로 내 앞에 있을 터이지.

　일복은 눈을 떴다. 정말 양순이 서 있다. 그러나 저를 보고서 '악' 하고서 희롱삼아 깜짝 놀라며 가만가만 상글상글 웃으면서 오는 것이 아니라,

　그는 돌아서서 울고 있었다.

　이게 웬일이냐? 일복은 벌떡 일어나서 양순의 등 뒤로 가서,

　"왜 그래?"

하며 두 어깨를 껴안을 듯이 두 손으로 쥐었다.

　그러나 양순은 자꾸 울고 있을 뿐이다.

　"왜 울어, 응?"

　일복은 귀 밑에서 소곤거려 물었다.

　그래도 말이 없다.

　"말을 해야지?"

　일복은 두 어깨를 재촉하듯이 흔들었다. 그때야 겨우 울음 섞인 목소리로,

　"아네요."

　"아니라니, 집에서 꾸지람을 들었나?"

　"아뇨."

　"그럼 무엇을 잘못한 것이 있나?"

　"아네요."

　"그럼 내가 오지 않아서 그래?"

"그것도 아녜요."

"그럼 무엇야?"

양순은 눈물을 두 뺨 위에 흐르는 채 그대로 내버려 두고서 긴 한숨을 힘없이 쉬더니 일복을 바라보며,

"여보세요."

그의 목소리는 아직까지 보지 못하던 애수가 뭉켰었다.

"왜 그래?"

일복의 감정은 이유 없이 양순의 애수에 전염되어 그도 울고 싶었다.

"당신은 양반이지요?"

"그게 무슨 소리야."

"저는 상사람의 딸입니다."

일복은 속으로 껄껄 웃었다. 그러나 양순은 말을 계속하여,

"저를 생각하시는 것은 도리어 당신 명예나 신상에 이롭지 못합니다. 저를 잊으시는 것이 도리어 당신이 저를 생각하여 주시는 정예요. 오늘부터 저를 잊어 주세요."

일복은, "그게 무슨 소리야. 양순이가 없으면 내가 없는데 나는 어디까지든지 양순을 잊을 수는 없어. 내가 잊지 않으려는 것 아니라 잊어지지 않는 것을 어찌하나?"

"여보세요. 나는 당신을 섬길 마음이 간절하지마는 저는 내일… 아녜요. 저는 당신을 섬길 몸이 못 되지요. 너무 천한 몸예요."

양순은 내일이라는 말을 하다가 다시 말을 고쳐 하였다. 이 말을 들은 일복은 의심이 생기어,

"무엇야, 내일 어째?"

양순은 이 말을 듣더니 눈물이 새로이 떨어지며 울음이 복받쳐 올라온다.

"여보세요? 당신은 저를 참으로 생각하시지요? 그러면 저를 데리고 어

디로든지 가 주세요. 저는 내일 돈 백 원에 팔려 가는 몸예요. 우리 어머니는 돈 백 원에 나를 장돌뱅이에게 팔았어요. 그래서 내일은 그 장돌뱅이가 와요."

"무엇?"

일복의 몸과 혼이 한꺼번에 떨리기 시작하였다. 일복의 가슴에 몸을 기댄 양순의 몸까지 부리나케 떨린다.

"정말야?"

일복은 다시 물었다. 그러다가는 양순의 귀 밑에 입을 대고,

"거짓말이지? 응?"

그것이 거짓말이지 참말일 리는 없었다.

"거짓말이지? 거짓말?"

"왜 거짓말을 해요?"

일복은 두 주먹을 불끈 쥐고 눈에서 형광螢光같은 불빛이 번쩍이며,

"여! 금수禽獸! 독사다! 내가 그런 짐승들을 그대로 둘 수는 없다. 자기 딸의 살과 피를 뜯어먹고 빨아먹는 귀신이다. 에! 그런 것을 그대로 두어?"

그는 당장에 그쪽으로 향하여 가려 하였다. 그가 힘 있는 발을 한 걸음 내 놓았을 때,

"왜 이러세요."

양순은 일복의 팔을 붙잡았다.

"우리 오라버니는 황소 하나를 드는 기운을 가진 이예요. 당신이 가시면 당장에 큰일 나세요."

"아냐. 내가 가서 그까짓 것들은 모조리 처치를 할 터이야."

"가지 마세요. 글쎄 어떻게 하시려고 그러세요."

일복은 아무 말 없이 한참 먼 산만 바라보고 있었다. 양순은 한참 있다가,

"여보세요! 저는 당신의 몸이지요."

"왜 그것을 거퍼 물어?"

"글쎄 대답을 하세요."

"그래."

"그러면 저를 죽이시거나 살리시거나 그것은 당신에게 달렸으니까 저를 어디로든지 데불고 멀리 가 주세요."

"어디로?"

"어디로든지."

"죽을 때까지?"

"죽어도 좋아요. 당신과 같이 죽으면…."

양순은 일복의 허리에 착 감기며 잠깐 바르르 떨더니,

"여보세요. 나는 결심했습니다. 저의 한 가지 길은 그것밖에 없어요."

일복의 마음은 무엇으로 부수려 할지라도 부술 수 없이 단단하여졌다. 온 우주의 정령과 세력의 정화精華가 그의 가슴에 엉키어 만능의 힘을 가지게 된 듯하였다. 그리고서 형광 같은 신앙의 불길이 그 앞에서 붙으며 최대의 세력이 그 전 관능全官能을 지배하는 듯하였다.

"나도!"

그의 부르짖음은 굳세었다. 그리고 투사鬪士가 모자gage를 던진 그 찰나와 같이 아무 세력도 그의 의지를 움직일 수는 없었다.

"그러면!"

일복은 말을 꺼냈다.

"오늘 저녁에라도 달아날까?"

"네!"

양순은 몸을 턱 일복의 팔에 실면서 대답하였다.

"저를 저기서 해가 넘어가는 저 산 뒤까지라도 데려다 주세요. 그리고 언제든지 같이 가세요. 저는 당신이 계실 때는 조금도 무서운 것이 없으나 당신이 없으시면 무서워 죽겠어요.”

“그러지, 그래. 어디든지 데리고 가지. 같이 가고 같이 살고 같이 죽지! 응?”

양순은, “네.” 하면서 고개를 숙였다.

일복은 벌개진 서천西天을 한탄 있는 눈으로 한참 바라보다가,

“그렇다, 그렇지!”

하며 손뼉을 탁 치더니,

“옳지, 옳아.” 하며 무엇을 혼자 깨달은 듯이,

“이것 봐! 그러면 좋은 수가 있어! 만일 어머니에게 내가 돈 백 원을 주면 고만이지! 그렇지? 그래그래, 그러면 고만야. 자, 오늘 그러면 어머니에게 나는 의논을 할 테야.”

양순은, “글쎄요. 그러나 그렇게 많은 돈을 가지셨어요?”

“그것야 어디 가서든지 변통을 하여 오지! 그것은 염려 없어. 그러나 그것을 저쪽에서 물러 줄는지가 의문이지.”

“그러면 우리 두 사람이 멀리 가지 않아도 괜찮지요?”

“그것야 말할 것도 없지!”

“정말요?”

“그럼.”

양순은 눈물방울을 방울방울 눈썹에 달고서 좋아 못 견디어 나오는 웃음을 웃으면서,

“그러면 저는 공연히 울었어요.”

하고 두 손등으로 눈을 씻었다.

13

일복은 집으로 돌아오는 길에 또다시 이동진을 만났다.

"아, 그런데 어떻게 된 일입니까?"

일복은 인사도 없이 댓바람에 물어 보았다. 동진도 그 말을 알아들은 듯이,

"허, 참 일이 우습게 되었습니다. 그렇지 않아도 만나 뵙고 그 말씀이 나 여쭈려고 지금 댁에를 다녀오는 길입니다."

일복은 주춤하고 서서,

"글쎄 그런 일이 어디 있습니까? 돈 백 원에 일직—直 사는 장돌뱅이에 게 팔아먹었다니, 그런 비인도의 짓이 글쎄 어디 있습니까?"

하고서 상을 찌푸리고 고개를 내돌린다.

"글쎄요. 저도 그 말을 오늘야 듣고서 퍽 분개 하였습니다. 그런 죄악 의 짓을 하고도 부끄러움을 모르니 짐승이 아니고 무엇에요?"

하고서 동진은 손에 들었던 사냥총을 다시 어깨에 메고서,

"이번 일은 제가 퍽 미안하게 되었습니다. 그 내용인즉 이렇습니다그 려. 엄영록은 자기 어머니가 자기 딸을 팔아먹은 줄 알지 못하고서 나에 게 그와 같이 승낙을 하였다가 그날 자기 집에 가서 어미와 의논을 하여 보니까 어미 말이 그와 같은 일이 있으므로 할 수 없다고 하드랍니다. 그 어미 말이 그 돈 백 원이라는 것도 그 어미가 그 장돌뱅이 놈에게 거진 이백 원 돈의 빚이 있는 것을 얼마간은 탕감해 주고 그 딸을 백 원에 쳐 서 데려 가는 것이랍니다그려. 어떻든 언어도단이지요. 말할 것도 없지 마는 그 어미가 나쁩니다. 그래서 나는 그 어미도 알고 또는 어미도 내 말이라면 웬만한 것은 듣는 터인 고로 오늘 일복 씨하고 같이 가서 직접 말이라도 해 보고 만일 돈이라도 달라면 좀 안 되기는 하였습니다마는

돈이라도 주시지요."

일복도, "그러지요. 돈야 주려면 주겠지요마는 어떻든 일이 잘되었으면 좋겠습니다. 동진 씨가 많이 진력하여 주실 줄만 믿습니다."

"힘은 써 보지요마는. 무얼 그런 것들은 돈만 주면 고만이지요. 그저 돈예요. 돈."

하며 동진은 손가락을 동그렇게 만들어 내혼든다. 일복의 마음에도, 그렇지, 돈만 많이 주어 보아라. 저의 입들이 딱 벌어질 터이니. 그놈이 백 원 주면 나는 이백 원 주지. 그래도 싫달라구? 그러나 돈으로 애인을 산다는 것은 부끄러운 일인 걸! 그러나 아냐. 결함 많은 세상에서 살려는 우리의 임시 권도지!

"그러면 이따 저녁 잡순 후에 우리 같이 가십시다. 아니. 우리 집 가서 저녁을 같이 잡숫고 그리고 같이 가십시다."

하며 동진의 팔을 끌어당기었다.

"아녜요. 집에 가서 먹지요."

"같이 가세요. 우리 집에도 밥 있습니다. 밥 없을까 보아서 그러세요? 하하."

두 사람은 일복의 집으로 가기로 정하였다.

얼마 가다 동진은 어깨에 메었던 사냥총을 보이며.

"이것 좋지요? 어저께 허가가 나왔어요. 그래서 내일은 사냥을 좀 해 볼까 합니다."

"그것 참 좋습니다그려. 얼마 주셨어요?"

"○○원 주었어요. 제가 학교 다닐 때 어떤 선생님에게 총 놓는 법을 한 일 년 간 배운 일이 있지요."

"그러면 퍽 잘 놓으시겠습니다."

"무얼요. 잘 놓지는 못하여도 대강 짐작은 합니다."

"이것으로 사람을 놓으면 죽지요?"

"죽고말고요. 바로 맞으면 죽습니다."

"그러나 몇 방이나 나갑니까?"

"오연발예요."

일복은 그 총을 빼앗아 들고서 한 번 노려보더니,

"저도 대구 있을 때 일본 사냥꾼의 총을 두어 번 놔 본 일은 있지요. 그러나 겁이 나요. 하지만 총이란 위태한 것인 까닭에 가까이하는 것이 좋지는 못하지요. 어떻든 사람의 감정이라는 것은 알 수 없는 것이 되어서 웬만큼 자제력이 있는 사람이 아니면 무슨 짓이든지 하니까요."

"그래요. 그러기에 조선에도 성미가 급한 사람이 주머니칼을 아니 가진다는 말이 있지 않습니까?"

"그러므로 저는 사람을 죽이는 것도 거의 다 그 자제력 없는 데서 나는 것이라 합니다. 그러나 감정을 누를 만한 자제력을 가진 사람이 어디 있습니까? 감정은 피도 생명인데 더구나 사랑으로 인하여 사람을 죽였다 하면, 즉 자기의 사랑 원수를 죽였다 하면 그것은 얼마간 동정할 만한 일이라 할 수 있을 것 같아요." 하다가,

"고만두십시다. 그까짓 이야기는, 우리 관에 가서 쇠고기나 한 근 사고 술집에 가서 술이나 몇 잔 받아 가지고 가십시다. …그러나 그 돈을 준비하실 수가 있습니까?"

일복은 속에 예산하기를 의성 고운사에 있는 김우일에게 그와 같은 사정을 하지 않고라도 자기가 급히 쓸 데가 있으니 얼마간 보내라 하면 그만한 것은 즉시 보내 줄 줄을 믿는 터이므로 그렇게 하기로 하고서,

"그거야 되지요. 어떻든 하면 그거야 못 되겠습니까."

"만일 없으시면 저라도 변통하여 드리지요."

두 사람은 밥을 먹었다. 일복은 먹을 줄을 모르는 술을 동진의 강권에

못 이기어 석 잔이나 먹었다. 얼굴이 빨개지고 숨소리가 잦았다. 그리고 온 세상이 팽팽 내돌리고 어질어질하면서도 그의 감정이 흥분되어 앞에 무서운 것이 별로 없고, 유쾌함이 한이 없다. 그래서, "여보, 동진 씨!" 아무리 똑똑히 한 말이라도 자꾸 헛나간다.

"그까짓 년을 그래 그대로 둔단 말이요?"

동진은 껄껄 웃으며,

"여보, 술 취했소. 정신차리시우."

"술이 취해요? 예 여보시우. 그까짓 술에 취해요?" 하고서는 머리를 짚으며,

"어, 머리 아퍼." 한다.

"큰소리는 고만하시우, 당장에 머리가 아프다면서 그러십니까? 자, 어서 갈 곳이나 가 봅시다."

"가지요! 자, 이번 일은 꼭 동진 씨에게 있습니다. 만일 듣지를 않으면 그런 짐승 같은 것은 죽여 버리지."

"사람을 죽여요? 그것은 죄 아닌가요?"

"그것이 어디 사람인가요? 짐승이지요. 짐승을 죽이는 것이 죄예요?"

"그럼 죄가 아녜요? 요새 사냥 규칙을 좀 보십시오. 팔자가 사람보다도 좋은 짐승이 어떻게 많은데 그러십니까?"

"네, 보호받는 짐승들 말씀이지요. 그래요. 짐승도 마음이 곱고 모양이 어여쁘면 대접을 받아요. 그러니까 사람은 동물 아닌가요. 그저 짐승만 못한 것은 일찍 죽여 버리는 것이 도리어 양순 씨를 보호하는 가장 좋은 방법이지요."

이렇게 실 없은 말 섞어서 무엇이라 떠들더니 구두를 신으려고 마루 끝에 내려서려 하다가 다리가 헛놓여서 고만 주저앉았다. 이것을 본 동진이가,

"글쎄 이게 무슨 짓이요. 그렇게 취하셨소?"

"아녜요. 취하기는 취했어도 정신은 까딱없어요."

동진은 짚어 세워 놓았던 사냥총을 집으며,

"이것을 어떻게 할까? 가지고 가자니 안 되었고."

일복은, "이리 주세요. 내 방에 두세요. 내일이나 이따가 찾어 가시지요."

"그렇지만 위험합니다."

"위험하기는 누가 어쩌나요?"

"그러나 탄환을 아까 장난하느라고 다섯 개를 넣었다가 한 개를 쓰고 네 개가 남었는데요."

"괜찮어요. 나도 그만한 주의는 하는 사람이랍니다. 염려 말고, 자, 내 방에 두세요." 하고, 일복은 총을 방에 들여다 세우고 나왔다.

14

의성이라 고운사다. 울울창창한 대삼림大森林이 제철형蹄鐵形으로 등을 껴안아 고개를 돌려 쳐다 보면은 높이 뜬 솔개가 그 중턱에서 배회한다.

절 옆으로 흐르는 잔잔한 시내 소리는 숲 속에서 울려나오는 자규子規의 소리와 이리저리 얼키어 한아閒雅한 정조에다 새긴 듯한 무늬를 놓아 놓는다. 가운루駕雲樓 옛집이 구름을 꿰뚫지는 못하였으나 천여 재 시일을 구슬 꿰듯 하였고, 최고운崔孤雲 선생의 목소리는 들을 수 없으나 그의 발자취를 고를 수 있는 듯하다.

여기 온 지 며칠이 되지 못한 김우일은 사무실 뒷방에 혼자 누웠다. 너무 고요한 것이 피부를 간지럽게 문지르는 듯하다. 저쪽 선방禪房에서 참

선하는 소리가 가끔가끔 그 간지러운 정적을 긁어 줄 뿐이다.

　우일은 혼잣말로,

　'이상하다!' 하고서는 벌떡 일어났다.

　"오늘 저녁에는 다시 한 번 나가 보리라!"

할 즈음에 그 절 주임主任의 대리를 보는 중 하나가 앞 복도를 지나다가 우일을 보고서 합장하고 와 앉는다. 얼굴빛은 자듯빛 같이 검붉으나 건강하다는 것을 유감없이 나타내며 미목眉目이 청수하여 그의 천분을 읽을 수 있다. 그가 웃음 지으며 말을 꺼낼 때에 하얀 이가 사람의 마음을 잡아당긴다.

　"심심하시지요?" 그는 꿇어앉아 친절하게 물어 본다.

　"네, 조금 무료합니다. 그러나 퍽 좋습니다."

　"무얼 좋을 거야 있겠습니까마는 속계俗界보다야 조금 한적한 맛이 있지요."

　"조금뿐이 아니라 퍽 많습니다. 이런 데서 살면은 늙지를 않을 것 같습니다."

　"네. 헤헤, 그렇습니다. 건강에 관계가 조금 있지요."

　우일은 화제를 돌리어,

　"그런데 이 절에 모두 몇 분이나 계십니까?"

　"몇 사람 안 됩니다. 한 이십여 인밖에."

　"여자라고는 하나도 없겠지요?"

　그 중은 시치미나 떼는 것처럼,

　"없습니다." 하니까 우일은 의심쩍은 듯이,

　"네 ——." 하고서는 멀거니 서 있다. 그러니까 그 중은 할 말이 없어 군 이야기처럼,

　"안동읍에 가 보신 일이 계신가요?"

"한 두어 번 가 보았지요. 거기에는 나의 절친한 친구 한 사람 있어서요."

"네, 그러세요. 누구십니까요?"

"네, 지금 은행에 있는 유일복이라는 사람예요."

이 말을 들은 중은,

"유일복 씨요!" 하고 고개를 기웃하고 무엇인지 한참 생각하다가,

"그의 본댁이 의성이지요?"

"네. 바로 우리 집하고 가깝습니다."

김우일은 이 중도 그러면 혹시 유일복을 짐작하는가 하여,

"그것은 어떻게 아십니까?"

"네, 알 만한 일이 있어요. 들으니까 그이가 은행 일을 고만두었다나 보아요."

김우일은 깜짝 놀라는 듯이.

"그럴 리가 있나요?"

"아니올시다. 고만두었습니다. 그럴 사정이 있어요."

김우일은 속마음으로 일복 사정은 나같이 자세히 알 사람이 없는데 내가 모르게 일복이 은행 일을 그만두었다니 네가 잘못 알았다 하는 듯이,

"아마 똑같은 이름이 있는 게지요."

하니까 그 주지 대리는,

"그러면 우일 씨 아시는 그 어른이 저 아는 그이가 아닌 게지요."

"그렇지만 안동은행에는 유성柳姓 가진 이가 그 사람밖에 없는 걸요."

"그러면 정희라고 아십니까?"

"은행 지배인의 딸 말씀입니까?"

"네, 네. 바로 맞었습니다."

"알고말고요. 그이가 유일복과 정혼한 이죠."

"바로 맞었습니다. 네, 네."

주지 대리는 한숨을 후 쉬더니,

"참 가엾은 일예요." 하고 고개를 숙인다.

우일은 무슨 가탄한 일이 일복과 정희 사이에 생겼는가 하여, "무슨 일이요?" 하니까 그 중은,

"말씀할 것까지는 없습니다마는… 가엾어요."

우일은 궁금증이 나서 무슨 일인지 어떻게 해서든지 알아보려고,

"무슨 일인지 가르쳐 주십쇼그려. 궁금합니다. 그렇지 않아도 요사이 그 사람의 소식을 듣지 못해서 궁금하던 차인데요."

"녜, 일복 씨하고 그렇게 친하시다 하고 또 우일 씨를 신용하는 까닭에 말씀은 하겠습니다마는 정희 씨가 일전에 돌아갔지요."

이 말을 들은 우일은 자기의 동생의 죽음을 들은 듯이,

"녜? 죽어요?"

중은, "녜."

하고서 점잖게 고개를 숙이고 눈을 감으며 입속으로 중얼중얼 염불을 하였다.

"어떻게 하다가요? 병이 났었든가요?"

우일은 바짝 달라붙어 앉았다.

"아니지요."

그 중은 다시 점잖게 고개를 내흔들더니,

"물에 빠졌지요."

하며 입맛을 다셨다.

우일은 중의 얼굴을 무엇이 나오는 것을 기다리듯이 한참 들여다보았다. 그리고 여태까지 민틋한 얼굴에 윤기가 번쩍거리고 그야말로 영광靈光이 있는 듯하더니 지금 자기가 속마음에 어제 저녁 자기가 변소에 갔을 때에 이 절에는 여자가 하나도 없다는 데서 여자

를 본 것과 또는 그 여자가 정희와 똑같은 것을 본 것을 생각하면서 그 중의 얼굴을 보니까 그 윤기와 영광은 어디로 사라지고 짐승의 털 같은 검은 수염과 사자 입 같은 길게 째진 입과 이리의 욕심 많은 눈 같은 두 눈이 보일 뿐이다.

아무리 신심信心 깊다는 승僧·목사牧師 등 여러 종교가에게 대하여 착실한 신임을 하지 못하는 우일은 속으로 '너도 사람인 이상에야 죄를 안 짓고는 어디가 가려워서 못 견디는 모양이로구나.' 하였다.

우일은 얼굴빛을 다시 냉정하게 고치고서.

"어째 그랬을까요?"

"그것은 그 유일복 씨 까닭이지요. 그이가 아마 마음을 주지 않았든 모양예요."

"네."

우일은 대답할 뿐이다.

15

그날 밤 한 시나 되었다. 우일은 문을 살며시 열었다. 그리고 조심스러웁게 문을 나섰다. 복도로 가만가만 걸어서 옆의 방을 들여다보니까 주지 대리가 코를 골며 자고 있다. 시커먼 먼 산에 바람이 쏴 할 때에는 그 무슨 대신大神이 달음질하는 듯하다. 우일은 회랑回嗣을 돌았다. 대웅보전大雄寶殿이 점잖게 앉아 있는 앞뜰을 지났다. 주방을 지나 다시 마당에 나왔다. 이쪽 선방에서는 이야기 소리가 들리더니 뚝 그친다. 우일도 멈칫하고 서 있었다. 그리고 다시 이야기 소리가 나기를 기다려 다시 걸어갔다. 맨 끝 방을 돌았다. 그리고 뒷방 문 앞에 와 섰다. 백지로 다시 바른 미닫이에는 머리카락 날신날신 하는 양 머리가 비쳤다 말았다 한다. 우일은 숨소리를 죽이고 마루 위로 올라섰다. 찬바람이 쏴 —— 불어 잔등이를 으쓱하게 할 제 그는 미닫이 틈에 한 눈을 대고 방안을 들여다보았다.

불빛이 어룽대어 그 방안에 앉은 여자의 얼굴이 선명히 보이지 않고 윤곽의 곡선이 자주 변한다. 그 여자는 무슨 책인지 펴놓고 앉아서 보는지 마는지 십 분이 지나가도 책장 하나 넘기지 않는다.

우일은 속으로 '분명히 정희는 정횐데' 하며 더욱 똑똑한 증거를 알기 위하여 자기가 삼 년 전에 대구서 만날 때의 기억을 꺼내어 그것과 지금 방안에 앉아 있는 실물과 대조하기를 시작하였다. 댕기를 드렸을 때에 본 정희가 지금 머리를 튼 때와 똑같을 리는 없지마는 어떻든 많이 같은 곳이 있다. 눈초리에 눈썹이 조금 숱해서 사람의 마음을 끌게 된 것, 코가 어여쁜 것, 입이 조그마한 것, 두 뺨이 불룩한 것, 가끔가다가 고개를 까땍까땍하는 버릇까지 꼭 정희다.

그러면 저 정희가 무엇 하러 자기 부모와 또는 일복까지 내버리고 이런 절에 외로이 와 있는지? 정말 주지 대리의 말과 같이 죽었다 하면 여기에 와 있을 리도 없을 뿐더러, 그렇다고 죽지 않은 정희를 옆에다 두고 죽었다고 거짓말을 했을 리는 없겠는데 내가 아마 잘못 보고 그러지나 않는지? 똑같은 여자가 있는 것을 잘못 보고 그러지! 그렇지만 어떻든 나이 젊은 여자가 여기 혼자 와 있는 것은 무슨 곡절이 있는 것이다. 아니 한양閒養[11])을 하러와 있는 것인가?

우일은 한참 의욕에 싸여 멀거니 서 있으려니까 방안에서 가늘게 기침

11) 한양: 한가로이 몸과 마음을 안정하여 휴양함.

하는 소리가 나더니 부시시 일어나는 소리가 난다. 우일은 깜짝 놀라 담 모퉁이에 가서 숨었다.

방문 소리가 나더니 그 여자는 신을 신고 마당으로 내려섰다. 그는 마당 한복판에 한참 섰다가 다시 두어 번 사면을 둘러보고서 샛길로 아래 시내를 향하여 내려간다. 우일도 나무 사이에 몸을 숨겨 쫓아 내려갔다.

저 아래서 차르럭차르럭 손 씻는 소리가 나더니 또 얼굴 씻는 소리가 난다. 우일은 그 여자가 앉아서 수건을 적시는 바로 옆 나무 뒤에 숨어 섰다. 그 여자는 얼굴을 씻고 손을 씻은 뒤에 다시 일어서 멀거니 섰더니 고개를 숙이고 한숨을 쉬며 나무 사이에서 반짝거리는 별을 쳐다보고서 그 별을 껴안을 듯이 두 팔을 벌려 한껏 내밀었다가 다시 끌어들이며,

"아아."

하고 옆의 사람에게까지 들리도록 소리를 내어,

"저는 아무도 원망하지 않고 또한 아무것도 부끄러울 것이 없습니다. 저는 다만 하나님이 하라시는 대로 할 뿐입니다. 저의 생명을 하나님께 바쳤습니다."

하고서 한참 있다가 다시,

"하나님! 그러나 저는 그이를 사랑합니다. 저의 피와 저의 생명은 그를 위하여 있습니다. 저는 그를 위하여 그의 제단祭壇 위에 저의 흠 없는 사랑을 바치려 합니다."

그리고서는 고개를 숙이고서 훌쩍훌쩍 우는 소리가 들린다. 너무 감격함은 자기 스스로 자기를 울게 하였다.

'그이! 그이가 누구일까?'

우일은 '그이'가 알고 싶었다. '그이가 일복이가 아닌가?'

그러면 저 여자는 필연 실연자失戀者인 듯한데 그 대상 되는 사람은 누구인가.

소나무 위에서 이슬이 가끔가끔 머리 위에 떨어질 때마다 척근척근한 것이 흐릿한 감정을 청신하게 하는 동시에 어디선지 자기 몸뚱어리에서 용기가 나는 듯하다.

그는 혼자 속으로, '물어 봐?' 하다가도 그 냅다 나오는 감정을 참고서,

'아니지! 만일 말을 꺼냈다가 정말 저 여자가 정희가 아니면 어떻게 하게. 정희라 할지라도 나를 못 알아보면 어찌하노? 그렇지. 내일 자세히 알아 본 뒤에 하자!'

하고서 다시 나무 등 뒤로 서 그 여자의 행동만 살펴본다.

가끔가끔 나뭇잎 사이로 스쳐 지나가는 바람이 가늘게 떨 때 우수수 하는 소리가 너무 고요함을 조금씩 조금씩 깨뜨린다.

그 여자는 대리석으로 깎아 세운 여신상처럼 한참이나 멀거니 서 있더니 몸을 잠깐 뒤로 틀어 고개를 돌리더니 올라갈까 말까 하는 듯이 주저주저 하다가 다시 그 자리에 서 있다. 흰 옷 입은 그의 흐르는 듯한 몸맵시가 새까만 암흑 속에 서 있으니 시내에서 솟아 오른 정령의 화신같이 보인다.

그러고서 몸짓을 잠깐씩 할 적마다 치마저고리의 주름살이 살근살근 울멍줄멍할 때 주름살의 음영이 이리 변하고 저리 변하여 휘둘리는 곡선이 희었다 검었다 한다.

그 여자는 다시 두 손을 맞잡고서,

"그만 올라갈까?"

하고서 내려오던 비탈로 다시 올라갈 때 그는 입 속으로 혼잣말로,

"나는 살았으나 죽은 사람이지? 그렇지! 언제든지 일복 씨가 나를 생각지 않으시면 나는 죽은 사람이나 마찬가지니까."

할 제, 이 소리를 들은 우일은, '응? 무엇야? 일복?' 하고 속으로 놀라면서, '그러면 정말 정희인가?' 할 제, 그 여자는 다시,

"이이는 나를 여기다 혼자 맡겨 두고 어디를 가서 여태 오지 않는고?" 하다가,

"그렇지. 나는 어디로든지 그 여승이 가자는 대로 가겠지만 일복 씨는 이렇게 내가 살아 있는 줄 모르시고 죽은 줄만 믿으시렷다! 그렇지. 그렇게 아시는 것이 일복 씨에게는 도리어 좋으실 터이지!"

우일은 알았다. 그 여자가 분명히 정희인 것을 알았다. 그래서 당장에, '정희 씨, 무엇요?' 하려다가, 그래도 그렇지 않아서 가만히 그 여자의 뒤를 쫓아 너른 마당 한가운데 왔을 때. 그는 가늘게 기침을 하여 인기척을 내었다. 별은 공중에 총총히 박히었고 시커먼 숲은 사면에 둘러 있었다.

"에고!" 하고 자지러지는 듯이 놀란 그 여자는 뒤를 한 번 돌아다보고서 누가 자기 뒤를 따라오는 것을 보더니 한달음에 뛰어서 방으로 들어가려 한다. 우일은 어조를 가다듬어,

"여보세요! 정희 씨!"
하고서 그래도 의아하여 시험 삼아 불러 본 '정희'라는 이름이 맞았는지 맞지 않았는지 그 여자가,

"네." 하고서 자기의 이름을 부르는 사람이 있으므로 멈칫하고 서서 반갑기도 하고 의심쩍어 흘끔 돌아다보지 않았더면 몰랐었을 것이다.

"정희 씨를 이런 곳에서 뵈옵기는 참으로 뜻밖입니다."
하고 돌아서는 정희에게로 가까이 갔다. 정희는 누구인지 몰라서 겁이 나는 듯이 뒤로 물러서며,

"누구세요?"

우일은, "네! 저를 몰라 보시겠어요? 저는 김우일이올시다."

정희는 눈을 번쩍 뜨는 듯이,

"네! 김우일 씨요! 이게 웬일이십니까?"
하고서 일복이나 만난 듯이 가까이 덤벼들려다가 다시 멈칫하고 서면서,

"참 오래간만이십니다."

하고서 고개를 숙이고 땅을 내려다보면서 한참 서 있더니,

"참 오래간만이세요."

다시 하는 목소리에는 옛날을 생각하여 오늘을 비추어 보는 일종 금치 못한 애수의 회포가 엉키었다.

"네. 뵈인 지가 벌써 삼사 년이나 되나 봅니다. 그러나 어떻게 이런 곳에 와 계십니까?"

정희는 주저하였다. 말을 할 수도 없고 아니 할 수도 없었다. 말을 하자니 자기의 비밀을 세상에 알릴 터이요. 아니 말하자니 무슨 핑계가 없었다.

"네, 네. 다니러 왔어요."

"다니러요?"

"네."

"그러면 혼자 오셨나요?"

"네."

"언제 오셨어요?"

"온 지 며칠 안 돼요."

"네, 그러세요."

우일은, "저도 여기 온 지가 며칠 못 됩니다마는, 일복은 요사이 잘 있나요?"

하면서 어두운 가운데서도 정희의 기색을 살피었다. 정희는 일복이란 소리만 들어도 가슴이 괴로운 듯이,

"네, 안녕하세요."

하고서는 눈을 위로 흘겨 뜨면서 우일을 바라보다가 다시 고개를 숙이더니 속마음으로 저이가 내가 물가에서 한 소리를 다 듣고서 일부러 저

렇게 물어보는 것이렷다, 하는 생각을 할 때 얼굴이 홧홧하여졌다. 우일은 또다시 어떻게든지 의심나는 것을 알아보고 싶어서,

"이런 말씀을 여쭈어 보는 것은 실례일는지 알 수 없읍니다마는 밤마다 시냇가에 내려가시나요?"

정희는 가슴이 달랑 내려앉으며 '에쿠, 저이가 아는구나.' 하고서,

"그것은 어떻게 아십니까?"

"날마다 뵈오니까 말씀에요."

"날마다요?"

"네."

"오늘도 오셨어요?"

"네. 뵈옵기만 할 뿐 아니라 무엇이라고 하시는 말씀까지 다 들었어요."

"제 말하는 것까지?"

"네."

정희는 한참 있다가 공중을 쳐다보더니,

"우일 씨는 우일 씨의 누이동생 같은 이정희의 비애를 알어 주실 수가 있겠지요?"

입술이 떨리는지 목소리가 가늘어지며 떨린다. 그리고 망연히 서 있는 그의 두 눈에는 무궁한 거리에서 멀리 비추는 별빛을 반사하여 반짝거리는 눈물방울이 그 별 같이 반짝이기 시작한다.

우일은 정중한 목소리로,

"그게 무슨 말씀입니까?"

"저는 죽은 사람예요. 저는 살아 있으나 죽은 사람예요. 저의 목숨은 비록 육체의 피를 돌게 하나 저는 죽은 지 오랜 사람입니다. 그는 저의 최대의 행복을 잃었고 또는 저는 지금 세상을 속이어 이곳에 몸을 감춘 사람입니다. 물에 빠진 나로서 오늘은 잠깐 이곳에 머물렀으나 내일은

또 어디로 갈는지 모르는 사람입니다. 저를 물에서 구해 낸 여승은 저를 잠깐 이곳에 맡겨 놓고 모레에는 다시 나를 데려다가 어느 곳에 숨겨 줄 는지 알 수 없습니다."

그러고서는 그대로 서 있는 정희의 두 눈에는 구슬 구슬이 눈물이 떨어진다.

이 말을 들은 우일은,

"정희 씨! 제가 일복의 가장 신뢰하는 친구인 것을 알아 주시죠. 그러면 저는 일복 군에게…."

"고만두세요."

정희는 우일의 말을 가로 끊었다.

"나는 우정을 의뢰하여 사랑을 이으려 하지 않습니다. 아니라, 우정으로써 사랑을 이을 수는 없습니다. 사랑은 사랑으로 야만 이을 수가 있겠지요."

이때이다. 저편에서 사람이 오는 기척이 났다.

"에헴."

기침 소리는 나이 늙은 주지의 소리다. 두 사람은 깜짝 놀랐다. 삼물 장삼자락이 어두운 저쪽에서 걸음걸이에 흩날리는 것이 희미하게 보인다. 정희는 깜짝 놀라면서,

"에쿠, 우일 씨! 가세요, 어서요."

우일은, "네? 네."

"밤이면 이 절 주지가 가끔가끔 저 있는 곳까지 순회를 하고 가요. 제가 이 절에 맡겨 있을 때까지는."

정희는 자기 방으로 들어가며 댓돌 밑까지 쫓아온 우일에게 나지막한 목소리로,

"이 절 주지가 저를 구한 여승의 법사法師이라나요."

이것이 일복과 동진이 양순의 집을 가려던 전날 밤이었다.

16

동진과 일복은 엄영록의 집에 다다랐다. 일복은 여태까지 술이 깨지 않았는지 얼굴빛이 붉은데다가 양순의 집으로 비록 자기 직접은 아닐지라도 연담을 하러 가는 것을 생각하매 부끄러웁기도 하며 또 한옆으로는 한 번 허락하였던 것을 물리치고 오십이나 된 장돌뱅이에게 돈 백 원에 팔았다는 것을 생각하매 공연히 두 주먹이 쥐어졌다 펴졌다 하며 팔이 불불 떨린다.

그가 양순의 집에 들어가는 심리心理는 두 가지였다. 한 가지는 초례청에 들어가는 나이 어린 신랑 수줍어하는 듯한 그것과 또 한 가지는 흉적凶敵을 물리치려 그 소굴로 들어가는 연소무인年少武人의 의분이 넘치는 그것이었다.

동진은 먼저 마당에 들어섰다. 마루에 앉아 하루 판돈을 세던 양순 어미는 동진을 보더니 술 항아리 옆으로 비켜 앉으며,

"어서 오시소."

하고서 인사를 한다.

"괜찮은가?"

동진은 인사 대답을 하고 마루에 걸터 앉아 사면을 한 번 둘러보더니,

"재미가 어떤고?"

"언제든지 그렇지요. 장 그렇지요."

하면서 두 눈을 더러웁게 스르르 감는다.

"죄다들 어디 갔는가? 아들서껀."

"모르겠쇠다. 동리에 갔는가요."

"또 딸은?"

어미는 방을 가리키며,

"저 방에요."

이러다가 일복이 웬일인지 뚫어지도록 자기를 들여다보면서 마루 끝에 서 있는 것을 보더니,

"이리 올러오시죠."

하고서 마룻바닥을 가리킨다. 동진은 그제야 알아차린 듯이 두루마기를 휩싸고서,

"올러 앉이소."

하며 일복을 권하는 듯이 처다본다.

일복은 허리 굽혀 사례를 하고,

"네."

하며 걸터앉았다.

동진은 담배를 피워 물고,

"그런데 술이나 한잔 주게나그려."

어미는 잔을 씻고 안주를 담더니 미안한 듯이 빙긋 웃으며,

"안주가 있어야죠. 에그, 맨 술만 잡숫나요?"

하고서 두 잔을 부어 놓는다. 일복은 술을 보더니 진저리나 치는 듯이 상을 찌푸리고 얼굴을 내흔들며,

"에그, 나는 정말 못 먹겠어요. 지금도 머리가 아퍼 죽겠는데요."

그래 동진은 억지로 권하면서,

"한 잔만, 꼭 한 잔만 잡수세요."

"네, 정말 못 해요."

"무얼 공연히 그러십니다그려. 오 —— 장모에게 어여쁘게 보이려고

그러십니까?"

이 말이 떨어지자 어미는 일복을 보더니 고개나 끄덕거리는 것 같이 곁눈으로 일복을 바라본다. 일복은 얼굴이 더욱 빨개지며 이 양반이 유일복 씨란다 하는 듯이 슬그머니 얼러맞추는 동진의 두름성12) 있는 말을 듣고서는 이제는 주저할 것 없다는 듯이 안심이 된다. 그러나 참말 먹을 수 없는 술이나마 하는 수 없이 안 받아먹을 수가 없었다. 그는 마시었다.

그리고 안주를 먹은 뒤에 뒤로 물러앉았다. 동진은 마루에 걸쳤던 두 다리를 마루 위로 올려놓으면서 부어 놓은 술을 마시더니 잔을 탁 내려놓고 안주를 씹으며,

"그런데 여보게, 내 말 한 마디 할 것이 있네."

하고서 젓가락을 놓고 다시 고개를 처들어 양순 어미를 보면서,

"그래 이번 일은 어떻게 된 셈인가? 오늘 온 것은 다름이 아냐. 그 일 때문에 온 것이야."

그 말이 나오자 양순 어미는 그 말 나오는 것이 귀찮은 듯이 공연히 딴소리를 하려고 앵 하고 모여드는 모기를 두 손으로 날리면서,

"망할 놈의 모구, 사람 못 살겠군."

하니까, 얼핏 대답하지 않는데 조금 조급한 듯이,

"응? 웬일야? 곡절을 알 수가 없으니."

동진은 재우쳐 묻는다. 양순 어미는 벌써 알아차리고서,

"무엇을요?"

하면서 미안히 여기는 중에도 비웃는 듯이 씽긋 반웃음을 웃었다.

내가 자네 아들에게 청한 것 말야』

---

12) 두름성: 주변성일을 주선하거나 변통하는 솜씨.

그때야 어미는,

"네 ──." 하며 긴대답을 하고서,

"나는 무엇이라구요. 참 미안한 말씀을 벌써 하려다가. 그렇지만 정혼을 하여 놓은 것을 어떻게 합니까?"

"정혼을 하였어?"

"네."

일복은 한 잔 술이 또 취하여 공연히 말이 하고 싶은 중에도 동진의 교섭이 점점 진전할수록 마음 조마조마한 기대를 가지고 있었다. 동진은,

"흥!"

하고 코웃음을 한 번 치더니,

"여보게, 글쎄 그게 무슨 짓인가? 자아 여기 앉으신 이가 그 어른일세."

하며 일복을 가리키더니,

"자아, 그런 생각 먹지 말고 내가 말한 것대로 이 어른에게 허락하게. 오늘은 이 어른이 직접으로 자네의 말을 들으시려고 몸소 오셨으니."

일복은 소개하는 소리를 듣고서 허리를 다시 펴고 몸을 고쳐 앉아서,

"참 보기는 두어 번 보았으나 알지를 못하였소. 나는 유일복이요. 아마 이미 동진 씨에게 말씀을 들었을 듯하오."

하니까 어미는 조금 냉담하게,

"참 말씀은 많이 들었습니다."

하고서 걸레로 방바닥을 훔쳤다.

동진은 조금 더 바싹 들어앉더니,

"어떻게 할 터인가? 허락할 터인가?"

하니까 어미는 동진을 바라보고 태연한 웃음을 웃으면서,

"무엇을 어떻게 하랍니까? 어서 술이나 드소."

"술야 먹겠지마는 그 말대답을 해야지."

"글쎄요."

하고서 일복을 가리키며,

"약주 한 잔만?"

하며 주전자를 들어 먹겠느냐는 의견을 들으려 한다.

"아니, 싫소. 싫어. 진저리가 나오."

일복은 손을 내저으며 고개를 돌이킨다. 동진은 한 잔을 마시더니 고개를 숙이고 젓가락으로 안주를 뒤적거리면서,

"사람이란 그래서 안 되네. 어린 딸을 생각해야지. 자네가 그것은 잘못 생각하고 한 짓이지. 글쎄 이 사람아, 지금 말하자면 갓 피는 꽃봉오리 같은 젊은 딸을 오십이나 넘은 늙은 사람에게다 주다니, 안 돼. 안 될 일야."

하니까 어미는 그래도 부끄러운 듯이 고개를 숙이고서 한참 있다가,

"그것도 연분이지요."

"연분!"

동진은 어미를 한 번 쳐다보더니,

"연분이 무슨 빌어먹을 연분인가? 그래 젊은 딸을 늙은 놈에게 팔어 먹는 것이 연분야?"

하고 조금 어조가 불온히 나가는 것을 들은 일복은 자기까지 미안한 생각이 나서, 어미는 오죽하랴 하는 듯이 어미의 기색을 살펴었다. 그러나 어미는 또 한 번 씽긋 웃더니,

"그것도 다 연이 있길래 그렇게 되지요."

동진은 껄껄 웃어 쓸데없는 분격을 잘못 말한 것을 덮어 버리면서,

"그렇지. 그러나 그 연을 이쪽으로 끌어와 보게 그려. 그것은 자네 입에 달린 것이 아닌가?"

"그러면 혼인을 무르라는 말씀이지요?"

"그렇지 그래."

"혼인을 무르기야 어려운 일이 아니지요."

"그러면?"

"그렇지만 이번 일은 무를 형편이 되지 못해요."

동진은 어미를 흘겨 보더니,

"형편이 무슨 형편야. 그까짓 놈에게 나는 싫소 하며는 제가 또 무슨 큰소리를 할라구."

"그래도 못 돼요."

"무엇이 못 돼?"

동진은 무엇을 알아차린 듯이 들었던 젓가락으로 소반 변죽을 탁 치면서,

"옳지, 알겠네. 그거야 염려 말게, 이 사람아! 그까짓 것을 가지고 그러나? 돈 말일세그려. 돈 때문에 그렇지? 하하, 그거야 내가 있는데도 그러는가? 아마 말하기가 부끄러워 그러나보이그려. 그거야 벌써 생각해 둔 거야."

동진은 일복을 돌아다보며,

"사람이 저렇게 용렬합니다그려."

하고서 놀려먹듯 웃더니, 다시 어미를 보고서,

"이 사람아, 아무리 하기로 이 어른이 돈 몇 백 원이야 못 해 주실 줄 아는가."

일복은 속으로 문제는 그것 하나면 낙착[13]이 되리라 하면서도 혼인 이야기를 하는데 돈이라는 소리가 나는 것이 아주 불쾌하였다. 그러나 어떻든 잘되기만 기대하는 그는,

"그거야 우리도 벌써 의논한 것이 아닙니까? 그런 염려는 할 것이 없겠지요."

---

13) 낙착: 문제가 되던 일이 결말이 맺어짐.

하고서 동진의 말에 뒷받침을 하였다.

　그러고 나니까 반 이상의 허락을 받은 듯하여 일복은 부질없이 기꺼운 중에도 죄던 가슴이 내려앉았다.

　그리고 석유 남포에 켜 놓은 불빛으로 마주앉은 어미를 볼 때 기름 때 묻은 머리채를 이리저리 설기설기하여 틀어 얹은 것과 두 발의 열 발가락이 짐승의 발같이 험상스러웁게 생긴 것과 격에 맞지 않는 은가락지를 목우상木偶像의 손가락에 끼워 놓은 것 같은 것까지 반 이상은 벌써 눈에 익어 짐승 같은 발가락과 격에 맞지 않는 은가락지와 때 묻은 머리채가 벌써 자기 장모의 그것이 되고 만 듯하다. 그래서 아까 여기를 들어올 때에 깨달았던 그 의분은 어디로 사라지고 잦아지는 재미에 웃음으로 꽃피는 화목한 가정에 앉은 듯할 뿐이다. 그리고 마루 밑에서 정정하고 나서는 그 집 개까지 벌써 자기 집 개가 되고 만 듯하다.

　그러나 어미는 얼굴에 차디찬 정이 돌면서,

　"고만두세요."

하며 고개를 내두르는 두 눈에는 어떠한 여성에게서든지 볼 수 있는 암상맞은 광채가 나면서,

　"저는 돈도 바라지 않고요, 아무것도 싫어요. 상사람은 상사람끼리 혼인을 해야지 후환이 없어요."

　일복은 다시 어미를 보았다. 그러고서는 양을 보려다가 여우를 본 것 같이 적지 않은 낙망이 되면서도, 그러나 한 번 더 다지는 수작이려니 하고서 일복은 있는 말솜씨를 다 내어,

　"그러면 내가 상사람 노릇을 하지."

하니까 동진도 잠깐 웃다가,

　"이 사람아, 양반하고 혼인해서 후환 있을 것이 무엇인가?"

　어미는, "어떻든 저 어른에게 내 딸 드릴 수는 없어요."

하면서 일복을 원망이나 있는 듯이 가리킨다. 동진은 기가 막힌 듯이 허
허 웃고서,

"그것은 또 어째서?"

"왜든지요."

"말을 해야지?"

"말요?"

"그래."

"그 말해 무엇 하게요? 안 하는 것이 좋지요."

"무슨 말인데 못 할 것이 무엇이야. 알기나 하세그려."

"어떻든 저는 저의 딸을 아무리 나이 늙은 장돌뱅이라도 그 사람에게
주는 것이 좋아요."

일복은 다시 살이 에이는듯한 불쌍한 정과 피가 끓는 듯한 분노가 가
슴에서 일어난다. 그리고서 가끔가끔 방 안에서 크게 못 하는 가는 양순
의 기침소리를 들을 때 일복은 그 어여쁜 양순을 수염이 짐승의 털 같이
나고 수욕獸慾이 입 가장자리와 두 눈에서 낙수 지듯 하는 그놈의 장돌뱅
이가 이리 발 같은 두 손을 넓게 벌리고 자기의 만족을 채우려고 덤벼드
는 듯할 때 악 소리를 치면서 덤벼들어 그놈을 당장에 죽여 흠 없고 깨끗
한 양순을 구해내고 싶었다. 그는 그것을 생각할 때마다 온몸을 진저리
치듯 떨었다. 그래서 그는 저도 모르게,

"무어요? 그것은 어째 그렇소?"

하고서 바싹 가까이 다가앉았다. 어미는,

"네, 네. 그것은 아무리 나이 젊고 얌전하고 재주 있는 당신이라도 남
의 목숨을 끊게 한 어른에게는 드릴 수가 없단 말예요."

일복의 머릿속에는 번개같이 정희가 보였다. 정희!

일복은 아무 말도 못 하고 벙벙히 천장만 바라보고 앉았었다. 그의 입

은 무엇으로 풀 발라 봉한 듯하였다.

이 말을 들은 동진은 눈 크게 뜨며 어미를 쥐어지를 듯이,

"무어야? 누가 사람을 죽게 해?"

하니까 어미는 태연한 얼굴로,

"꽃 같은 젊은 아가씨를 죽게 한 이가 누구십니까?"

하며 일복을 쳐다본다. 일복은 그 자리에 엎드러질 듯이 낙망하였다.

"여보!"

일복의 목소리는 떨리더니 조금 있다가 다시,

"동진 씨!"

하려니까 어미는 하려던 말을 채 마치지 못한 듯이,

"홍, 물에 빠진 귀신은 사라지지도 않고 언제든지 등 뒤에 따러 다닌답니다. 그런 이에게 딸을 줘요!"

동진은 아무 말이 없었다. 일복은 고개를 숙이고 한참이나 앉았더니,

"여보! 내가 이 말을 하지 않으려 하였으나 하는 수가 없이 하오. 그런데 동진 씨!"

말에 눈물이 마룻바닥에 떨어진다.

"동진 씨! 나의 마음을 말하려 하나 그 말이 없고 귀를 가졌으나 들어줄 사람이 없습니다. 여보세요. 만일 나를 죄인으로 생각하고 자기의 딸을 줄 수가 없거든, 줄 수가 없거든 말씀여요…."

일복은 갑자기 고개를 들더니 사면을 한 번 물끄러미 바라보고서,

"저에게 주지는 않을지라도 제발 오십 먹은 장돌뱅이에게는 주지 말어달라고 해 주세요."

하고서는 그 자리에 엎드러져 울었다. 그러려니까 그 어미는 다시 깔깔 웃으면서,

"별 걱정을 다 하십니다그려. 내 딸이지 당신의 딸은 아니지요. 내 딸

은 언제든지 내 맘대로 하렵니다."

이 말을 들은 일복은 벌떡 일어나 두 주먹을 쥐고서 어미에게 달려들며,

"이 아귀야! 딸의 피를 빨아먹는 독사야! 너 같은 것들은 모두 한번에…."

하고서 발길을 들려 하니까 동진이 덤벼들어 말리면서,

"고만두십쇼. 고만두세요. 그것을 그러시면 무엇 합니까?"

어미는 분해서 씩씩하며,

"무어요? 아귀요? 내가 아귀여요? 어째 내가 아귀요?"

하고 말대답을 하려니까, 동진은 호령을 하면서,

"가만있어! 무엇이라 지껄여?"

일복은 눈물을 씻으면서,

"에 —— 분해요. 내가 죽드라도 저런 짐승 같은 것은 살려 두기가 싫어요."

17

그날 밤이다. 일복과 동진이 양순의 집에서 나간 지 한 시간이 지난 열한시이다.

누구인지 시커먼 옷을 입고 머리에 검은 수건을 두른 사람 하나가 양순의 집 뒤 언덕을 기어오르더니 사면을 둘러보고서 다시 그 집 뒷담을 살금살금 기어간다. 무엇인지 기다란 막대기로 이리저리 위아래를 조사하더니 중턱을 손에 단단히 쥐고서 뒤창을 향하여 걸어가다가 무엇이 부스럭하기만 하여도 멈칫하고 서 있다가 소리가 그친 뒤에야 다시 걸

어간다. 사면은 적적 고요한 밤인데 공중 위에서 유성 하나가 비스듬히 공중을 금 긋는 듯이 흐르고 별들까지 속살대는 소리를 그친 듯하다. 영호루 나루에 가로놓인 다리에 물결치는 소리가 차르럭거리며 풀 속에 곤히 자는 벌레를 잠 깨우는 것이 오늘 밤의 정적을 깨뜨리는 것이다.

그 검은 옷 입은 사람은 뒤창에 와서 가만히 엎드려 한참이나 그 속을 엿듣더니 손가락에 침질을 하여 창구멍을 뚫고서 그 속을 들여다본다. 그러고서는 무엇을 생각하더니 다시 뒤를 돌아보았다. 저쪽에는 버드나무 두어 개가 하늘을 꿰뚫을 듯이 정적 속에 서 있다. 그는 다시 뒤를 돌아 앞마당으로 나왔다. 그리고 마루로 올라와 뒷방을 엿보고 안방을 들여다보았다. 처마에 잠자던 제비 새끼가 찌르륵 하는 바람에 그는 멈칫하고서 뒤를 돌아보다가 다시 건넌방으로 소리 없이 건너가서 손에 든 총을 옆에 놓고서 머리에 쓴 것을 벗었다. 그는 말할 것도 없이 일복이었다.

일복은 이불도 덮지 않고 가로 누운 양순을 가만히 흔들었다. 그의 손이 그의 보드라운 살에 닿을 때, 그는 간지러운 불쌍함을 깨달았다. 그러고서 지금 이때부터는 여기 누운 이 여자와 끝없이 갈 것을 생각하매, 공연히 세상 일이 비애로웁고 한스러웠다.

"일어나!"

오기를 기다렸는지 양순은 쌍꺼풀진 두 눈을 반짝 뜨더니 꿈꾸는 사람처럼,

"에구, 오셨네."

"일어나! 어서!"

양순의 손을 붙잡고 뒤를 돌아다보는 일복의 손은 떨리었다.

"가야지!"

일복의 목소리는 전판電板에 구르는 구슬같이 떨리었다.

"어서! 어서!"

그러나 양순은 일복의 목을 끼어 안으며,

"여보세요, 정말 가요?"

하고서 소리 없이 운다.

"그럼 가야지. 가지 않고 어떻게 해?"

하고 양순을 달래듯이,

"울지 말어, 응! 남이 알면은 어떻게 하게."

양순은 고개를 더욱 일복의 가슴에 비비면서,

"어디로 가요?"

양순은 어린애처럼 온몸을 발발 떤다.

"어디로든지."

일복은 또 한 번 안방을 건너다보았다.

양순의 울음은 복받쳐 오르며,

"여보세요. 저는 할 수가 없어요."

하고서 침을 한 번 삼키었다.

일복은 병 앓는 어린애를 안은 어머니가 귀여웁고도 불쌍히 여겨 내려다보는 듯이 양순을 내려다보며 혼자 마음으로 '네가 아직 집을 떠나 보지 못해서 집을 떠나기가 싫어서 그러는구나.' 하였다.

"그럼 어떻게 해? 어서 가야지? 응?"

"가기 싫거나 집을 떠나기가 싫어서 그러는 것이 아니에요."

"그럼?"

"어제까지는 제가 당신을 따러서 어디까지든지 가려 하였어요. 그러나 오늘은 다만 당신이 죽여주기만 기다릴 뿐이에요."

"무어야?"

일복은 소리가 커졌는가 의심하여 다시 문 밖을 내다보고서,

"그런 소리 말고 어서 가!"

일복은 울고 싶도록 섭섭하고 분하였다.

"그러면 너의 마음이 하룻밤 사이에 변하였구나."

하면서 울크러뜨릴 듯이 양순을 끼어 안았다. 양순은 일복의 허리를 안고 몸은 어리광처럼 좌우로 흔들며 기 막히는 목소리로,

"아녜요, 아녜요."

"그러면 어째 그래?"

양순은 한참이나 주저하다가,

"저는 장돌뱅이에게로 가는 수밖에 없어요."

일복은 양순을 몸에 붙은 거머리나 떼는 것처럼 두 손으로 밀치고 얼굴을 물끄러미 들여다보더니,

"무어야? 장돌뱅이에게로?"

"…."

일복은 양순을 손에서 뿌리치며,

"에 ── 더러운 년! 그러면 여태까지 네가 나를 생각한다는 것이 다 거짓말이었구나. 너의 조 새빨간 입으로 같이 가자 한 것도 다 거짓말이었지?"

하자 개가 다시 킹킹 짖는다.

안방에서 잠자던 어미가 개소리에 잠을 깨었다가 건넌방에서 인기척이 있는 것을 듣고서, "그 누구요?" 하고 드러누워서 건넌방을 바라본다. 이 소리를 들은 일복은 얼핏 옆에 놓았던 사냥총을 들고 아무 말 없이 안방 동정만 살피었다.

어미는 그래도 담벼락에 어룽대는 그림자가 이상하므로 옆에서 자는 자기 아들을 깨운다.

"애, 애야."

코를 골고 자던 엄영록이라는 놈이 부스스 돌아누우며 응응 할 뿐이다.

"응, 일어 나거라, 일어나."

그래도 대답이 없다. 어미는 혼자 일어나 건넌방에 누가 왔는가 알려고 가만가만히 마루로 건너간다.

일복은 가슴이 떨리고 손이 떨리고 다리가 떨린다. 그리고 그의 눈에는 아무것도 보이지 않고, 보이는 것이라고는 그 앞에 선 양순 어미뿐이다. 그리고 그 양순 어미는 여적女賊의 괴수나 힘 많은 짐승같이 보이는 동시에 자기의 몸이 지금 당장에 그 여적의 괴수 같고 짐승 같은 양순 어미에게 해를 당할 것같이 보인다. 그래서 그는 침착치 못한 마음으로서 최후의 수단으로 자기가 보신용保身用으로 가져온 사냥총을 들었다. 그러나 그 총부리는 떨렸다.

"이 짐승 같은 년, 꿈적 말어. 끽 소리만 해 보아라. 그대로 쏠 터이니."

어미는 '에구머니' 한 소리에 그대로 마룻바닥에 주저앉아 벌벌 떤다. 일복은 이것을 보고서 아까 그 여적의 괴수나 사나운 짐승을 본 듯한 생각은 어디론지 없어지고 땅에서 꿈지럭거리는 지렁이같이 더러웁고 징그러운 중에도 아무 힘도 없는 것을 알아차렸을 때 그는 웬일인지 세계를 정복한 듯한 용기와 자신이 생기었다. 그래서 그가 '꿈적 말어' 소리를 지를 때 자기가 생각지도 못하던 큰 소리가 자기의 폐肺와 성대聲帶를 과도로 떨리게 하며 나왔다.

안방에서 자던 엄영록이 이 소리에 깨었다. 굴속에 잠들었던 사자와 같이 그는 툭툭 털고 일어나 문 밖을 내다보더니 한달음에 마루로 뛰어나와, 채 일복은 보지 못하고 어미의 떠는 것을 보고서,

"이게 웬일인고?"

하니까 어미는 그저 덜덜 떨면서 건넌방을 가리키며,

"저, 저." 할 뿐이다.

일복은 또 총을 엄영록에게 들이대며,

"너는 웬 짐승이냐? 이놈! 꿈적 말어. 죽고 싶거든 덤벼라!"

일복은 으레 그놈도 항복하려니 하였다. 그러고서 그 조그마한 여적의 자식쯤이야 그대로 꼼짝 못하리라 하였더니, 일복의 예상은 틀리었다.

엄영록이란 담 크기로 동리에 유명한 놈이다. 그는 태연히 나서더니 한참이나 일복의 눈을 바라보다가 재빠르게 옆에 놓여 있는 방칫돌을 들었다.

양순은 방 한 귀퉁이에 서서 일복의 행동만 살핀다.

엄영록은 일복에게로 덤비어든다. 이것을 본 일복은 자기의 손에 그것을 보호할 만한 무기가 있는 것을 알기는 알면서 황망하고도 무서운 생각이 나서 총부리가 떨리기 시작하였다.

"어디 봐 봐라! 봐!" 하고 소리를 지른다.

일복은 황급한 가운데 그놈의 팔을 향하여 한방 놓았다. 팔에 들렸던 방칫돌은 쾅 하고 떨어지며, 떨면서 앉아 있는 어미의 가슴을 눌렀다.

"에구, 사람 살리우." 소리가 나더니, 어미는 그 자리에 자빠졌다. 이것을 당한 엄영록은 붉은 피가 뚝뚝 듣는 팔로 옆에 찼던 장도를 빼어들었다.

그러고서는 자기의 용기와 힘을 다하여 일복에게로 덤벼든다.

일복의 총부리는 떨린다. 그가 사람의 신음하는 소리와 또는 마룻바닥에 떨어져 흐르는 사람의 피를 볼 때 그의 몸이 아니 떨리는 곳이 없고 그의 눈길이 닿는 곳이 떨리지 않는 곳이 없었다. 그러나 자기의 목숨을 빼앗으려고 입을 벌리고 덤벼드는 엄영록을 볼 때 그는 총을 아니 놓을 수가 없었다. 그래서 함부로 자기의 정신을 다 차려 두 방을 놓았으나 밤중에 이슬 찬 공기를 울리는 총소리는 다만 담벼락을 뚫고서 지나 나갈 뿐이다.

일복은 엄영록에게 총부리를 잡혔다. 그러고서는 엄영록의 단도 쥔 손이 일복의 허리를 스치더니 일복은 정신없이 그 자리에 쓰러졌다.

엄영록은 칼을 마루에 내버리는 듯이 휙 던지며,

"흥, 다 무엇이냐? 되지 않은 녀석! 총? 총이 무슨 일이 있어?"

양순은 일복이 넘어지는 것을 보더니 그대로 덤벼들어 얼싸안고서,

"여보세요, 일어나세요."

하면서 일복의 몸을 흔들어 죽은 데서 깨려 한다. 이것을 본 엄영록은,

"흥."

하고 비웃더니,

"애, 그 정신없는 짓 좀 하지 마라. 죽었어, 죽어! 죽은 사람을 붙잡고 네가 암만 그러면 무엇 하니?"

양순은 죽었다는 말에 실신이 되도록 놀라,

"에!"

하고서 자기 오라버니 한 번 보고서 일복의 얼굴 한 번 들여다보았다.

"오라버니."

"왜 그래?"

양순의 눈에서는 애소의 눈물이 떨어지며,

"이이를 다시 살려 주세요."

"무어야? 허허, 죽은 사람을 다시 살려 주어?"

"네! 살려 주세요. 제가 할 말이 있어요."

엄영록은 핀잔주듯이,

"이 어리석은 계집년아! 그따위 생각 말고, 자! 송장이나 치워서 너의 오라비 죄나 벗게 해!"

"오라버니!"

양순은 두 손을 모으고 신명神明께 기도나 하는 듯이 자기 오라버니를 처다 보면서,

"저이를 죽이지 마시고 나를 죽이셨드면 좋았을 것을…"

할 때 일복은 눈을 떴다. 그는 그때야 자기 옆구리가 아픔을 깨달았다. 그리고 고개를 돌이켜 옆을 볼 때 거기에는 양순이가 고개를 숙이고 울고 있었다.

그는 몸에 칼을 맞고서도 마음속에도 어서어서 양순을 데리고 도망할 생각뿐이었다. 그래서 힘을 다하여 벌떡 일어서며,

"가! 어서 가!"

하고 양순의 손을 잡아끌려 할 때 그의 신경은 교란攪亂하여져서 눈에는 남폿불이 보이기도 하고 마당이 보이기도 하고 자빠진 양순 어미가 보이기도 한다. 그리고 그의 눈앞에 양순 어미의, 자빠진 늙은 계집의 히들히들한 살이 보일 때 그는 눈을 가리고 싶도록 무서웁게 더러웠다. 그리고서는 죄 묻은 검은 남루襤褸를 누가 자기 몸 위에 씌워 주는 것 같아서 그는 몸서리를 치고 벌벌 떨다가 그 어미가 으스스한 신음 소리를 내고서 뒤쳐 누울 때 그는 미친 사람같이 무서운 웃음소리를 내면서 뒤로 물러섰다. 그리고서는 다섯 손가락을 벌리고서 그 어미를 뜯어먹을 듯이 들여다보다가 다시,

"양순! 가! 어서 가! 날이 밝기 전에!"

하며 연한 양순의 가는 팔을 잡아끈다.

"가! 가!"

양순은 아무 말 없이 일어서서 끄는 대로 끌려간다.

이 꼴을 서서 보고 있던 엄영록이라는 놈이 성큼 한 발자국 나서면서 양순을 홱 뺏으면서,

"어디를 가?"

하고 가로 나선다.

"못 가!"

이 꼴을 당한 일복은 엄영록을 한참이나 바라보다가,

"엠."

하고 이를 악물며 덤빌 때 그의 전신을 맹화 같은 분노가 사르는 듯하였다.

"안 놓을 터이냐?"

일복은 엄영록의 팔을 잡고 양순을 빼앗으려 할 때 엄영록은 완강한 주먹으로 일복의 가슴을 탁 밀치는 바람에 일복은 그대로 건넌방 구석에 나자빠지자, 머리를 놓여 있던 총대에 맞아 눈앞에 번갯불이 번쩍 하는 것 같고 정신이 없어 온 천지가 팽팽 내돌리며 콧속에서는 쇳내가 난다.

그는 한참 정신을 차리다가 다시 벌떡 일어나려 할 때 그의 방바닥을 짚으려는 손이 총부리를 만지게 되었다.

그럴 때 그는 무슨 신통한 도리를 발견한 듯이 속마음에 옳지 하는 생각이 났다. 그러고서 그 총을 들고 일어서려 할 때 귓결에 엄영록이란 놈이 양순의 팔을 끌며,

"가자, 어서 가."

하며, '어머니를 일으켜야지.' 하는 소리를 듣고서, 그는 다시 벌컥 분기가 치밀어 올라오며,

"에 이놈아, 어디를 가."

하고 일어서자, 한 방을 놓은 총소리와 함께 엄영록은 마루 끝에서 마당으로 굴러 떨어졌다.

이것을 본 양순은 일복에게로 달려들었다. 그에게는 일복이 자기 오라버니 죽이는 것을 보고서 얼마나 일복이가 무서웠는지 알 수 없으나 그래도 그 무서움을 없이 할 만큼 안전한 피난처는 일복밖에 없었다.

그러나 엄영록이 쓰러지는 것을 본 그 찰나에 일복의 머릿속에는,

"살인!"

이라는 소리가 들려오며 그는 혼자 속으로,

"인제는 정말 사람을 죽이었는가?"

하면서 덤벼드는 양순도 본체만체 그는 그대로 멀거니 섰다가 엄영록이 자빠진 것을 가까이 와서 들여다보더니,

"에!"

소리를 지르고 그 자리에 기절하다시피 놀라 자빠지더니, 다시 일어서서 고개를 돌이켜 양순을 보더니, 양순의 마음을 위로나 하는 듯이 빙긋 웃을 때 감출 수 없이 일어나오는 무서운 마음은 그 웃음을 살인광이 사람의 피를 보고 웃을 때와 같이 음침하고도 으스스한 웃음을 만들었다. 그래도 일복은 두 눈에 피가 올라와 불같은 빛이 나는 눈망울로 양순을 보며,

"가야지! 어서 가! 남에게 들키기 전에."

양순은 아무 말도 못 하고 가만히 서 있다가,

"여보세요."

하며 일복을 애연哀然하고도 떨리는 목소리로 부를 때,

"어서 가! 어서! 어서."

일복은 황망히 사면을 둘러보며 재촉을 할 제 그의 다리는 떨리었다.

그러나 양순은,

"저는 갈 수가 없어요."

하며 붙잡으려는 손을 피하여 몸을 이리로 돌이켰다.

"저는 가고 싶어도 할 수가 없거니와…."

하면서 속마음으로 생각하기를,

'저이는 진정으로 나를 사랑하지! 그러나 나는 저이를 사랑할 수는 없다. 내가 비록 저이를 잊지는 못한다 할지라도 내가 저이를 따라 갈 수는 없지. 저이는 자기의 사랑하는 이를 죽게 한 이지? 그리고 우리 오라버니를 죽인이지.'

한참 있다가 또다시 생각하기를,

'그렇지만 나는 저이 없이는 살 수가 없지.'

하고서 일복을 한참 또다시 보더니,

"저는 당신을 따라갈 수는 없어요."

할 때 피 묻은 허리를 한 손으로 쥔 일복은,

"무어야? 갈 수가 없어?"

"네! 저를 이 자리에서 저 우리 오라버니처럼 쳐 죽여 주세요."

"안 될 말! 안 될 말이다!"

그는 미친 사람같이 소리를 지르더니,

"어서 가자! 어서 가!"

할 제 양순은 그 옆에 떨어진 일복의 피 묻은 칼을 집어 일복을 주며,

"여보세요, 제가 당신을 생각지 않는 것이 아니며 또는 같이 가기 싫어서 그런 것이 아닙니다. 저는 당신을 따라감보다도 당신의 칼에 죽기를 바랍니다."

그의 목소리는 비장하였다. 그리고 다시,

"나는 남의 사랑을 빼앗어 자기를 복스럽게 하기는 원치 않아요. 당신을 위하여 죽은 이의 사랑을 빼앗으려 하지는 않아요."

하고는 떨어지는 눈물로써 발등을 적시다가 다시,

"자."

하고 칼을 내밀면서 일복을 향하여,

"당신께서도 무슨 결심이 계시겠지요?"

하고서 속적삼을 풀어헤친 양순의 젖가슴은 백옥같이 희다.

일복은 무의식하게 그 칼을 받아들을 때 그에게 모든 것이 절망인 것을 알았다. 그리고서는 그래도 맨 마지막 희망, 즉 양순을 데리고 사랑의 나라로 도망을 갈 줄 알았다가, 오늘에 그 사랑인 양순이가 가기를 거절할 때 그는 이를 악물었다. 그리고 '엣' 소리를 치고 온몸을 부르르 떨 때

에는 모든 비분이 엉키고 덩지가 되어 나중에는 이 세상의 모든 것을 저주하고 싶은 동시에 그것을 참지 못하여 일어나는 본능적 잔인성이 그의 칼자루를 단단히 쥐게 하고서 절대의 자유로서 그의 생명을 좌우할 수 있는 양순이 자기 팔에 안기어서 흐트러진 머리카락이 창백한 이마를 어려 덮었고, 다시는 뜨지 않으리라고 결심한 두 눈이 비장하게 감기어 있으며 맺힌 마음으로 악물은 붉은 입술이 하얀 두 이 사이에 을크러지도록 물려 있어 자기의 전 생명을 바치고 있는 양순을 내려다볼 때 그는 자기의 모든 원망을 한꺼번에 몰아다가 한칼 끝에 모아 연약한 양순을 그대로 찌르려 하였다.

그러나 그가 눈을 감고 칼을 들어 양순의 가슴을 찌르려 하다가 그는 이런 것을 깨달았다.

누가? 남의 칼날에 말없이 자기 생명을 바치는 자이냐? 할 때 그는 모든 희열과 또는 애인에 대한 경건한 감사의 마음이 생기면서 그는 다시 한 번 최후를 기다리는 양순을 안았다. 그러고서는 뜨거운 눈물이 떨어지면서,

"참사랑을 알 때에는 그 생生의 여유가 찰나를 두고 다투지 않지는 못하는가."

그리고는 눈물이 어린 눈으로 자기의 손에 든 칼을 볼 때 멀리서 사람의 기척이 들렸다. 그는 황급한 마음이 다시 나서, 다시 눈을 감고 칼을 들어 양순의 심장을 향하여 힘껏 칼날이 쑥 들어갔을 정도로 찔렀을 때 자기 팔에 안긴 양순은 팔딱 하더니 두 팔 두 다리에 힘을 잃었다. 그러나 그가 고개를 돌이키고 감히 바로 양순을 보지를 못할 때 자기 손에 피묻은 것을 보았으나 그래도 양순이 어쩐지 참으로 죽은 것 같지가 않아서 또다시 한번 그의 가슴 정중正中을 내리 찔렀다. 이번에는 아까와 같이 손이 떨리지 않고 아까와 같이 지긋지긋하지가 않고 아까와 같이 감

히 손이 내려가지 않지 않고 한번에 내려갔다. 그의 칼이 양순의 가슴에 박혀 잠깐 바르르 떨 때에는 또 한번 양순이가 몸을 팔딱 하고 목구멍 속으로 연적硯滴에 들어가는 물방울 소리 같은 소리를 낼 적이다.

그는 칼을 잡아 빼었다. 흰 옥판玉板에 붉은 피를 흘리는 듯이 새어 나온다. 그는 그것을 보고서 그래도 양순이 죽은 것 같지 않아 못 견디겠다.

이왕 죽여주면 완전히 죽여주어야지 하는 생각이 나면서 그는 또 칼을 들었다. 그리고 이번에는 아무 지긋지긋함이나 애처로움이나 참기 어려운 잔인성이 조금도 없고 대리석代理石像을 쪼아 내는 석공과 같이 아무 감정도 그는 깨닫지 못하였다. 그는 다시 그의 허리를 찔렀을 때 양순은 조금도 팔딱 하지 않고 그대로 곤포昆布쪽 같이 일복의 팔에 매달려 있을 뿐이었다. 일복은 그제야 양순이 죽은 것을 알은 듯이 마루 위에다 양순의 시체를 놓고서 그래도 연연한 정이 미진한 듯이 그의 팔과 그의 다리를 만져 보았다.

그러자 또 한번 수군수군하는 사람의 소리를 들었다. 그는 여태까지 잊었던 공포가 다시 일어나며 이리 허둥 저리 허둥 할 제 그는 혼자,

"살인을 했어! 예끼, 내가 살인을 하다니, 그렇지만 양순을 죽였지!"

중얼거리면서 부엌으로 툇마루로 왔다 갔다 하더니,

"그렇지! 그래!"

하고서 성냥을 득 긋더니 처마 끝과 나무더미에 불을 붙이고서는 미친 사람처럼 집 뒤를 돌았다. 그러자 사람 죽이는 것은 모르고, 달아나는 것만은 개란 놈이 쫓아오며 짖으매 그는 손에 들었던 칼로써 개란 놈의 허구리를 찔러 그대로 쓰러뜨리고 한걸음에 강다리를 건넜을 때 그 모래톱에 쓰러졌다. 그는 다시 일어나 물가에 가서 물을 마시고 풍현風峴 - 바람뫼 - 을 올라섰다. 입에서 단내가 나고 허리가 끊어지는 듯하다. 땀은 온 전신에 폭포같이 흐른다.

그가 고개 마루턱에 올라서서 뒤를 돌아다보매 멀리 외로이 서 있는 양순의 집에는 불이 붙어 배암 혀 같은 불길이 이 귀퉁이 저 귀퉁이를 날름날름하고 있다.

이것을 본 일복은 뜯어먹던 미끼의 흐른 피를 입 가장자리에 흘린 짐승처럼 잔인한 웃음을 크게 웃으면서,

"아! 악마의 전당! 요귀의 소굴! 내가 너를 불 지른 것이 아니다! 옛날의 소돔이 불에 탄 것 같이 너의 운명이 너를 불에 타게 한 것이다."

그는 풍현을 넘어섰다. 굼실굼실한 산 그림자가 안동읍을 눈앞에 가려 버렸다. 그는 달아나면서도 혼자 중얼거리기를,

"고운사로 가야지! 우일에게로!"

한달음에 송松고개를 지나 다랫들日坪에 다다랐을 때 그는 다시 엎으러졌다. 그는 개울의 물을 마셔 정신을 차린 후에 다시 노루고개를 넘었다.

토각골을 지날 때는 아무리 흥분된 그일지라도 요귀의 토굴을 지나는 것 같이 머리끝이 으쓱하여지지 않을 수가 없었다. 도적 많고 제일 무서웁기로 유명한 토각골을 지난 그는 토지동兎枝洞을 지나갈 제 먼 동리에서 닭이 울기를 시작하였다. 다시 톡갓재를 지날 때에 그는 그곳이 안동과 의성이 북남北南으로 경계되는 곳인 줄을 알고서, 자기 고향 의성을 바라보았다.

그는 거기에서 잠깐 다리를 쉬었다. 그는 땅 위에 누워서 하늘의 별을 쳐다보았다. 풀냄새는 사면에서 코가 알싸하도록 나고 축축한 이슬은 홧홧 달아오르는 상처를 시원하게 식힌다. 그는 누워서 먼 창공에서 반짝이는 작고 큰 별들을 보다가 다시 벌떡 일어나며,

"어서 가야지. 어떻든 가고 보아야 한다."

그는 다시 풀 냄새를 맡을 수 있으며 다시 창공에 반짝이는 별들을 보지 못하리라고 생각지는 못하였다.

그가 다시 힘을 다하여 매기골에 왔을 때에는 멀리서 개가 짖는다. 그는 다시 지동골을 지나 고운사 어귀까지 와서, 안동서 여기가 삼십 리, 겨우 세 시간에 왔다.

그가 여기가 고운사이지 할 때, 여태까지 참았던 신체의 맥이 풀리며 그대로 길바닥에 쓰러졌다. 땀과 피가 섞이어 붉고 누른 물이 온몸을 적시었다.

그는 다시 일어서려 하였다. 그러나 의식은 똑똑하나 일어서지를 못하였다. 그래 그는 넘어진 어린아이가 일으켜 주기를 기다리는 듯이 한참 고래를 숙이고 엎드렸을 때 때 없이 약한 마음이 자기 가슴으로 지나갈 때 그는 우일을 소리쳐 부르고 싶었다.

그는 다시 고개를 들어 나무가 우거진 틈으로 절집을 살필 때 옆에서 물 흐르는 소리를 듣고서 다시 산 듯이 벌떡 일어나려 하다가 다시 쓰러지려 할 때 그는 허리를 짚고서 꿋꿋이 버티고 섰다. 그리고 비슬비슬 걸어서 물소리를 찾아 물을 먹으러 시냇가로 갔다. 그는 그대로 엎드려 물을 마시었다. 두 모금 세 모금 물을 마신 후에 그는 고개를 들고 다시 일어나 양쪽의 나무가 홍예문을 튼 듯한 너른 길을 얼마인지 걸어와서 층계돌을 모은 데 걸려 넘어져 이마가 깨지었다. 그리고 다시 한 층을 오르려다가 무릎을 벗기었다. 그는 또다시 일어서려 하였으나 일어서지를 못하고 그대로 쓰러져 몸을 이리 굴리고 저리 굴리며 고통에 신음을 하다가 다시 번듯이 누웠을 때 그는 생각하였다. 자기의 육체가 자기의식을 행사치 못하니 아마 이제 나의 생명이 끊어질 시간이 가까웠나 보다. 그러면 나의 벗 우일도 만나 보지도 못하고 이 자리에서 죽나 보다 할 때 암흑 속에서 우는 벌레의 소리들과 샘물의 중앙중앙 흐르는 소리가 바람 밑에서 살락살락하는 나뭇잎의 떠는 소리나 자기 손에 만져지는 가슬가슬한 모래들이나 또는 콧속에 맡히는 수기水氣있는 흙냄새. 멀리서 자기의 임종을 못 하는 듯한 뻐꾸기의 소리. 이 모든 것을 그는 이 몇 찰나 사이에 마지막 듣고 보지나 않는가 하였다.

그는 그것을 생각할 때,

"아니다. 마지막으로라도 우일을 만나야 한다."

하고서 맨 나중 힘을 다하여 일어섰다. 그러고서 다시 저쪽 가운루가 어두컴컴한 속에 희미하게 보일 때 그는 그쪽을 향하여 달음질하려 하였으나 그의 다리는 힘없이 떨리고 그의 옆구리는 지구를 차고 가는 듯이 무거웠다.

그러나 그가 한 다리를 내어놓으려 할 때 바로 자기 눈앞에는 우일과 정희가 와서 섰다. 일복은,

"아, 우일 군!"

하고서 그의 가슴에 그대로 안기며 다시 옆에서 자기를 무서운 듯해 하는 정희를 보고서,

"아! 정희."

하고서 꿈이나 아닌가 하는 의아한 눈으로 그를 비킬 때,

"이게 웬일인가?"

하고 자기의 몸을 잡는 사람은 분명한 우일이었다.

그러나 너무나 의외 일에 그는 꿈이나 아닌가 하고서 두 사람의 얼굴을 물끄러미 들여다 볼 때 정희도 그때야, 알은 듯이,

"아! 일복 씨."

하고서 덤벼들려 하니까 일복은 다시 힘없이 우일의 팔에 힘없이 턱 안기며,

"아! 정희의 환영이다! 환영이다!"

하면서 우일을 쳐다보며,

"우일 군! 정희의 환영! 저기 정희의 환영!"

하고서 아무 소리 없이 우일의 팔에서 실신을 해 버렸다.

　이 말을 들은 정희는 일복의 가슴에 엎드러지며,

　"일복 씨! 저는 환영이 아니라 정체正體입니다. 저는 일복 씨의 아내인 정희입니다!"

　우일은 일복을 무릎에 뉘었다. 그리고서 그의 얼굴과 피를 씻으며,

　"이게 웬일인가?"

하고서 다시 그의 허리를 만지다가 다시 눈을 크게 뜨며 깜짝 놀라면서,

　"이 사람아 어디서 칼에 맞았으니 도적을 만났는가?"

하고 십 분이나 넘게 주물렀을 때 일복은 겨우 눈을 떠 우일을 보며 입 속에서 잘 나오지도 않는 소리로,

　"여보게 나, 나는 사람을 죽였네!"

　우일은,

　"응? 무어야?"

하며 사면을 둘러보고서,

　"그래 어떻게, 무슨 일로?"

　"나는 나의 애인을 죽였다! 그러나 나는 죽지를 않았다. 그러나 그때는 가까웠다."

하고서,

　"여보게, 나의 가슴을 좀 문질러 주게."

하고서는 그의 눈에서는 눈물이 비 오듯 하였다. 그러나 그의 목소리는 점점 풀이 죽어지며,

　"나의 눈물은 우리 정다운 친구를 마지막으로 작별하는 눈물이다!"

　우일의 눈에서도 눈물이 나왔다. 정희는 또다시 일복을 잡으며,

　"일복 씨! 저에게 다만 한 마디 말씀이라도 아내라고 불러 주세요!"

할 때 일복은 다시 정희를 물끄러미 바라보더니 고개를 내두르며,

"환영은 언제든지 환영! 죽은 정희의 환영! 죽음을 찰나 앞에 둔 나로서도 그런 어리석은 짓은 하지 못 하겠다….”

하고서 우일의 팔에 힘 있게 몸을 비틀 때 심장의 고동은 정지하고 말았다.

17원 50전

— 젊은 화가 A의 눈물의 한 방울 —

나
도
향

소
설

9
선

1

사랑하시는 C선생님께 어린 심정에서 때 없이 솟아오르는 끝없는 느낌의 한 마디를 올리나이다.

시간이란 시내가 흐르는 대로 우리 인생은 그 위에서 뱃놀이를 하고 있습니다. 늙은이나 젊은이나, 마음 아픈 이나 가슴 쓰린 이나, 행복의 송가頌歌를 높이 외는 이나 성공의 구가謳歌를 길게 부르짖는 사람이나, 이 시간이란 시내에서 뱃놀이하지 않는 사람이 누구입니까?

오늘 이 편지를 선생님께 올리는 이 젊은 A도 시간이란 시내에 일엽편주一葉片舟를 띄워 놓고 끝 모르는 포구浦口로 향하여 둥실둥실 떠갑니다.

어떠한 이는 쾌주하는 기선을 탔으며, 어떠한 이는 높다란 돛을 달고 순풍에 밀리어 갑니다. 또 어떠한 이는 밑구멍 뚫어진 거룻배를 이리 뒤뚱 저리 뒤뚱 위태하게 젓고 갑니다.

또 어떠한 배에서는 하품하고 기지개 켜는 소리가 들립니다. 또 어떠한 배에서는 장구를 두드리고 푸른 노래를 부르기도 합니다. 어떠한 배에서는 불그레한 정화情話의 소곤대는 소리가 들립니다. 어떠한 배에서는 여자의 애끓는 울음소리가 납니다. 어떠한 배 속에서는 촉루髑髏가 춤을 추고, 어떠한 배 속에서는 노름꾼의 코고는 소리가 납니다.

그러나 이 A의 탄 배에서는 무슨 소리가 들리는 줄 아십니까? 때 없는 우울과 비분과 실망과 고통과 원망이 뭉텅이가 되고 덩어리가 되어 듣는 이의 귓구멍을 틀어막는 듯이 다만 떵하는 머리 아픔이 있을 뿐이외다.

나와 같은 배를 띄워 같은 자리를 지나가는 배가 몇 백 몇 천 있습니다. 그들은 다만 서로 바라보며 기막혀 웃을 뿐이외다. 그리고 서로 눈물지을 뿐이외다.

선생님! 이 배가 가기는 갑니다. 한 시간에 오리五里를 가거나 단 일리

一里를 가거나 가기는 갑니다. 그러나 그 배가 뒷걸음질 칠 리는 없을 터이지요? 가기만 하는 배는 우리를 실어다 무엇을 하려 할까요? 흐르는 시간은 말이 없고 뜻이 없으매 다만 일정한 규칙대로 가기는 가겠으나 뜻 없고 말 없는 시간이란 시내 위에 이 A는 무슨 파문波紋을 그려 놓아야 할까요?

새벽 서리 찬바람에 차르럭 찰싹 뛰어 노는 어여쁜 물결입니까? 아침 저녁 멀리 밀려왔다 멀리 밀려가는 밀물의 스르렁거리는 물결입니까? 초승달 갸웃드름하게 비친 푸르렀다 희었다 하는 깜찍한 파문입니까? 어떻든 저는 무슨 파문이든지 그 시간이란 시내 위에 그리어 놓아야 할 것이외다. 하다 못하여 시꺼먼 물결 위에 푸 —— 하게 일어나는 거품일지라도 남겨 놓고야 말 것이외다.

선생님! 그러나 그 파문을 그리려 하나 그릴 수가 없습니다. 하늘의 바람은 너무 강하고 몰려오는 물결은 너무 힘이 있습니다. 인습이란 물결이 이 작은 편주를 몰아낼 때와 육박하는 환경의 모든 시꺼먼 물결이 가려고 하는 이 A라는 조그만 배를 집어삼키려 할 때 닻을 감으랴, 노를 저으랴 가려고는 합니다마는, 방향을 정하려 하나 팔에 힘이 약하고, 가려고 하오나 나를 이끌어 나아가게 하는 힘 있는 발동기를 갖지 못하였습니다. 그나 그 뿐입니까? 어떠한 때는 폭우가 내리붓고, 어떠한 때에는 광풍이 몰려와 간신히 댓둥거리는 이 작은 배를 사정없이 푸른 물결 속에 집어넣으려 합니다.

아아, 선생님! 그나 그뿐이 아니외다. 어떠한 때는 어두운 밤이 됩니다. 울멍줄멍하는 노한 파도가 다만 시꺼먼 암흑 속에서 이리 뛰고 저리 뜁니다. 하늘에서 희망의 별 하나 보이지 않습니다. 저쪽 어귀에 희미하게 비치는 깨알 같은 등대의 깜빡거리는 불도 꺼질 때가 있습니다.

그러나 저는 가렵니다. 약하고 힘없는 두 팔 두 다리로 저 보이지 않는 포구浦口를 향하여 형형색색의 파문을 그리면서 가기는 가렵니다. 오늘에 그리어 놓은 파문의 한 폭이 내일에 그릴 파문을 낳고, 내일에 그리어 놓은 파문의 한 폭이 모레의 그것을 낳아 저쪽 포구에 이를 때에는 대양大洋으로 나아가는 힘 있는 여울 물결 위에 거룩하고 꽃다운 성공의 파문을 그리려 합니다.

아아, 그때에는 암흑에 날뛰는 미친 파도나, 때 없는 폭풍우나, 밀려오는 인습의 물결이나, 모든 환경의 그 모진 파도가 그 거룩하고 꽃다운 파문 하나는 지워 버리지 못할 것이며 삼키어 버리지 못할 것이요, 이 작은 일엽편주는 그 때가 되어 바위에 부딪쳐 깨어지거나 물결에 씻기어 사라지거나….

저는 다만 죽어 가는 목구멍 속으로라도 넘치는 환희와 북받치는 기쁨으로

영생의 노래를 부를 것이외다.

2

오늘은 웬일인지 일기가 전에 보지 못하게 음침합니다. 답답한 심사와 침울한 감정을 양기陽氣있고 청징清澄[1]하게 하려 애를 썼으나 그것은 실패 하였습니다.

아침에 밥을 먹는 저는 열 두 시가 되도록 습기 찬 땅바닥에 누워 있었습니다. 오고가는 공상이 어떠한 때는 저를 웃기더니 어떠한 때는 울리

---

1) 청징: 맑고 깨끗하다.

더이다.

저의 젊은 아내는 오색 종이로 바른 반짇고리를 옆에 놓고 별 같은 두 눈을 깜빡거리며 저의 입고 나갈 두루마기 끈을 달고 있었나이다. 저는 저의 아내를 볼 때마다 불쌍한 생각이 납니다. 나이 젊은 아내의 고생살이를 생각 할 때마다 저의 심정은 웬일인지 쓰립니다. 제 옆에 앉아 있는 그 젊은 아내가 과연 저의 이상理想을 채우는 아내는 아니외다. 사랑과 사랑이 결합하여 된 부부가 아니외다. 자각 있는 애인의 조화 있는 사랑은 아니외다. 그는 무엇을 믿고서 나의 아내가 되었으며, 무슨 각성을 가지고 나를 사랑하는지 알 수가 없습니다. 애인과 애인이 서로 만나는 것이 가장 큰 대담한 일이라 하면, 애인도 아니요 애인도 아닌 이 두 사람의 서로 결합된 것도 위태하게도 대담한 것이외다.

위태한 짓을 똑같이 한 이 A는 불쌍한 용자勇者이지마는 그것을 지금까지 알지 못하는 저의 젊은 아내도 어리석은 용자이외다. 우리 두 사람이 과연 원만하게 사랑의 가락을 두 몸에 얽어 놓았습니다. 강대한 세력을 두 사람의 붉은 피 속에 부어 주는 것이 무엇입니까?

그러나 이런 자식은 절더러 '아빠, 아빠' 합니다. 그리고 저의 아내더러는 '엄마, 엄마' 합니다. '엄마, 아빠'라 부르는 그 소리를 들을 때마다 알지도 못하게 저의 마음은 깨끗하여지며 어느 틈엔지 따가운 귀여움이 저의 가슴을 채웁니다. 어린애가 웃으면 저도 웃습니다. 그러면 저의 아내도 웃습니다. 저의 아내의 웃는 눈은 반드시 나의 얼굴을 바라봅니다.

철없는 아이가 재롱부려 웃을 때는 저의 웃음과 저의 아내의 웃음소리는 보이지 않는 공중에서 서로 얼크러져 입을 맞춥니다. 그때에는 모든 불행, 모든 고통이 그 방안에서 내쫓기어 버립니다.

오늘도 남향한 창에는 햇볕이 따뜻하게 드는데, 철없는 어린 자식은 방 한 귀퉁이에서 자막대기를 가지고 몽실몽실한 두 다리를 쪽 뻗고서 무엇이 그리 재미있는지 콧소리를 쌔근쌔근하며 장난을 하고 있을 때, 답답한 감정이 공연히 저의 상을 찌푸리게 하였으나, 근지러운 살과 부드러운 입김을 가진 저의 아내가 고요한 침묵을 가는 바늘로써 바느질할 제 웬일인지 눈은 감고 저의 전신의 모든 관능官能은 힘을 잃은 것 같이 노곤하여졌나이다.

잠들지 않은 나의 정신은 혼농昏膿한 가운데 젖어 있을 때 나의 아내는 무엇을 생각하였는지,

"여보서요, 날이 점점 추워 오는데 월급 되거든 어린애 모자 하나 사오서요." 하였습니다.

이 말을 듣는 저는 듣고도 못 들은 체 하였습니다. 그리고 속마음으로는

'화구畵具도 살 것이 있고 책도 좀 사야 할 터인데 어린애 모자는 천천히 사지.' 하며 아내의 말에 공연한 심증이 났습니다. 그 심증은 결코 아내의 말이 부당한 말이나 어린아이의 모자를 사다 주는 것이 아까와 그러한 것이 아니라, 경제의 압박을 당하여 오는 저는 돈이란 소리가 나올 때마다 쌓아오고 쌓아 온 불평이 공연히 좋던 감정도 얼크러뜨려 버립니다.

저의 아내는 여러 번 그런 일을 말하면서도 저의 대답하지 않는 것이 무안한 듯이 한참이나 아무 소리가 없다가,

"왜 남의 말에 대답이 없소?" 하였습니다. 나는 여전히 말대답이 없이 드러누워 있었습니다. 아내는 또다시,

"어린애 모자 하나 사다 주기가 무엇이 그리 어려워서….."

하더니 아무 소리도 없이 다 꿰맨 두루마기를 툭툭 털어 저의 누워 있는 다리 위에 툭 던졌습니다.

자막대를 가지고 장난하던 어린애는 모자 소리를 듣더니,

"때때모자? 응! 엄마." 하고 벙긋벙긋 웃으면서 저의 아내를 쳐다보며 달려듭니다. 이것을 본 저의 아내는 토라졌던 얼굴을 다시 고치었는지,

"글쎄, 이것 좀 보시우! 모자, 모자 하는구료!" 하며 아무 말 없이 두 눈 위에 팔을 얹고 누워 있는 저의 가슴을 가만히 연하고 부드럽게 흔들었습니다. 저의 아내의 매낀매낀한 손가락이 저의 옷 위에서 꼼지락거릴 때에 저의 피부 밑으로 지나가는 신경은 무엇에 취한 듯한 감각을 저의 핏결 속에 전하는 듯하였습니다.

저는 다만,

"왜 이래? 귀찮아." 하고 팔꿈치로 아내의 손을 툭 치며 다시 돌아누웠습니다. 제가 본래 신경질임을 아는 저의 아내는 조금도 노여워하는 기색이 없이 다만 생글 웃으면서 가장 노한 듯이,

"그만 두구료! 어서 옷이나 입고 나아가요. 대낮에 드러누워 있는 것이 갑갑해 못 견디겠구료." 하는 목소리는 웬일인지 마음 약한 저의 거짓 노여워함을 오래 가게는 못하였습니다. 저는 다만 벌떡 일어나며 아내의 얼굴을 한 번 쳐다보고,

"에이! 그 등쌀에 누워 있을 수가 있어야지. 두루마기 어쨌소?" 하며 웃음을 참지 못하고 빙그레 웃었습니다. 저의 아내도 웃음이 떠도는 얼굴에 거짓 노여움을 섞으면서,

"그것 아니고 무엇이요?" 하며 방바닥에 놓여 있는 저의 두루마기를 가리켰습니다.

저는 다만 무안한 가운데도 우스운 생각이 나서 아무 말 없이 두루마기를 입고,

"지금 몇 시나 되었을꼬?" 하며 혼잣말을 하고는 모자를 집어 썼습니다.

저는 바깥으로 나왔습니다. 젊은 아내와 정에 겨운 싸움을 하고 나온 저의 마음은 바깥에 나와서 비로소 그 시간에 일어난 역사가 그립고 애

착하는 생각이 났습니다. 새로운 공기와 푸른 하늘이 거의 공연히 센티멘털한 심정을 녹이며 부드럽게 하여 줄 때 웬일인지 반 웃음과 반 노여움을 섞은 저의 젊은 아내의 얼굴과 그의 표정이 말할 수 없이 저의 마음을 매취魅醉2)케 하는 듯하였습니다.

저는 저의 친구를 찾아 MW사社로 향하여 오면서 생각하는 것은 저의 아내뿐이었으며, 그 아내가 청하던 어린 자식의 새 모자였습니다. 저는 월급을 타거든 모자를 사다 주리라 하였습니다. 그래서 어린아이의 마음을 기꺼웁게 하기도 할 뿐만 아니라 아이의 어머니 된 젊은 아내의 마음을 즐거웁게 하여 주리라 하였습니다.

3

MW사에 왔습니다. DH, WC는 서로 바라보며 무슨 걱정인지 하고 있었습니다. 웬일인지 그 넓지 못한 방안에서는 검푸른 근심의 그늘이 오락가락 하였습니다.

저는, "웬일들이야, 무슨 걱정 들었나?" 하였습니다. 얼굴 검은 DH는,

"그렇지 않아도 자네를 기다렸네. 그런 게 아니라 NC의 아내가 앓는다는 기별이 왔는데 본래 구차한 그 사람이 어떻게 근심을 하겠나? 그래서 오늘 NC의 집까지 가볼까 하고 자네를 기다리던 터인데."

"무어야? NC의 아내가?"

"그래."

---

2) 매취: 마음이 홀리어 정신이 황홀하게 됨.

"그것 안 되었네그려! 그러면 언제 가려나? 차비들은 준비되었나?"

"그것은 내가 준비하였어."

"그러면 가보세그려." 저는 다만 친구의 불쌍한 처지에 동정하는 마음을 견디지 못 하였습니다 . NC의 집은 시골입니다. 더구나 한적한 촌입니다. 그의 생활은 부유롭지 못하고 빈곤합니다. 그는 지금 자기의 손으로 농사를 지읍니다. 아침에 괭이 메고 논으로 갑니다. 저녁이면 시름없이 자기 집으로 돌아옵니다. 돌아온 그는 깜빡깜빡하는 유경鍮檠3) 밑에 깨알 같은 책 봅니다. 그리고 시를 씁니다. 그의 시는 선생님도 보신 바가 있겠지요마는 참으로 완벽을 이룬 것이 적지 않습니다. 저는 NC의 한적한 생활을 부러워합니다. 조금도 불평이 없이, 조금도 변함이 없는, 그의 굳은 신앙 아래 살아가는 것을 저는 부러워합니다.

저는 그의 눈물을 못 보았습니다. 그는 한숨이 저의 귀를 서늘하게 하지 못 하였습니다.

4

사랑하시는 선생님, 사람의 눈물이 있다고 하면 이러한 경우에 울지 않는 사람은 없을 것이지요? 만일 참으로 그 눈물이 눈물이라고 하면 이와 같은 눈물이 참 눈물이겠지요.

오늘 저녁이외다. 저희 세 사람은 NC가 사는 시골에 왔습니다. 정거장에서 십 리를 걸어 들어올 제 저희 세 사람은 참으로 공통된 의식, 공통

---

3) 유경: 놋쇠로 만든 등잔 받침.

된 감정을 머릿속과 가슴속에 품고 있었습니다.

멀리 보이는 작은 별들은 옛날의 동방박사東方博士들을 베들레헴으로 인도한 듯이 우리를 보고서 재롱부려 깜박거립니다. 다닥다닥한 좀생이는 간지러운 듯이 옹기종기합니다. 밤은 어둡고 길은 험하오나 저희를 이끌어 가는 그 무슨 세력의 선線이 끝나는 저편에는 반정反情이라는 낙원이 있습니다. 동지라는 그리운 '에덴'이 있습니다. 말이 없고 소리가 없이 걸어가는 우리 세 사람은 다만 쓸쓸하고 적막하고 심심하고 무미담담한 NC의 집을 찾아가면서도 우리의 끓는 피와 타는 정열은 그 찾아가는 한적한 농촌을 싸고도는 가만한 공기를 꽃답고 찬란하게 그려 놓으려 하였습니다.

그러나 NC의 집에 다다랐을 때가 되었습니다. 초가집 가장자리를 싸고도는 암흑 속에서 이리 갔다 저리 갔다, 혼자 왔다 갔다 하는 사람이 있었습니다. 그는 그때 눈을 감고 하늘을 쳐다보고 있었습니다. 우리는 그를 NC로 알았습니다. 우리는 다만,

"NC!" 하고 반가운 두 손을 내밀었습니다. 이것을 본 NC는 다만 아무 소리가 없이 파리한 두 손을 내밀며,

"야! 어떻게들 이렇게 내려왔나?"

하며 힘없는 말소리에 처량한 기운이 도는 목소리로 대답을 하였습니다. 우리 세 사람 마음속에는 NC의 말소리를 들은 때에 그 무슨 애매한 의식意識을 깨달았습니다. 인생의 애가哀歌, 마음 아프고 가슴 저린 그 무슨 노래를 듣는 듯이 NC의 목소리에서는 푸른 기운이 돌았습니다.

NC는 아무 말이 없이 다만 번갈아 가며 우리 세 사람의 손을 단단히 쥐었습니다. 그리고는, "나의 아내는 삼십 분 전에 영원한 해결解決의 나라로 갔네." 하였습니다.

NC의 눈에서는 여태까지 보지 못하던 눈물이 흘렀습니다. NC의 가슴

은 에이고 붉은 피는 식고 애탄의 결정結晶인 뜨거운 눈물은 다만 차디찬 옷깃을 적시고 시름없이 식어 버리더이다.

 그 누가 말한 바와 같이 하늘에는 별이 있습니다. 땅에는 꽃이 있습니다. 바다에는 진주가 있습니다. 우리 사람에게는 뜨겁게 반짝이는 눈물이 있습니다. 누가 이것을 보고 울지 않은 이가 있고, 누가 이 꼴을 보고 눈물을 흘리지 않는 이가 있을까요? 우리 세 사람은 한참이나 선 채로 울었습니다.

 친한 친구, 사랑하는 동지자의 사랑하는 아내가 죽어간 것을 보았을 때 새삼스럽게 우리 인생의 모든 비애가 심약心弱한 우리들을 울리었습니다.

5

 오래 뵈옵지를 못하였습니다. 일주일 동안이나 NC의 집에 있었습니다. NC의 아내의 장례는 저희가 시골에 간 지 이틀 뒤였습니다.

 초가을은 으스스하였습니다. 나뭇잎은 시체를 담은 상여 위에서 시들어 가는 듯이 춤을 추었습니다. 상여꾼들의 목 늘여 부르는 구슬픈 구가誹歌는 길고 느리게 공동묘지로 향하는 산 고개를 넘어가더이다.

 아! NC의 아내는 영원히 갔습니다. 동리를 거치고 산모롱이를 지나서 영원히 갔습니다. 그러나 NC의 머릿속에서 끝없이 울고 있을 그의 환영幻影은 길고 긴 세월을 두고 우리 NC를 얼마나 울릴까요. 회고의 기억 속에서 시들스럽게 춤추는 그의 그림자는 몇 번이나 NC의 두 눈을 감개무량하게 하겠습니까?

새벽 서리 차디찬 밤, 초승달 갸웃드름한 저녁에 애타는 옛 기억 맘 아픈 옛 생각은 어느 곳 어느 자리에서 우리 NC를 울릴까요?

제가 NC의 아내의 장례에 참례하였을 때에는 저도 또한 죽음과 생의 경계선에 서있는 듯하였습니다. 죽음과 삶이라는 것이 무엇이 다를 것인가요?

살았다 함은 육체에 혈액이 돌고 모든 것을 의식하고 모든 것을 감각한다 함입니까? 죽음이라는 것은 모든 관능이 육체의 썩어짐과 함께 그 활동을 잃어버린다 함입니까? 저는 무한한 비애를 아니 느낄 수가 없습니다.

6

어저께 시골서 올라왔습니다. 오늘은 웬일인지 일기가 청명하더이다. 가냘프고 달콤한 공기가 저의 콧속을 통하여 쉴 새 없이 벌룩거리는 폣속으로 지나 들어갈 때 어제까지는 시들은 듯한 저의 혈액은 정淨해진 듯하더이다.

'낙망'이라는 그림을 그리면서 낙망을 염려하는 저는 쉬지 않고 꽃다운 희망으로 저의 가슴을 채웠었습니다. 그윽한 법열法悅 속에서 브러쉬와 Palette調色板(조색판)를 움직일 때 저는 살았으며 생의 진실을 맛보았습니다. 다만 제가 팔레트 판을 들고 캔버스를 격하여 앉았을 때가 저의 참 생生이었습니다. '낙망'이라는 모토를 가진 그림을 그리면서도 무한한 장래와 끝없는 유열愉悅이 있었습니다. 애인의 손을 잡고 그의 귀밑에 눈물을 떨어뜨리며 자기의 흉중을 하소연할 때와 같이 정결하고 달콤한 맛이 저의 전신을 물들였습니다.

오늘은 웬일인지 정신이 청정하였습니다. 일주일 가까이 자극이 적은 향토에서 논 까닭인지는 알 수 없으나 어떻든 한아(閑雅)한 정신으로 노곤한 안일 속에 오늘 하루를 지내었습니다.

그러나 안일에도 권태가 있고 법열도 깨일 때가 없지 않았습니다. 육체의 권태는 정신까지 권태하게 하더이다. 또다시 법열까지 깨뜨려버리더이다.

저는 기지개 한 번 하고 팔레트 판을 내던졌습니다. 그리고 캔버스를 집어 치우고 외투를 입고 모자를 쓰고 시계를 보았습니다. 그 시계는 두 시를 가리키고 있었습니다. 저는 두 시간의 여가가 있음을 알았습니다. 그래서 그 권태를 녹이기 위하여 SO의 집으로 가려 하였습니다.

SO는 불쌍한 여성이외다. 한 다리가 없는 불구자이외다. 나이는 이십 세이외다. 그는 한 쪽 없는 다리를 끌면서 추우나 더우나 학교에를 십여 년이나 다녔습니다. 제가 중학교 사년 급 다닐 때에 날마다 아침이면 같은 길모퉁이에서 만나는 것이 연(緣)이 되어 그와 사귀게 되어 지금까지 삼 년 동안을 지내 왔습니다.

그에게는 나이 늙은 어머니 한 분밖에는 없습니다. 아침이나 저녁에 학교에 가고 올 때에는, 그는 반드시 자기 딸의 학교에 가고 학교에서 오는 것을 바라보고 기다렸다 합니다. 학교에서 무슨 일이 있어 늦게 돌아오게 되면 그의 늙은 어머니는 반드시 학교 문 앞에까지 와서 자기의 딸을 기다리고 있었다 합니다.

아아! 선생님, 불구자의 모녀의 생활은 참으로 눈으로 볼 수 없는, 생각할 수 없게 불쌍하고 참담합니다. 그의 물질적 생활은 이 세상에서 제일 비참합니다. 그는 남의 집 곁방에서 바느질품으로 그날그날의 생활을 계속하고 있습니다.

오늘도 그 불쌍한 불구자를 찾아왔습니다. 문을 들어서며 기침을 두어 번 하였습니다. 그러나 웬일인지 그전에는 반드시 반가이 맞아 주던 그 불구의 여성! 오늘은 그의 그림자를 볼 수가 없었습니다.

문간에 들어선 저의 마음은 저녁 날에 산골짜기를 헤매는 듯이 휘휘하였습니다. 가련한 불구의 여성이 나를 맞아 주지 않는 것이 저의 마음을 울게 하였습니다.

저는 또다시 기침을 하고 구멍이 뚫어지고 문풍지가 펄럭펄럭하는 방문을 열려 하였습니다. 그러나 저는 그 문을 열지 못하였습니다. 숭숭 뚫어진 문틈으로 새어 나오는 불구인 여성의 모녀의 울음소리는 저의 감정을 연민憐憫의 정으로 물들였습니다. 저는 다만 망연하게 아무 말 없이 서 있었습니다. 말없이 서 있는 저의 주위는 나른한 공기가 불구자의 어머니와 불구인 여성의 울음소리를 싣고서 시들어지는 듯이 선무旋舞를 추었습니다.

조금 있다가 문이 열리더니 나오는 사람은 그의 늙은 어머니였습니다. 그는 치맛자락으로 눈물을 씻으면서 저를 바라보더니,

"오셨습니까? 어서 방으로 들어가시지요." 하며 돌아서서 코를 풀었습니다. 저는 무엇이라 물어 볼 말도 없거니와 또다시 말할 것도 없어 다만,

"네, SO는 있나요?" 하며 방안을 들여다보았습니다. SO의 어머니는,

"네. 있어요." 하며 방안을 들여다보며,

"얘, 선생님 오셨다." 하였습니다.

방안에는 SO가 돌아앉아 여태껏 울고 있는지 차마 고개를 돌리지 못하고 다만 치마끈으로 눈물을 씻고 있었습니다. 그러나 제가 온 것을 보고서는 그대로 고개를 숙이고 몸을 틀어 돌아앉으면서,

"어서 오십시오." 하고 말갛게 피가 오른 두 눈으로 저를 쳐다보더니 다시 눈을 방바닥으로 향하였습니다. 저는 들어가기를 주저하였습니다.

그렇다고 그대로 돌아갈 수는 없었습니다. 저는 구두끈을 끄르고 그 방 안으로 들어갔습니다. 방안으로 들어가려 할 때, 마루 끝에 놓여 있던 SO의 다리를 대신하는 나무다리가 저의 발길에 채여 덜컥하더이다. 저는 그때 근지럽고 누가 옆에서 '에비' 하고 징그러운 것을 저의 목에다 던져 주는 듯이 진저리를 치는 듯이 방안으로 뛰어 들어갔습니다.

SO는, "오늘은 시간이 없으서요?" 하며 다른 때와 다르게 유심히 저를 쳐다보았습니다.

저는, "이따가 네 시에나 시간이 있으니까요, 잠깐 다녀가려고 왔어요." 하고 자리를 정하고 앉았습니다.

"댁에 무슨 좋지 못한 일이 생겼습니까?" 하고 저는 그의 운 이유를 알아보려 하였으나 그는 다만,

"아네요." 하고 부끄러움을 띠며 아무 말이 없었습니다.

저도 또다시 무엇이라 물어 볼 수가 없어서 다만 사면만 돌아다보며 아무 소리가 없었습니다.

SO는 한참이나 가만히 있었습니다. 그러다가 반쯤 떨리는 목소리로, "선생님!" 하고 저를 부르더니 또다시 아무 말이 없이 한참이나 꼼지락 꼼지락하는 손가락만 바라보다가 저의, "네" 하는 대답을 재촉하는 듯이 또 다시, "선생님!" 하였습니다. 저는, "네" 하고 그의 구부린 머리의 까만 머리털만 바라보았습니다.

"저는 병신입니다." 하더니 여태까지 참았던 눈물이 또다시 떨어져 방바닥 위로 시름없이 굴렀습니다. 이 소리를 듣는 저도 울고 싶었습니다.

"저는 병신인데요." 하고 힘 있는 어조로 또다시 한 말을 거푸 하더니 그대로 방바닥에 엎드려져 울면서 목멘 소리로,

"병신인 저도 피가 있고 감정이 있습니다. 뜨거운 눈물과 새빨간 정열이 있습니다. 그러하나 불쌍한 저는 그 눈물을 가지고 혼자 우나 그 눈물

을 알아주는 사람이 없으며, 그 정열을 혼자 태웠으나 그것을 받아 주는 이가 없어요. 불쌍한 사람은 세상에서 더욱 불쌍한 구덩이에 틀어박으려 할 뿐이야요." 하며 느껴가며 울었습니다.

"저를 A씨는 불쌍히 여겨 주십니까? 만약 참으로 불쌍히 여겨 주신다 하면 이 저의 마음까지 알아 주셔요." 하고 애소하듯이 저의 무릎에 엎디어 울었습니다.

선생님! 누가 이 말을 듣고 울지 않는 자가 있으며, 누가 불쌍히 여기지 않는 자가 있을까요? 저는 그만 SO를 껴안고 한참이나 울었습니다.

"SO씨, 울지 마셔요, 나는 당신을 불쌍히 여깁니다. 참으로 동정합니다."

"그러면 한 다리 없는 불구자인 저를 길이길이 사랑하여 주시겠어요?"

이 말을 들은 저는 다만,

"네?" 하고 아무 말이 없었습니다. 저는 그 말에 대답을 하지 못하였습니다. 저의 눈앞에 나타나 보이는 것은 저의 나이 젊은 아내였습니다. 자막대기 가지고 놀고 있던 어린아이였습니다.

SO는, "네? A씨 대답을 하여 주셔요." 하고 저를 애소하는 두 눈에 방울방울 눈물을 괴고서 쳐다보았습니다.

아! 선생님. 이 SO를 저는 참으로 불쌍히 여깁니다. 참으로 동정합니다. 그가 눈물을 흘릴 때에 나도 눈물을 흘립니다. 그가 속 태울 때에는 나도 속을 태우려 합니다. 하늘 아래 지구 한 점 위에서 꼼지락거리는 이 병신인 SO를 저는 힘껏 붙잡고 울더라도 시원치가 못할 것 같습니다. 그러나 선생님, 그 불쌍히 여기는 마음이 생기는 그 찰나 사이에 벌써 사랑이라는 것이 간 것이 아닐까요. 그의 손을 잡고 따라서 같이 우는 것이 벌써 사랑이 아니었을까요?

그러나 이 불구의 여성은 저를 사랑하려 합니다마는 저는 여성의 사랑을 얻고서 도리어 가슴이 아팠습니다. 진정한 사랑을 받으면서 그것을 물리치지 않을 수가 없었습니다.

　저는 불구의 여성의 뜨거운 사랑을 받기에는 너무 불행한 사람이외다.

　선생님! 육체의 불구자는 그 불구를 동정한 저로 말미암아 사랑의 불구자가 될 줄이야 꿈에나 알았사오리까? 사랑은 곧은 것이요 굽은 것 아니니 저는 벌써 그 곧은 길 위에 선 사람이외다. 저의 아내를 사랑하지 않은 바가 아니었나이다. 그러면 저는 저의 아내에게로 향하는 꼿꼿한 사랑을 일부러 꺾어 이 불구의 여성을 사랑할 수는 없었습니다. 불구의 여성이 불구의 여성이므로 그를 동정하는 동시에 저의 사랑을 불구가 되게 할 수는 없었습니다. 그러나 이 불구자의 눈물은 그 눈물이 저의 무릎 위에 떨어지는 때부터, 아니올시다. 그의 사랑이 저에게로 향할 때부터 벌써 그의 가슴에 어리어 있는 사랑을 불구자 되게 하였습니다. 그는 한 다리가 없는 것과 같이 그의 사랑은 한 쪽 없는 사랑이었습니다.

　저는 다만, "SO씨! 울지 마서요. 저의 가슴은 SO씨의 눈물로 인하여 녹아 버리는 듯하외다. SO씨의 눈물방울이 저의 마음 위에 한 방울씩 두 방울씩 떨어질 때마다 그 무슨 화살을 꿰뚫는 듯이 아프고 쓰립니다." 할 뿐이었습니다.

　"A씨, 저는 다만 A씨 한 분이 저를 참으로 사랑하여 주실 줄 알았었는데요." 하는 SO는 그 무슨 대답을 기다리는 듯이 아무 말이 없었습니다. 저는 다만,

　"그만 우서요. 자! 일어나서요." 하고 가리지 못한 눈물을 씻을 뿐이었나이다.

　저는 어젯 날까지 많은 여성의 사랑을 받는 자를 행복자라 하였었습니다.

　그러나 오늘 이 불구자의 하소연을 들을 때에 비로소 정情의 가슴이 아팠었습니다. 한 개의 사랑을 두 군데로 찢으려 할 때, 그 아픔을 알았었습니다. 그 쓰림을 알았습니다. 한 개인 사랑을 가진 한 사람이 여러 사

람의 여러 사랑을 받는 것의 그 가슴 저리고 불행한 것을 알았습니다.

아! 그러나 그 불구자는 더욱더욱 불구자가 되어 갈 터이지요. 낙망과 원한의 심연에서 하늘을 우러러 그의 불행을 부르짖을 터이지요? 그 부르짖음의 애처로운 소리는 저의 피를 얼마나 식힐까요? 그 소리는 영원까지 저의 피를 얼마나 식힐까요? 그 소리는 영원까지 저의 귀밑에서 슬피 울 터 이지요?

선생님! 저는 이 참으로 사랑하는 여성의 사랑을 매정하게 물리쳐야 할 것 입니까? 영원토록 받아 주어야 할 것입니까? 불쌍한 자의 울음을 들어 주어야 할 것입니까? 불구자의 애소의 눈물을 저의 가슴에 파묻히도록 안아야 할 것입니까? 저는 다만 기로에 방황하며 약한 심정을 정하지 못하고 헤맬 뿐이외다.

"네, 알았습니다. 그러나 저는 SO씨의 말씀에 그렇게 속히 대답할 수는 없습니다."

"그러면 언제 대답을 하여 주시겠습니까?"

"네, 그것은 천천히 해드리지요." 하는 묻고 대답하는 말이 우리 두 사람 가운데에는 교환되었습니다.

SO는 의심하는 듯이, "그러면 저를 절대로 사랑하여 주시지는 않는다는 말씀이지요? A씨의 가슴에는 저를 위하여서는 절대의 사랑이 없으시다는 말씀이지요?" 하며 원망 하듯이 저를 쳐다보았습니다. 저는 무엇이라 대답해야 할는지 몰랐습니다. 참으로 저에게 절대의 사랑이 그때 있었습니까? 참으로 없었습니다. 절대의 동정과 연민은 있었을는지 알 수 없어도 절대의 사랑은 없었습니다.

타산이 있었으며 주저가 많았습니다. 어떠한 때에는 불구자라는 근지러운 대명사가 진저리치게까지 하였습니다.

아무 대답도 없는 저를 보던 SO는,

"저는 알았습니다. 저는 영원토록 불구자이외다. 한 귀퉁이가 이즈러진 사랑의 소유자이외다. 그뿐 아니라 저는…." 하더니 단념과 원망이 엉킨 두 눈에는 어리석은 눈물이 어느 틈에 말라 버리고 냉소와 저주가 맺힌 듯할 뿐이었습니다. 이 소리를 듣는 저는 어쩐지 마음이 으스스 차고 몸이 달달 떨리는 듯하여 그의 눈물을 다시 보고 싶었습니다. 그리고는 그의 단념과 원망과 냉소와 저주가 맺힌 듯한 표정을 볼 때 저는 또다시 그의 마음을 풀어 뜨리어 힘없고 연하게 울리고 싶었습니다. 저는, "SO씨!" 하고 그의 손을 잡으며, "저는 영원토록 SO씨를 잊지는 못하겠습니다." 하였습니다. 그는, "네. 저를 잊지 말아 주셔요. 저도 눈을 감을 때까지는 A씨를 잊지 못하겠지요." 할 뿐이었습니다.

7

SO의 집에서 나온 저는 학교를 향하여 갔었습니다. 아직까지 청징하던 심신心神은 웬일인지 불구인 여성의 집을 다녀 나온 후부터는 흐릿하고 몽롱할 뿐만 아니라 침울하고 센티멘털로 변하였습니다.

저는 학교에를 갑니다. 한 시간의 도화를 가르치기 위함보다도 그 보수를 바라고 갑니다. 세상에 제일 불행한 범죄가 있다 하면 아마 이와 같은 자이겠지요. 뜻하지 않고 내 마음에 있지 않은 짓을 한 뭉치의 밥 덩어리와 김치 몇 쪽의 충복充腹할 식물을 위하여 알면서 행한다 하면 죄인 줄 알면서 타인의 물건을 도적한 기한飢寒에 쪼들린 자와 얼마나 나을 것이 있겠습니까? 남의 물건을 도적한 자의 양심이 떨린다 하면 그만큼 비례한 저의 양심도 떨리었을 것이며, 박두하는 기한飢寒에 못 이겨 다른 사람의 물건을 도적한 사람의 생生을 갈구한 것을 동정할 것이라 하면 생명을 잇기 위하여 자기의 양심을 속이는 이 A라는 화가도 또한 동정을 구할 수가 있을 것 일는지요?

저는 학교 정문에 들어섰습니다. 그때 마침 M교주校主가 학교를 다녀 가는 길인지 자동차에 오르려 할 때였습니다. 그때에 그 간사한 이李 선 생은 교주의 팔을 부축하여 자동차 속으로 몰아넣었습니다. 저는 이것 을 보고 크게 웃었습니다. 옆에서 웃는 것을 보는 박 선생은,

"왜 웃으시우?" 하며 눈을 흘기더니, "그게 무슨 무례한 짓이요?" 하더 이다. 저는 또다시 한번 껄껄 웃으면서,

"박 선생은 나의 웃는 의미를 모르시는구료." 하고, "인형이외다. 인형 예요. 두 팔 두 다리가 있고도 못 쓰는 인형이외다. 인형은 인형이니까 말할 것도 없지마는 인형을 부축하는 어리석은 사람을 보고서는 나는 아니 웃을 수가 없지요." 하고는 그대로 돌아서서 교실 안으로 들어갔습 니다.

오늘은 그믐날이외다 . 월급 타는 날이외다. 사무실에 들어선 저는 다 만 보이는 것이 회계의 동정뿐이었습니다. 그리고 그 돈을 가지고 쓸 궁 리를 하고 있었을 뿐이었습니다. 오늘도 어린애 모자를 하나 사다 주고 사랑하는 아내의 목도리를 하나 사주어야 하겠다 하였습니다.

이십 오 원이라는 월급을 기다리는 저의 마음은 웬일인지 쓸쓸하고도 저의 몸이 불쌍해 보였습니다. 그리고 공연히 심중이 났습니다.

교실에 들어가 분필을 들고서 칠판 위에 그림을 그릴 때에는 모든 학 생들까지 밉살스러울 뿐이었습니다. 그리고 그 학생들이 저의 운명을 이렇게 만들어 준 듯하기도 하였습니다. 저는 마음에 없는 한 시간을 아 니 지낼 수가 없었습니다.

그날은 학생들에게 숙제를 해 오라 한 날이었습니다. 그 사십 명 학생

중에 숙제를 해 오지 않은 학생이 다섯이 있었습니다. 그 중에 나이 적고 옷을 헐벗은 학생은 제가,

"왜 숙제를 안 해 왔소?" 할 때 그는 다만 아무 말 없이 한참이나 있더니 뜨거운 눈물을 흘리면서 자꾸자꾸 울고 섰을 뿐이었습니다. 다른 애 학생은 여러 가지 핑계로써 선생인 저를 속이려 하였습니다. 저는 그 눈물 흘리는 학생을 바라보고 또다시 다 뚫어진 양말을 볼 때 어쩐지 측은한 생각이 나서,

"왜 대답은 아니 하고 울기만 하시오?" 하며 그의 어깨에 팔을 대니 선생인 저의 손이 그의 어깨를 어루만지는 것이 더욱 그의 감정을 느끼어지게 하였던지 더욱더욱 느끼어 울 뿐이었습니다. 그러다가는 북받치는 울음소리와 함께,

"집에서 돈이 없다고 도화지를 사 주지 않아요." 하였습니다.

선생님! 제가 이 학생을 벌 줄 자격이 있습니까? 없습니까? 저는 다만 창연한 두 눈으로 그 어린 학생을 바라보며,

"여보시오, 참마음만 가지면 그만이요. 나는 당신의 그림 그려 오지 않은 것을 책하려 한 것이 아니라, 당신의 참 성의가 없었는가 하는 것을 책하려 함이었소. 당신의 눈물 한 방울은 오늘 그려 오지 못한 그 그림보다 몇 배의 가치가 있는 것이요." 하였습니다.

하학 후 사무실로 나왔습니다. 회계는 나를 보더니 아주 은근한 듯이,

"A선생님, 이리로 좀 오십시오." 하고 자기 곁으로 부르더니 봉투에 집어넣은 월급을 저의 손에 쥐어 주면서,

"담배값이나 하십시오." 하였습니다. 저는 그것을 받는 것이 어쩐지 부끄러웠습니다. 그래서,

"네, 고맙습니다." 하고 그대로 보지도 않고 주머니에다 넣었습니다.

날은 점점 어두워 가느라고 회색의 저녁 빛이 온 시가를 싸고 도는데

저는 학교 문밖에 나와서야 그 봉투를 다시 끄집어내어 그 속에 있는 돈을 꺼내 보았습니다.

그 속에는 십칠 원 오십 전, 십칠 원 오십 전이 들어 있었습니다. 저는 멈칫 하고 섰습니다. 그리고,

'어째 십칠 원 오십 전만 되나?' 하고 한참이나 의아하여 생각을 하고 있을 때에 문득 생각나는 것은 NC의 집에 갔었던 것이외다. 아내 잃은 친우를 찾아갔던 일주일간의 노력의 대가는 학교에서는 제하여 졌습니다.

아! 선생님, 저의 손에는 십칠 원 오십 전이 있습니다. 일 개월 노력한 대가는 십칠 원 오십 전이외다. 불쌍한 젊은 화가의 양심을 부끄럽게 한 대가가 십칠 원 오십 전이외다.

저는 하는 수 없었습니다. 회색 봉투에 집어넣은 그 돈을 들고 SO 집까지 무의식중에 왔습니다. 하늘의 구름장 사이로는 가리었다 보였다 하는 작은 별들이 이 우스운 젊은 A를 비웃는 듯이 내다보고 있었습니다. 회색의 감정이 공연히 저의 마음을 울분하고 원망스럽게 하였습니다.

SO의 집에는 무엇 하러 왔을까요? 그것은 저도 알지 못하였습니다. 문간에 와서야 내가 무엇 하러 여기를 왔나하고 그대로 집으로 돌아가려 하였습니다. 그러나 저의 가슴에서 때 없이 울고 있는 그 무슨 하모니는 저의 발을 SO의 집안으로 끌어들였었습니다. 그러나 저는 그전과 같이 서슴지 않고 그대로 들어 갈 수가 없었습니다. 조그마한 문으로 흘러나오는 무거운 공기는 급히 흐르는 시냇물 같이 저의 가슴으로 몰려오는 듯하였습니다.

저는 다만 문간에 서서 도둑놈 같이 문 안을 엿듣고 망설였습니다. 선생님! 사랑도 아무것도 하지 않겠다고 할 적에는 서슴지 않고 아무 불안도 없이 다니던 제가 오늘은 어찌하여 죄지은 자 모양으로 들어가기를 주저하였으며, 가슴이 거북하였을까요?

죄악이 아닌 사랑을 주려 하는데 저는 가슴이 떨림을 깨달았으며, 잘 못이 아닌 사랑을 준다는 사람의 집에 들어가기를 주저하였습니다.

저는 십 분 동안이나 서 있었습니다. 그때의 또다시 그 불구자의 모녀의 울음소리는 그전보다 더 저의 마음을 훑는 듯하고 쪼개는 듯하였습니다. 그리고 모든 비애를 저의 가슴위에 실어 놓는 듯이 무겁게 슬펐습니다. 그러나 저의 눈에는 눈물이 없었습니다. 학교에서 받은 일 개월 노력의 대가인 십칠 원 오십 전이 저를 울분하게 하였음이 공연히 저의 눈물까지 막아 버리었습니다. 저는 한참이나 그 울음소리를 들었습니다. 울음에 섞이어 나오는 늙은 어머니의 떨리는 목소리로 분명치 못하게 들리는 것은,

"SO야, 이제는 그만 한길 귀신이 되었구나." 하고 실히 얼어붙은 듯한 불쌍한 소리였습니다.

저는 그제야 그 눈물을 알았습니다. 불구자의 모녀는 몸을 담을 집이 없습니다. 그는 오늘에 몇 푼 안 되는 세전貰錢으로 말미암아 집에서 내어 쫓깁니다.

창밖에서 듣고 있는 이 A의 주머니에는 십칠 원 오십 전이 있습니다. 이 A는 그래도 한길에서 방황하지는 않겠지요? 저는 그 주머니의 십칠 원 오십 전을 꺼냈습니다. 그리고 연필로 봉투에 A라 썼습니다. 저는 그 찰나 간에 절대의 동정이 제 가슴속에서 약동하였습니다. 저의 피를 뜨겁게 힘 있게 끓게 하였습니다.

저는 그 돈을, 문을 소리 없이 가만히 열고 가만히 마루 위에 놓았습니다. 그리고 절도竊盜와 같이 그 문을 떨리는 다리로 얼른 뛰어 나왔습니다. 그리고 뒤도 돌아보지도 않고 저의 집으로 향하여 갔습니다.

집에서 아내가 돌아오기를 고대하겠지요. 어린 자식은 아버지 오면 때때모자를 사다 준다고 몽실몽실한 손을 고개에 괴고 이 젊은 아버지 돌

아오기를 바라고 있을 터이지요. 그러나 월급날인 오늘의 저의 주머니
는 벌써 한 닢도 없는 털터리가 되었습니다. 저의 들어가는 대문소리를
듣고 다른 날보다 더 반가와 맞아 주는 젊은 아내에게 그의 마음을 만족
시켜 줄 아무것도 없습니다. 어린 자식의 기뻐 뛰는 마음을 도리어 풀이
죽게 할 뿐이겠지요.

그러하오나 어둠 속으로 파고들어 가듯이 암흑한 동리를 걸어가는 이
A의 마음은 웬일인지 만족한 기꺼움이 있었으며 싱싱한 생의 약동이 있
었습니다. 저는 또다시 MW사로 왔습니다. 거기에는 DH와 WC가 웅크
리고 앉아서 무슨 책을 보고 있더니 저를 보고서,

"어떻게 되었나?" 하였습니다. 그것은 저의 월급 말이었습니다. 저는
모자를 벗고 구두끈을 끄르면서 기가 막힌 듯이 쓸쓸히 웃으면서,

"홍! 나의 일 개월 동안의 대가는 참으로 값있게 써 버리었네." 하였습
니다.

젊은이의 시절

나
도
향

소
설

9
선

아침 이슬이 겨우 풀끝에서 사라지려 하는 봄날 아침이었다. 부드러운 공기는 온 우주의 향기를 다 모아다가 은하銀河같은 맑은 물에 씻어 그윽하고도 달콤한 냄새를 가는 바람에 실어다 주는 듯하였다. 꽃다운 풀냄새는 사면에서 난다.

작은 여신의 젖가슴 같은 부드러운 풀포기 위에 다리를 뻗고 사람의 혼을 최음제催淫劑의 마약으로 마비시키는 듯한 봄날의 보이지 않는 기운에 취하여 멀거니 앉아 있는 조철하는 그의 핏기 있고 타는 듯한 청년다운 얼굴은 보이지 않고 어디인지 찾아낼 수 없는 우수의 빛이 보인다.

그는 때때로 가슴이 꺼지는 듯한 한숨을 쉬었다. 그는 몸을 일으켜 천천한 걸음으로 시내가 흐르는 구부러진 나무 밑으로 갔다. 흐르는 맑은 물이 재미있게 속살대며 흘러간다. 푸른 하늘에 높다랗게 떠나가는 흰 구름이 맑은 시내 속에 비치어 어롱어롱한다.

꾀꼬리 한 마리는 그 나무 위에서 울었다. 흰 나비 한 마리가 그 옆 할미꽃 위에 앉아 그의 날개를 한가히 좁혔다 폈다 한다. 철하는 속으로 무슨 비애가 뭉치인 감상의 노래를 불렀다.

사면의 모든 것은 기꺼움과 즐거움이었다. 교묘하게 조성된 미술이었다. 음악이었다.

그러나 그의 입속으로 부르는 노래 소리나 그의 눈초리에 나타나는 표정은 이 모든 기꺼움과 즐거움과 아름다운 포위 속에서 다만 눈물이 날 듯한 우수와 전신이 사라지는 듯한 감상뿐이었다.

그는 속마음으로 부르짖었다.

하나님이여! 하나님은 나에게 가슴을 뭉클하게 하고 말할 수 없이 갑갑하게 하며 아침 날에 광채 나는 처녀의 살빛 같은 햇볕을 대할 때나 종알거리며 경쾌하고 활발하게 흐르는 시내를 만날 때나 너울너울 춤추는 나비를 볼 때나 웃는 꽃이나 깜박이는 별이나 하늘을 흐르는 은하를 볼 때, 아아, 나의 사지를 흐르는 끓는 핏속에 오뇌의 요정을 던지셨나이까? 감상의 마액魔液을 흘리셨나이까?

아아, 악마여, 너는 나의 심장의 붉고 또 타는 것을 보았는가? 나의 심장은 밤중에 요정과 꿀 같은 사랑의 뜨거운 입을 맞추고 피는 아침의 붉은 월계月桂보다 붉고 나의 온몸을 돌아가는 피는 마왕의 계단에 올리려고 잡는 어린 양의 애처로운 피보다도 정精하다. 또 정하다. 아아, 너는 그것을 뺏어 가려느냐? 너는 그것을 너의 끊이지 않는 불꽃 속에 던지려느냐?

이 젊은 청년은 어렸을 때부터 저녁 해가 뉘엿뉘엿 서산으로 넘으려할 때 붉은 석양에 연기 끼인 공기를 울리며 그의 대문 앞을 지나 멀리가는 저녁 두부장수의 슬피 부르짖는 '두부사려!' 하는 소리나 집터를 다지는 노동자들의 '얼럴러 상사디야' 소리를 들을 때나 한적한 여름날에 처녀 혼자 지키는 집에 꽹과리 두드리며 동냥하는 중의 소리를 들을 때나 더구나 아자我子의 영원히 떠남을 탄식하며 눈물지어 우는 어머니의 울음을 조각달이 서산으로 시름없이 넘어가는 새벽 아침에 들을 때나, 아아, 하늘 위에 한없이 떠나가는 흰 구름이여, 나의 가슴속에 감추인 영혼과 그의 지배를 받는 이 나의 육체를 끝없는 저 천애天涯로 둥실둥실 실어다 주어라! 나는 형적도 없고 보이지도 않는 그 소리 속에 섞이고 또섞이어 내가 나도 아니요 소리가 소리도 아니요, 내가 소리도 아니요 소리가 나도 아니게 화化하고 녹아서 괴로움 많고 거짓 많고 부질없는 것이 많은 이 세상을 꿈꾸는 듯 취한 듯한 가운데 영원히 흐르기를 바란다하였다.

그는 어렸을 때부터 자연의 미묘한 소리에 한없는 감화를 받았다. 그는 홀로 저녁 종소리를 듣고 눈물을 씻었으며 동요를 부르며 지나가는 어린 계집아이를 안아주었다.

그는 가끔 음악회에도 가고 음악에 대한 서적도 많이 보았다. 더구나 예술의 뭉치인 가극이나 악극樂劇을 구경할 때에 그 무대에 나타나는 여우女優의 리듬 맞는 경쾌하고 사랑스럽고 또 말할 수 없는 정욕을 주는 거동을 볼 때나 여신같이 차린 처녀의 애연한 소리나 황자皇子 같은 배우의 추력醜力을 가진 목소리가 모든 것과 잘 조화되어 다만 그에게 주는 것은 말하기 어려운 환상뿐이었다. 넘칠 듯한 이상理想뿐이었다. 인생의 비애뿐이었다.

그는 지금 나무 밑에 서서 주먹을 단단히 쥐고 공중을 치며,

"음악가가 되었으면! 세상에 가장 크고 극치의 예술은 음악이다. 나는 음악가가 될 터이다."

그는 한참 있다가 다시 "아니, 아니 '음악가가 될 터이야'가 아니다. 내가 나를 음악가라 이름 짓는 것은 못난이 짓이다. 아직 세상을 초탈치 못한 까닭이다. 그렇다, 다만 내 속에 음악을 놓고 내가 음악 속에 들 뿐이다."

그의 표정에는 이 세상 모든 것을 조소하는 웃음이 넘치는 듯하다. 그는 한참 가만히 있었다. 그러하다가 그는 갑자기 눈에 희미한 눈물방울을 괴었다. 그리고 다시 주먹을 쥐고,

"아, 가정이란 다 무엇이냐? 깨뜨려 버려야지. 가정이란 사랑의 형식이다. 사랑 없는 가정은 생명 없는 시체이다. 아아, 이 세상에는 목숨 없는 송장 같은 가정이 얼마나 될까. 불쌍한 아버지와 애처로운 어머니는 왜 나를 낳으셨소? 참 진리와 인생의 극치를 바라보고 가려는 나를 왜 못 가게 하셔요? 어머니 아버지가 나를 낳아 기를 때에 얼마나 애 끓이는 생각을 하셨어요? 어머니는 나를 업고 어떠한 날 새벽 우리 집에 도적이 들어오니까 담을 넘어 도망을 하시려다 맨발바닥에 긴 못을… 밟으시어 아아, 어머니, 나는 지금 그것을 생각만 하여도 가슴을 찌르는 듯합니다. 그러하나 어머니, 어머니의 그와 같은 자비와 애정은 헛된 것이 되었습

니다. 나는 차마 못하는 눈물을 흘리고서라도 가정을 뒤로 두고 나 갈 곳으로 갈까 합니다."

이렇게 흥분하여 있을 때에 누구인지 뒤에서,

"그러면 같이 갑시다…." 하는 고운 여성의 목소리가 들린다. 그는 돌아다보고 눈물 괸 두 눈에 웃음을 띠었다. 두 눈에 괸 눈물은 더 또렷하게 광채가 났다. 눈물은 그의 뺨으로 흘러 떨어졌다.

"아아, 누님, 아아, 영빈 씨." 하고 그는 손을 내밀었다. 누님은 그의 동생의 눈물을 보고 아주 조소하듯 "시인은 눈물이 많도다…." 하고 "하하." 하고 웃는데, 누님하고 같이 온 영빈이란 청년은 껄껄하고 어디인지 아주 불유쾌한 표정을 나타내며,

"눈물은 위안의 할아버지지요, 허허허."

철하는 눈물을 씻고 아주 어린아이같이 한 번 빙긋 웃고,

"오 인제 오셔요, 네? 나는 한참 기다렸어요. 그러나 그것은 어찌 되었어요?"

이 말대답을 영빈이가 가로맡아서 대답하였다.

"다 틀렸어요. 실업가의 아드님은 부모에게 정신 유전을 받는 것 같이 직업이나 학업도 유전적으로 해야 한다고 당당한 다윈의 학설을 주장하시니까요. 저는 더 말할 것 없습니다는… 제삼자가 되어서… 매씨妹氏께서도 퍽 말씀을 하셨으나 무엇 당초에…."

철하는 이 소리를 듣고 과도의 실망으로부터 나오는 침착으로 도리어 기막힌 웃음을 띠고,

"아아, 제 이세 진화론자의 학설은 꽤 범위가 넓구나…."

그러하나 그의 누이 경애는 상냥하고도 부드러운 표정을 하고 그에게 가까이 가서,

"무엇 그렇게까지 슬퍼할 것은 없을 듯하다. 아주머니도 네가 날마다

울고 지내는 것을 보시고 아버지께 자주자주 여쭙기는 하나 본래 분주하니까 여태껏 자세히는 못 여쭈어 보신 모양인데 무엇 아무렇기로 너 하나 음악공부 못 시키겠니 아버지가 안 시키면 아주머니라도 시키시겠다고 하셨는데… 아무 염려 마라 응! 너의 뒤에는 부드러운 햇솜 같은 여성의 후원자가 둘이나 있으니까 무얼. 아버지도 한때 망령으로 그러시는 것이지 사회에 예술이 얼마나 유익한 것인지 아주 모르시지도 않는 것이고… 자, 너무 그러지 말고 천천히 집으로 들어가자. 그리고 오늘 저녁에는 중앙 극장에 오페라 구경이나 가자. 이것은 무엇이냐, 사내가 눈물을 자꾸 흘리며… 실연했니? 하하하, 자, 어서 가자, 어서."

아지랭이 같은 부드러운 경애의 마음이여, 천사의 날개에서 일어나는 바람결 같이 가벼운 그의 음조. 공중으로 떠오르는 듯한 철하의 가슴속에 있는 모든 열정의 뭉친 의식을 그의 누님의 그 마음과 음조는 모두 다 녹여 버렸다. 그 녹은 것은 눈물이 되어 쏟아져 나왔다.

"누님, 저의 마음은 자꾸만 외로와져요. 아버지 어머니 다 믿을 수 없어요. 나는 누구를 믿을까요? 나는 누님밖에 믿을 사람이 없습니다. 나의 가슴에 보이지 않게 뭉친 것은 누님만 알아주십니다."

그의 애원하는 정은 그의 가슴에 북받쳐 올라와 눈물지으면서 그의 누이의 손을 쥐었다. 그러나 여성의 손을 잡는 감정적感情的에 그는 아무리 자기의 누님이라 할지라도 알지 못하게 가슴을 지나가는 발랄潑剌한 맛을 보았다. 그는 얼른 손을 놓았다.

저녁 해가 질 만하여 그들은 넓고 넓은 들 언덕을 걸어간다. 경애는 파라솔을 접어 풀밭을 짚으면서 구두 끝으로 앞 치맛자락을 톡톡 차면서 걸어가고 영빈은 무슨 책인지 금자金字로 쓴 커다란 책을 들고 그 옆을 따라가며 철하는 두 사람보다 조금 앞서서 두 사람을 가지 못하게 막는 듯이 걸어간다. 동리에 저녁 안개는 공중에 퍼지어 그 맑던 공기를 희미하게 하고 땅에 난 선명하게 푸른 풀을 횟빛으로 물들인다. 경애는 다시 말을 내어 영빈에게, "저는 예술이란 것을 알지 못합니다마는 예술가들은 다 저 모양입니까?" 하며 자기 오라비동생을 가리킨다. 영빈은 기침을 두어 번 하고,

"그렇지요, 예술을 맛보려 하는 사람은, 더구나 예술의 맛을 본 사람은 처녀가 사랑을 맛보려는 것이나 맛을 안 것과 같습니다."

하고 유심히 경애의 얼굴을 들여다본다. 그 들여다보는 곳에는 무슨 의미가 있는 듯하였다. 경애는 그 뚫어지게 들여다보는 영빈의 눈을 피하여 다시 철하를 바라보며,

'참으로 그러한가?' 하는 듯하였다. 그리고 '나는 너를 다시 동정하겠다. 지금까지 다만 자매의 정으로 동정하여 왔지마는 지금부터는 참으로 너의 괴로운 가슴을 동정하리라.' 하였다. 왜 그런고 하니 그는 사랑으로 인하여 마음의 견디기 어려운 괴로움을 당하여 본 까닭이었다.

사랑은 이 세상 모든 것에서 떠나고 뛰어넘은 것이고, 벗어난 것이다. 문학가가 신의 부르는 영靈의 곡을 받아 써놓는 것이나, 음악가 미술가 배우들이 그 예술 속에 화化하여 이 세상 모든 것으로부터 떠나는 것과 같은 경우를 생각하고 시기를 생각하는 것은 참사랑이 아니다.

경애는 영빈을 사랑한다. 영빈도 경애를 사랑한다고 한다. 경애는 사랑이요 사랑은 경애요 영빈은 사랑이요 사랑은 영빈이다. 사랑과 영빈과 경애는 한 몸이다. 세 사람은 어떤 요리집에서 저녁을 먹고 철하는 두 사람에게 작별을 하고 어디로인지 혼자 가버렸다.

두 주일이 지나갔다. 철하는 날마다 자기 방에 앉아 울었다. 그는 다만 나의 희망의 머리카락만한 것은 자기의 누님으로 생각하였다. 자기의 누님은 예술이란 것을 이해하고, 자기의 마음을 알아주고, 자기를 위하여 준다 하였다. 아아, 하늘의 선녀여, 바닷가의 정精이여, 그대는 나를

위하여 나를 쌀 것이다. 숭엄하고 순결한 것이라야 숭엄하고도 순결한 것을 싸나니 그대는 나를 싸 줄 것이다. 예술이란 숭엄하고도 순결하니까.

그는 저녁마다 꿈을 꾸었다. 꿈마다 천사와 만난 그는 천사에게 아름다운 음악을 들려 받았다. 그 음악소리는 그의 모든 것을 여름날 지평선 위로 떠오르는 흰 구름 같이 희고, 그 뒤에는 봄날의 아지랑이 같이 희고, 그 뒤에는 한 줄기의 외로운 바이올린의 가는 선으로 떨려 오르는 세장細長하고 유원幽遠한 음악소리로 화하였다. 그는 음악소리를 타고 한없는 곳으로 영원히 흐르는 듯하였다. 조그마한 근심도 없고 다만 아름다움과 말하기 어려운 즐거움뿐으로….

그가 그 음악소리를 타고 흐를 때에 우리가 땅 위에서 무엇을 타며 달아나는 것과 같이 규칙 없는 박절拍節로서 흐르는 것이 아니라 간단없고 한결같아서 그의 기꺼움은 있다 없다 하는 웃음으로 나타나지 않고 그의 자는 얼굴에는 빛나는 미소로 찼었으며 빛나는 달빛이 창으로 새어들어 그의 얼굴을 한층 더 빛나게 하였다.

그가 한참 흘러가다가 멈칫하고 쉴 때에는 잠을 깨었다. 괴로움과 원망이 다시 생기었다. 그가 창을 열고 달빛이 가득 찬 마당을 볼 때 차디찬 무엇이 그 피를 식혀 버리는 듯하였다. 그는 또다시 울었다. 그의 울음은 결코 황혼에 쇠북소리를 듣는 듯한 얼없이 가슴 서늘한 설움에서 나오는 것이 아니라 파란 물 위에서 은빛 물결이 뛸 때 강 언덕 마을 집에서 일어나는 젊은 과부의 창자를 끊는 듯한 울음소리 같은 슬픔으로 나오는 울음이었다.

그는 머리를 팔에 대고 느껴가며 울었다.

그는 속마음으로 천사여, 하고 불렀다. 또 마녀여, 하고 불렀다.

너희들은 무엇들을 하는가? 달이 은빛을 내려쏘는 것이나 별들이 속살대는 것이나 모래가 반짝거리는 것이나 나뭇잎에 이슬이 달빛을 반사하여 번쩍거리는 것이나 나의 전신의 피를 식히는 듯 선득하게 하는 것이나 나의 가슴 속을 괴롭게 하는 것이 천사여 너나, 마녀여 너나 누구의 술법으로써 나를 괴롭게 하는 것이라 하면 혹은 지나간 세상에서 나에게 실연을 당한 자가 천사가 되고 마녀가 되어 나를 괴롭게 하는 것이면 누구든지 그 중에 힘센 자는 나를 가져가라. 천사나 마녀나 그리고 너의 가장 지독한 복수의 방법을 취하라. 그렇지 않고 둘이 다 세력이 같거든 나를 둘에 쪼개가라. 아니 아니, 잠깐 가만히 있거라. 나는 조그마한 희망이 있다. 나의 누님이 셋이다.

그는 다시 잤다.

그 이튿날, 경애는 일어나 세수를 하고 근심이 있는 듯이 자기 오라비 아우에게로 왔다. 그가 드러누워 있는 아우의 자리로 가까이 와,

"어서 일어나거라, 무슨 잠을 여태 자니?"

"가만히 계셔요. 남은 지금 재미있는 꿈을 꾸는데."

"무슨 꿈을?" 하고 경애는 조금 말을 그쳤다가 "그런데 영빈 씨가 웬일이냐. 그 후 한 번도 만나 보지 못하고 또 편지 한 장 없으니…. 어디가 편치 않은지도 몰라. 벌써 두 주일이나 되었지? 그러나 무엇 다른 일은 없겠지. 너 오늘 좀 가 보렴, 아침 먹고…."

철하는 빙그레 웃으며 고개를 돌리어 벽을 향하여 드러누우며,

"싫어요. 나는 그런 심부름만 한답디까? 영빈 씨인지 무엇인지 무엇을 아는 체 그까짓 게 예술가가 무엇이야. 어떻게 열이 나는지 지금 생각하여도 분하거든. 남은 한참 누님 오기만 기다리고 있는데… 무슨 좋은 소식이나 올까 하고 묻지 않는 말을 꺼내어, '다 틀렸어요. 실업가의 아드님은….' 어찌하고 어찌하고 아지도 못하고 떠드는 것은 참 불티를 저지르고 싶거든, 망할 자식."

감정적인 철하는 생각나는 대로 말을 다하고 다시 돌아누웠다. 그의

누님은 얼굴이 빨갰다 파랬다 한다. 아무리 자기의 동생일지라도 자기 정인情人에게 치욕을 주는 것은 그대로 견디기 어려웠다. 그리하나 무엇이라 말을 할 수도 없고 억지로 분함을 참으면서,

"어디 너 얼마나 그러나 보자. 내 말 듣지 않고 무엇이 될 줄 아나? 그만 두어라."일어서 나아간다. 철하는 돌아누운 채 속으로 혼자 웃으면서 일부러 부르지도 아니하였다. 그러나 경애는 철하가 다시 부르려니 하였다.

그것이 여성의 약하고도 아름다운 점이었다.

철하는 아침을 먹고 대문을 나섰다. 정한 곳 없이 걸어갔다. 그는 어떤 네거리에 왔다. 거기에는 전차를 기다리는 사람이 많이 서 있었다. 그 어떤 여자 하나가 거기 서서 전차를 기다리고 있는 것을 보았다. 그 여자는 자기 누이보다 더 예쁘지는 못하나 어디인지 자기의 누이가 갖지 못한 미점美點 있는 여자라 하겠다. 그는 한참 보다가 다시 두어 걸음 나아가 또다시 돌아다보았다. 그는 그 옆에 영빈이가 서 있는 것을 보았다. 영빈은 그 여자와 무슨 이야기를 하고 서 있었다.

철하는 다만 반가움을 못 이기어,

"야! 영빈 씨, 오래간만이십니다그려. 왜 그렇게 한 번도 아니 오세요? 저의 누님은 매우⋯."

"네⋯ 네⋯ 어디로 가십니까?"

영빈은 아주 냉담하였다. 철하를 아주 싫어하는 듯하였다. 그리고 전차가 얼른 왔으면 하는 듯이 저편 전차가 오는 곳을 바라본다. 철하는 그래도 여전하게 반가이,

"네, 아무래도 좋지요. 참 오래간만입니다. 마침 좀 만나 뵈려 하였더니 잘되었습니다. 바쁘지 않으시거든 우리 집까지 좀 가시지요."

그전 같으면 가자기 전에 먼저 나설 영빈이가 오늘은 아주 냉정하게,

"아녜요, 오늘은 좀 일이 있어요. 일간 한번 들르지요."

그때 전차가 달려온다. 영빈은 그 여자와 함께 전차를 타며 모자를 벗는둥 마는 둥 하더니 "또 뵙겠습니다." 한다. 철하는 기막힌 듯이 가만히 서 있었다. 전차는 떠났다. 멀리 달아나는 전차만 멀거니 바라보는 철하는 분한 생각이 갑자기 나서 "에! 분해⋯."

사람의 본능이여! 아침에 방에 드러누워서 장난으로 자기 누이에게 영빈과의 사랑을 냉소하였으나 지금은 다만 자기 누이의 불행을 위하여 눈물을 흘리고 가슴을 쓰리게 하지 아니치 못하였다. 나의 가장 사랑하는 누이가 영빈이란 假(가)예술가 부랑자 악마 같은 놈에게 애인이란 소리를 들었던가 하는 생각을 할 때 그는 기어코 원수를 갚아야 하겠다 하였다. 그는 부리나케 전차가 간 곳으로 향해 갔다. 그는 주먹을 쥐고 무엇이라 중얼중얼하였다. 또 다시 정처 없이 갔다.

그는 하루 종일 집에 돌아가지 않고 돌아다녔다. 만난 사람도 별로 없다. 저녁이 거의 되었다. 전등은 켜졌다. 철하는 영빈에게 꼭 원수를 갚으리라 하고 그의 집 대문으로 들어섰다.

"이리 오너라⋯." 하고 불렀다. 하인이 나와 보다가 아무 말도 아니하고 들어가더니 영빈이가 나오며,

"아! 아까는 대단히 실례하였습니다. 이리로 들어오시지요." 하고 그전과 같이 반갑게 맞아 준다. 철하는 그리하면 내가 공연히 영빈을 의심하였다 하는 생각이 들며 하루 종일 벼르던 분한 생각이 반이나 사라진다.

철하는 방문에 버티고 방안을 들여다보며,

"아녜요. 잠깐 다녀오라고 하여서 왔어요."

"아까 妹氏(매씨)도 다녀가셨습니다." 영빈은 무슨 하지 못할 말을 억지로 하는 듯하였다. 그의 얼굴에는 무슨 죄악의 그림자가 보이는 듯하였다. 철하의 분한 마음은 자기 누이가 다녀갔다는 말에 다 날아가 버렸

다. 그러나 그의 머릿속에는 아무도 없는 영빈의 방에 자기 누이인 여성이 다녀갔다는 말을 들을 때에 여자를 입 맞추는 것, 음란한 행동의 환영이 보이고 또 사랑의 귀여움도 생각하였다. 그는 미소를 띠며,

"네, 그래요? 그러면 제가 오히려 늦었습니다그려. 그러면 가보겠습니다."

"왜 그렇게 들어오지도 않으시고 가세요."

"아녜요. 괜찮습니다. 얼핏 가 보아야지요."

철하는 대문까지 나와 다시 무엇을 생각한 듯이 영빈에게

"아까 그 여자가 누구입니까." 하였다.

영빈은 주저주저하다가 "네…. 네…. 저의 사촌누이에요."

"네, 그러세요. 그러면 내일 한번 우리 집에 놀러 오시지요. 안녕히 주무십쇼."

철하는 휘적휘적 걸어 자기 집으로 돌아갔다. 철하가 안마루 끝에서 구두끈을 끄를 때에 경애가 자기 아우가 돌아옴을 보고 반기어 나오면서도 어쩐 까닭인지 그전에 없던 부끄러움을 띠고,

"어디 갔다 인제야 오니?"

"공연히 돌아다녔죠."

철하는 자기 누이의 부끄러워함을 알지 못하였다. 철하는 도리어 자기 누이에게,

"누님은 오늘 어디 갔다 오셨어요?" 하고 물었다. 경애는 주저주저하며 황망히,

"응, 우리 동무의 집에 잠깐…."

"또요."

"없어." 이 말을 듣는 철하의 가슴은 선득하였다. 그리고 자기 누이를 한번 쳐다보며,

"정말 없어요?"

"왜 그러니?"

"왜든지요."

철하의 눈에서는 눈물이 날 듯하다. 알지 못하는 원망의 마음과 가슴을 뻗대는 듯한 슬픔은 철하를 못 견디게 하였다. 아 —— 왜 나의 또다시 없는 사랑하는 누이가 나를 속이나? 사랑이라는 것이 형제의 의리까지 없이 한다 하면? 아 —— 나는 사랑을 하지 않을 테야. 우리 누이는 평생에 처음으로 나를 속이었다. 나는 이제 믿을 사람은 하나도 없다. 영빈에게 갔다 왔다고 하면 어때서 나를 속일까? 무슨 죄악이 숨어 있나? 비밀이 감추어 있나?

경애는 가까스로 참지 못하는 듯이,

"그이 집에." 하고 얼굴이 발개진다.

"그의 집이 누구의 집에요? 그이가 누구에요?"

"영빈씨 말이야."

"네… 영빈이요. 그러면 왜 아까는 속이셨어요? 에… 나는 인제는 믿을 사람이 하나도 없어요."

그는 갑자기 눈물이 쏟아졌다. 그는 아무 소리 없이 자기 방으로 뛰어 들어갔다. '이 세상에는 한 사람도 믿을 사람이 없어….'

그는 엎드려서 느껴 가며 울었다. 전깃불은 고요히 온 방안을 비치었다.

경애는 자기의 잘못으로 인하여 가뜩이나 울기 잘하는 철하가 우는 것을 보고 얼마큼 불쌍하고 또 사랑의 참 정이 북받쳐 올라왔다. 그는 철하의 방문을 열었다. 철하는 눈물을 흘리고 이불도 덮지 않고 드러누워 있었다. 만일 영빈이가 이렇게 하고 있는 것을 보았다면 경애의 마음은 껴안고 입이라도 맞추었을 것이지만 그렇게 할 수 없는 철하에게는 가만히 전깃불을 반사하는 철하의 아랫눈썹에 괸 눈물을 그의 수건으로 씻어 주었다. 철하는 잠이 들었었다. 가끔가끔 긴 한숨을 쉬며 부드러운 입김을 토하였다.

경애는 '왜 내가 한 번도 거짓말을 하여 보지 못한 나의 오라비에게 거짓말을 하였을까? 아 —— 육체의 쾌락은 모든 것의 죄악이다. 아무리 사랑하는 자에게 안김을 받은 것일지라도 죄악이다. 그 죄는 나로 하여금 가장 사랑하는 나의 아우를 속이게 하였다.'

그는 자기 아우의 파리하여 가는 얼굴을 들여다보며 자꾸자꾸 울었다. 그러하나 그는 감히 그날 지낸 것을 자기 아우에게 이야기할 용기는 없었다.

그는 붓과 종이를 들어 그날 하루의 지낸 쾌업快業을 쓰려 하였다. 그는 썼다.

철하는 자다가 일어났다. 희망 없는 사람이다. 도와주는 사람은 없다. 하나님을 믿을까? 의지할까, 도와주심을 빌까? 그러나 만일 신이 실재實在가 아니라 하면? 그렇다. 하나님도 믿을 수 없고 의지할 수 없었다. 그의 가슴 속에는 신앙이 없었다. 그의 가슴에는 하나님의 위안이 없었다. 하나님의 위안은 있는 사람에게 있고 없는 사람에게는 없다. 또 있는 것을 없이 할 필요도 없고 없는 것을 일부러 있게 할 것도 없다 하였다.

그는 밤새도록 울었다. 오늘 저녁에는 엊저녁같이 아름다운 꿈을 꾸지 못하였다. 그는 새벽에 그의 누이가 써 놓은 글을 읽었다. 그러나 그는 괴이하게 읽지 않았다.

영빈은 경애를 그의 침상에서 맞은 것이었다. 뭉친 사랑은 파열을 당하였다. 익고 또 익어 농익은 앵두같이 엷어지고 또 엷어진 사랑의 참지 못하는 껍질은 터지었다. 그러나 터진 그때부터 그 사랑은 귀여운 사랑이 아니었다. 사랑이 터진 후로부터 경애는 알 수 없는 무슨 괴로움을 깨달았다. 순간적인 쾌락이 언제든지 계속하겠지 하고 영원한 희망을 갖고 있는 그는 그 순간이 지난 후부터 무슨 비애와 부끄러움이 그의 가슴에 닥쳐왔다. 그리고 가장 사랑하는 자기 오라비를 속이게 되었다. 그리고 그 이튿날 하루 종일 눈물을 흘리게 되었다. 그는 하나님이여, 어찌하여 나를 약한 자로 세상에 오게 하셨나이까? 운명의 신이여 어찌하여 나를 이브의 후예로 나게 하셨나이까? 부드럽고 연한 살과 정욕을 품은 붉은 입술과 최음催淫의 정精을 감춘 두 눈과 끓는 피가 모두 부끄러움과 강한 자의 미끼를 위하여 만들어 지지 않지는 못할 것입니까 하고 혼자 가슴이 답답하였다.

철하는 경애의 고백문 같은 것을 읽고 아무 말도 없이 다만 사랑의 결과는 찢어졌구나, 그러하나 아무것도 부끄러울 것이 없지 아니한가. 부정不貞이란 치욕만 없으면 그만이지 영구한 사랑만 있으면 그만이지 영빈과 누님이 영원한 한 사람이면 그만이지. 그러나 여자는 약하다. 그 순간의 쾌락을 부끄러워서 나를 속이었다.

아침이 되었다. 해는 아침 안개 속으로 금색의 붉은 볕을 내려 쏟는다. 하인들은 들락날락 부엌에서는 도마에 칼 맞는 소리가 난다. 아름다운 아침이었다. 분주한 아침이었다.

경애는 일어나며 철하의 방으로 갔다. 창틈으로 자고 있는 철하를 들여다보았다. 철하는 곤하게 자고 있었다. 경애는 멀거니 공중만 바라보며 아무 소리도 없이 서 있었다.

철하는 겨우 눈을 뜨고 하품을 하였다. 창밖에 섰던 경애는 깜짝 놀래어 저리로 뛰어갔다. 철하는 창을 열고 경애를 바라보며

"왜 거기 가 계세요? 들어오시지 않고."

그는 조금도 다른 기색이 없이 평상시와 같았다. 경애는 오히려 부끄러워 바로 철하를 보지 못하였다.

"무얼 그러세요. 거기 앉으시지."

"뭐 어떠니?" 하며 어색한 말씨로 "나는 네가 너무 울기만 하니까 대단

히 염려가 되더라."

"염려되신다는 것은 고맙지만 어쩔 수 없는 일이지요. 그러나 아버지는 또 무엇이라서요?"

"무얼 무어라서, 언제든지 그렇지."

"그러세요." 하고 그는 한참 생각하듯이 고개를 숙이고 있다가 갑자기 들고,

"누님, 나는 그러면 맨 나중 수단을 쓰는 수밖에 없습니다. 내가 부모를 버리는 것이 잘못이지요. 나는 나의 하고 싶은 것을 하지 못하고 이렇게 쓸데없는 시일을 보낼 수가 없어요. 집에 있어야 울음뿐입니다."

"그러면 어떻게 한단 말이냐?"

"저는 갈 터입니다. 정처 없이 가요."

"에라, 또 미친 소리 하는구나. 가면 어디로 가니?"

"날더러 미쳤다고요! 흥!"

"그런 소리 말고 조금만 더 참아 보아라. 나하고 아주머니하고 어떻게 하든지 하여 볼 터이니 마음을 안정하고 조금만 더 참으렴. 또 네가 정처 없이 간다니 가면 어디로 가니? 가다니 거지밖에 더 되니? 너만 어렵다. 네가 무엇이 있니? 돈이 있니? 학식이 있니?"

"네, 저는 거지가 되렵니다. 거지가 더 자유스러워요. 더 행복스러워요. 지금 저는 거지 아닌 듯싶으십니까? 아버지의 밥을 얻어먹고 있는 거지입니다. 그러나 마음은 항상 괴로와요. 차라리 찬밥 한 덩이를 빌어 먹더라도 마음 편하고 자유로운 거지가 더 좋습니다."

그의 가슴에서는 한때 북받치는 결심의 피가 끓었다. 나는 가정을 떠날 터이다. 차디찬 가정을 그러하고 또 되는 대로 가는 대로 흐를 터이다. 적적하게 빈 외로운 절 기둥 밑에 이슬을 맞으며 자고 한 뭉치 밥을 빌어 찬물에 말아 먹고 아아, 그리운 방랑의 생활, 길가에 핀 한 송이 백

합꽃이 아무러하지 않고도 그 같이 고우며, 열 섬의 쌀을 참새 하나가 한 꺼번에 다 못 먹는다. 불쌍한 자들아! 어리석은 자들아! 오늘 근심은 오늘에 하고 내일 근심은 내일에 하라.

아아, 어두운 동굴 속에도 나의 자리가 있고 해골이 쌓인 곳에도 나의 동무가 있다. 오막살이 초가집에서도 하늘의 천사에게 향연을 베풀며, 망망한 대양에 반짝거리는 어선의 등불 밑에도 달콤한 정화情話가 있지 아니한가. 한 방울의 물로 그 대양됨을 알지 못하나니 사람이 무엇으로 크다고 하며, 무엇으로 자기인 체 하나뇨? 재산은 들고 가려느냐, 땅은 사서 메고 가려느냐. 죽어지면 개미가 엉기는 몸뚱이에 기름을 바르는 여자들아, 분 바르고 기름칠하면 땅속에서 썩지 않고 다시 산다더냐? 떠나라! 거짓에서 떠나고 사랑 없는 곳에서 떠나라! 너의 갈 곳은 이 세상 어디든지 있고 너의 몸을 묻을 한 뼘의 작은 터가 어느 산모퉁이든지 있나니라. 아! 갈 것이다. 심령의 오로라여, 나를 이끌라, 진리의 밝은 별이여, 그대는 어디든지 있도다. 아! 갈지라. 나는 갈지로다.

그는 이렇게 결심하였다. 그러나 그는 눈물을 아니 흘리지 못하였다. 육체인 그는 감정의 그는 울지 아니치 못하였다.

"누님, 저는 갈 터입니다. 삼각산 높은 봉에 쉬어 넘는 구름과 같이 가요. 붉은 해가 서산을 넘어가기만 하고 오지 않는 것 같이 가요. 산 넘고 물 건너 걷기도 하고, 배도 타고 얼음 나라도 가고 수풀 사이로 흐르는 시냇가에도 가고 인도에도 가고, 애급에도 가고, 예루살렘에도 가고, 이태리에도 가고, 어디든지 갈 터입니다."

이때 하인이 편지 한 장을 갖다가 경애 앞에 놓았다. 그는 반가와 뜯어 보았다.

"경애여, 그대의 오라비는 나를 욕보였다. 진실한 사랑을 의심하며, 나에게 치욕을 주었다. 나는 다시 그대의 남매를 보지 않을 터이다. 그대의 오라비는 나를 의심하여 '그 여자가 누구입니까' 하던 그 여자는 참으로 나의 정인情人이다. 너의 연한 살과 부드러운 입술과 너의 육체의 아무것으로라도 흉내 내기 어려운 사랑의 애정哀情인 그의 두 눈의 광채를 보라. 타는 가슴에 불이 붙는 것의 상징인 그의 뺨을 보라. 그는 참으로 산 자이다. 그러나 너는 죽은 자이다. 죽은 자는 죽은 자라야 사랑한다. 그만. 영빈."

경애는 땅에 엎드리어 울었다. 그는 편지를 북북 찢으며,

"예술가? 예술이 다 무엇이냐? 죽음을 저주하는 주문이냐, 마녀의 독창이냐? 보기에도 부끄러운 음화淫畫냐? 다 무엇이냐? 사랑 같은 예술이 어찌 그 모양이냐? 아, 분해. 너도 예술을 다 그만두어라. 예술가는 다 악마이다. 다 그만두어라."

그는 자꾸자꾸 느껴 운다. 그는 자꾸자꾸 분한 마음이 나며 또한 옆으로 자기 누이가 그리하는 것을 보매 실망되는 생각이 나서 마음은 자꾸 괴로와진다.

"누님, 무엇을 그러세요?"

"무엇이 무엇이냐? 나는 예술가에게 더러움을 당하였다. 속았다. 다 그만 두어라. 예술가는 다 독사다, 악마다. 여호와를 속인 배암과 같다. 다 그만 두어."

철하의 마음은 갑갑할 뿐이었다. 쉴 새 없이 흐르는 그의 더운 피가 갑자기 꼭 막히는 듯하였다. 자기의 누님이 가장 미더웁고 가장 사랑하는 누님이 가짜 예술가에게 독사에게 악마에게, 아, 그 곱고 정한 몸을 순간에 더럽히었다. 아니 아니, 그 순간이 아니다. 더럽힌 것이 그 순간이 아니다. 형식을 벗어난 사랑의 결과를 나는 책망하지 않는다. 그러나 영빈의 머릿속에는 벌써부터 나의 누이를 더럽히고 있다. 보이지 않는 그의 머릿속에서는 몇 만 번 나의 누님을 침상에서 맞았다. 그 머릿속에 있던

음욕의 환영은 몇 천 번인지 모른다. 아아, 악마, 독사, 너는 옛적에 에덴에서 이브를 꼬이던 배암이다. 거침없고 흠 없던 이브는 그 배암으로 인하여 모든 세상의 괴로움을 깨달은 것과 같이 너는 나의 누님에게 모든 고통을 주었다. 거리낌 없는 나에게 거짓말을 하게 되었다. 인생의 모든 것을 저주하게 되었다.

철하의 가슴은 갑자기 무엇이 터지는 듯하였다. 모였던 눈물이 터지는 듯하였다. 막히었던 피는 다시 높은 속도로 돌았다. 그의 천칭天秤 중심 같은 신경은 그의 뜨거운 피의 몰려가는 자극을 받아 한없이 흥분하였다. 그는 갑자기,

"누님!" 하고 부르짖으며,

"누님은 예술을 욕보였습니다. 예술이란 것이 어떠한 뭉치로나 부분의 한 개로 있는 것이 아니야요. 생이 있을 때까지는 예술이 없어지지 않아요. 아아, 누님은 생의 모든 것을 욕보였습니다. 누님은 누님 자기를 욕하고 가장 사랑하는 아우를 욕하고… 아아, 나는 참으로 그 말을 그대로 듣고 있을 수 없어요. 나의 목을 누르는 듯한 누님의 말을 그대로 듣고 있을 수 없어요. 아아, 내가 독사, 악마라면 누님은 나보다 무엇 무엇이라 할 수 있는 요녀입니다. 사람의 육체를 앙상한 이빨로 뜯어먹는 요녀예요. 무덤 위에 방황하는 야차夜叉입니다. 아아, 나의 가슴은 터지는 듯해요. 가슴에 뛰는 심장은 악마의 칼로 찌르는 듯해요. 아아, 어찌하면 좋을까요. 누님… 네…."

□ □ □ □ □ □ 갑갑하여 어찌할 줄 모르는 것을 보고 그가 엎어져서 가슴을 문지르며 우는 것을 보고 또 자기에게 원망하듯 하는 소리에 말하기 어려운 비애가 뭉친 것을 보고 어디까지 여성인 그는 인자 가득 찬 무엇이라 말할 수 없는 원망과 슬픔과 사랑과 어짊이 뒤섞인 마음이 생기어 그의 오라비를 눈물 괸 눈으로 바라보았다. 물끄러미 아무 말 없이 쳐

다보는 그의 눈에는 사랑의 빛이 찼다. 그의 눈물이 하얀 뺨을 흘러 떨어질 때마다 그는 침을 삼키며 한숨에 북받친다. 그는 메어 가는 목소리로,

"철하야, 다 그만두자. 지나간 일은 잊어버리자. 나는 전과 같이 너를 사랑할 터이다. 나는 또 다시 너를 속이지 않을 터이다. 아아 그러하나 나는 분해, 참으로 분해…."

"모두 다 한때의 감정이지요. 그러나 누님, 분해하는 누님을 보는 나는 더 분해요. 저는 누님보다 더 분해요… 에… 나는 그대로 참지는 못하겠어요. 참지 못해요. 내가 죽어 없어지기 전에는 참지 못해요. 그놈이 나의 누님의 원수라 함보다도 나의 원수입니다. 그놈은 예술을 욕보였습니다."

철하는 자기 누이의 사랑스러운 항복을 받고는 갑자기 마음이 더욱 흥분되었다.

그리고 벌떡 일어났다.

"아녜요. 가만히 있을 수 없어요."

그의 누이는 그의 옷자락을 잡으며,

"어디를 가니?"

"놓으세요. 그놈을 그대로 두지 못해요. 독사 같고 악마 같은 놈을 그대로 둘 수는 없어요. 나의 손에 주정酒精이 타는 듯한 날카로운 칼은 없지마는 그놈의 가슴을 이 손으로라도 깨뜨려 버릴 터입니다. 놓으세요. 자, 놓으세요."

경애의 손은 떨리며 나지막한 소리로 애원하는 정이 뭉친 듯하게 그를 쳐다보며,

"이 애, 왜 이러니? 그렇게 감정적으로 하면 안 된다. 자, 참아라, 참아…."

"그러면 누님은 나보다도 나의 생명보다도 영빈의 그 악마의 생명을 더 아끼십니까? 안 됩니다. 안 돼요."

경애의 마음은 어디까지 자랑스러웠다. 그의 마음에는 오히려 지나간 흔적이 남아 있었다. 부질없는 지나간 때의 단꿈의 기억은 오히려 영빈을 호의로 의심하게 되었다. 자기의 불행을 조금 더 무슨 희망과 서광이 보이는 듯이 인정하게 되었다. 아무렇기도 영빈 씨가 그리하였으랴. 그것은 무슨 잘못된 일이 아닌가 하였다. 그리고 어떠한 때에는 자기 오라비에게 대한 사랑이 영빈의 그것과 대조하여 미치지 못하는 점이 있었다. 철하는 아주 냉담하게,

"저는 일어섰습니다. 누님을 위하여 일어섰으며 예술을 위하여 일어섰습니다. 저는 다시 앉을 수는 없어요."

"이 애, 너는 너를 위하여 한다 하면서 그러면 어찌 나의 애원을 들어주지 않니! 자 앉아라 앉아. 너무너무 그리 급히 무슨 일을 하다가는 무슨 오해가 생기기 쉬우니라, 응!"

"앉을 수 없어요. 만일 누님이 영빈이를 위하여 나에게 한번 일어선 마음을 꺾으려 하면 아, 네, 알았습니다. 영빈에게는 가지 않겠습니다. 영빈을 위하여 가지 않는 것이 아니라 나의 누님을 위하여…."

"아아, 정말 고맙다. 그러면 여기 앉아라.

"그렇다고 앉지는 못해요. 나는 일어선 사람입니다. 혈기 있는 청년이에요. 나는 누님을 위하여 나의 몸을 바칠 터입니다. 자, 놓으세요. 저는 저 가고 싶은 곳으로 갈 터입니다. 자, 놓으세요."

경애는 어찌할 줄 몰랐다. 그는 철하의 옷자락을 어리광도 같고 원망하는 것도 같이 잡아당기며 거기 매달려 한참 엎디어 소리를 내어 울었다. 그 꼴을 보는 철하의 마음은 괴로웠다. 눈물은 한없이 흘렀다.

"누님, 그러면 어떻게 해요? 갈 수도 없고 있을 수도 없고 어떻게 하란 말씀이요!"

"나는 어떻게 해야 좋을지 모르겠다. 그러나 나는 너를 놓아 줄 수는

없어, 놓을 수는 없어."

철하는 그대로 사라져 버렸으면 하였다. 그러나 자기 누님의 눈물과 한숨을 보면 볼수록 자기의 마음은 약하여졌다. 철하의 결심은 식어 버리기 시작하였다. 그는 아주 단념한 듯이,

"그러면 놓으세요. 저는 다 그만두겠습니다. 안 갈 터입니다…."

그가 다시 자기 책상 앞에 가서 "아하" 하고 한숨을 쉬고 팔을 모으고 고개를 대고 엎드리려 할 때 하인이 창을 열고 "아가씨, 마님이 좀 들어오시라고요." 하고 의심스럽고 호기의 웃음을 띠고 쳐다본다. 경애는 눈물을 씻고 아무 소리 없이 나간다. 그가 몸을 슬쩍 돌릴 때에 그의 희고 고운 옷자락이 바람에 슬쩍 날리어 그의 부드러운 육체의 윤곽이 선명하게 철하의 눈에 보였다. 아아, 정욕! 그는 고개를 다시 내려 엎드려 책상 위에 엎드렸다. 그는 자꾸 울었다. 방안은 고요하다. 그때는 철하의 머릿속에는 아무 의식도 없었다. 그는 깜빡 잠이 들었다.

그는 고개를 땅에 대고 엎드려 있었다. 사면은 다만 지평선밖에 보이지 않는 넓고 넓은 사막이었다. 아무것도 보이지 않았다. 저쪽 우묵히 들어간 곳에는 도적에게 해를 당한 행려行旅의 죽음이 놓여 있다. 어디서 인지도 모르게 괴수의 울음소리가 들린다. 멀리 두어 개 종려나무가 부채 같은 잎사귀를 흔들흔들 한다. 적적하고 고요하고 두려운 생각을 내는 적막한 것이었다.

그의 눈물은 엎디어 있는 팔 밑으로 새어 시내같이 흘렀다. 그는 목이 마르고 가슴이 답답하였다. 두려움이 생겼다. 조금도 눈을 떠 다른 곳을 못 보았다. 지나가는 바람 소리가 날 때 그의 머리끝은 으쓱하여지고 귀신의 날개 치는 소리나 아닌가 하였다. 그러나 그의 울음은 그치지 않았다. 그의 울음은 극도의 무서움까지라도 그치게 하지 못하였다. 그는 자꾸 울었다.

그때 하늘 구름 사이로 황금빛이 나타났다. 온 사막은 기꺼움의 광채로 가득 찼었다. 도적에게 맞아 죽은 주검까지 전신에 환희의 광채가 났다. 그 구름 위에는 이천 년 전 갈보리산 위에서 십자가에 돌아간 예수의 인자한 얼굴이 나타났다. 웃지도 않는 얼굴에는 측은하여 하는 빛과 사랑의 빛이 찼다. 그는 곧바로 철하의 엎디어 있는 공중 위에 가까이 왔다. 그는 한참 철하를 바라보더니 그의 오른손을 들었다. 그의 못 박힌 자국으로부터는 붉은 피가 하얀 구름을 빨갛게 적시며 철하의 머리털 위에 떨어졌다. 그리고 다시 하얀 모래 위에 빨갛게 물들인다. 그때 모든 천사는 예수를 찬송하는 노래를 불렀다. 구름과 예수와 천사들은 다 사라졌다.

　철하는 고개를 들어 쳐다보았다. 그러나 아무 위안을 주지 못하였다. 모래 위의 피는 다 사라졌다. 마음은 여전히 괴롭고 두려웠다. 그는 다시 엎드렸다.

　어느덧 공중에 달이 솟았다. 온 사막은 차고 푸른빛으로 덮이었다. 지평선 위 공중에서는 별들이 깜빡거리었다. 아주 신비의 밤이었다.

　어디서인지 장구와 피리소리가 들리었다. 그 소리는 아주 향락적 음악을 아뢰었다. 그때 저쪽 어두움 속에서 아주 사람이 좋은 듯이 싱글싱글 웃는 마왕 하나가 피리와 장구의 곡조에 맞춰 덩실덩실 춤을 추며 이리로 가까이 왔다. 그의 몸에는 혈색의 옷을 입었다. 그가 밟는 발자락 밑 모래 위에는 파란 액체가 괴었다. 그는 달님과 별님에게 고개를 끄떡 인사를 하고 철하 앞에 와서 넘실넘실 춤을 추었다. 그는 유창하게 크게 웃었다. 아주 낙환樂歡의 마왕이었다.

　"하… 하…."

빙글빙글 웃는 달

나의 얼굴빛 밝히소서.

첫날 저녁 촛불 밑에
다홍치마 입고서
비스듬히 기대앉아
아무 소리 아니 하고
신랑의 얼굴만
곁눈으로 흘겨보는
새색시의 얼굴 같은
달님의 얼굴빛을
나는 보기 원합니다.
쌩긋쌩긋 웃는 별님
홍등촌紅燈村 사창紗窓 열고
바깥 보고 혼자 서서
지나가는 손님 보고
치마 꼬리 입에 물고
가는 허리 배배 꼬며
푸른 웃음 던지면서

부끄러워 창 탁 닫고
살짝 돌아 들어가는
빨간 사랑 감춘
웃는 아씨 그것같이
나에게도 그 웃음을
던져 주기 비 옵니다.

하하하 하하하하하.
하늘 위에 흐르는 물
은하수가 되었어라
인간에는 물이지만
하늘에는 술뿐이라
쉬지 않고 흐르는 술
인간에도 들어부어
눈물 없는 이 마왕과
원망 없는 이 마왕과
거짓 없는 이 마왕과
웃음뿐인 이 마왕과
즐거움만 아는 나와
사랑만 아는 나와
꿈속에서 아찔하게
영원토록 살려 하는
이 마왕이 모든 친구
모두 마시게 하옵소서.
하하하 하하하하하.

마왕은 철하 귀에 입을 대고 "철하." 하고 아주 유혹하듯이 나지막한 목소리로 불렀다.

"철하, 일어나게. 근심은 무엇이고 눈물은 왜 흘리나. 나는 여태껏 그것을 몰라. 자, 일어나게. 내 그 눈물과 근심을 다 없이할 것을 줄 터이니."

철하는 가만히 눈을 들어 보았다. 그는 주저주저하였다.

"하하, 철하, 그대는 나를 알 터이지. 어여쁜 처녀의 붉은 입술같이 언제든지 짜르르하게 타는 달콤한 '술의 마왕을!' 나의 동무가 되라. 나와 사귀면 근심 모르는, 눈물 모르는, 어느 때든지 저 달님과 별님과 같이 될 것이다. 자, 나와 같이 '술의 노래'를 부르며 춤추고 놀아 보자. 하하 하하 하하하하하."

철하는 그의 손을 잡고 일어섰다. 마왕은 자기 발자국에 괴는 파란 빛의 액체를 철하에게 먹였다. 철하는 모든 근심, 모든 괴로움을 잊어버리게 되었다. 그리하여 마왕과 함께 춤을 덩실 추었다. 그리고 그 가슴에선 뜨거운 정욕만 자꾸 일어났다. 그의 입술은 점점 붉어지고 온 전신은 열정으로 타는 듯했다. 그는 부끄러움도 잊어버리고 옷을 벗었다.

그때에 누구인지 부드럽고 따뜻한 손으로 그의 손을 잡는 자가 있었다. 그의 가슴에 정욕은 더 높아졌다. 그는 돌아다보았다. 철하 뒤에는 눈썹을 푸르게 단장하고 가슴의 유방을 내어 보이며 입에는 말하기 어려운 정욕의 웃음을 띠고 푸른 달빛을 통하여 아지랭이 같은 홑옷 속으로 타는 듯한 육체의 말할 수 없는 부드러운 대리석 같은 살의 윤곽을 비치었다. 그의 벗은 발밑에서는 금강석 같은 모래가 반짝이었다.

철하의 가슴속에 붉은 심장은 가장 높은 속도로 뛰었다. 그가 마왕에게 취한 거슴츠레한 눈으로 사랑의 이슬이 스미는 듯한 그의 입술을 바라볼 때 그는 알지 못하게 그 여자의 뭉클하고 부드러운 유방을 끼어 안았다. 그는 타는 듯한 입을 맞추었다. 초자연의 순간이었다. 그때 또다시 유창한 마왕의 웃는 소리가 들리었다. "하하하 하하하하하."

철하는 꿈같이 몇 시간을 보내었다. 이때 멀리 새벽을 고하는 종소리가 들리었다. 마왕과 그 여자는 깜짝 놀라 손을 마주잡고 여명 속에 숨어 버리었다. 달은 서쪽 지평선 저쪽으로 넘어가며 얼굴이 노한 듯 불쾌하여 철하를 흘겨보는 듯하였다. 별들은 눈을 비비는 듯하였다. 철하는 혼자 남아 있다가 다시 엎디었다. 마음은 시끄러웠다.

아아 사랑스러운 새벽빛이 동편 지평선의 저쪽으로 새어 들어왔다. 하늘은 파르스름하게 개었다. 그는 어디서 오는 것인지 길고도 그윽한 정신을 취하게 하는 바이올린 소리를 들었다. 천애天涯 저쪽으로부터 들려오는 음악소리에 화和하여 처녀의 조금도 상하지 않은 목소리가 들렸다. 그러나 그 소리가 어디서 오며 어디로 가는지 몰랐다. 그때 철하는 눈물을 흘려 멀리 저쪽 하늘 끝을 바라보았다.

그 음악소리는 산을 넘고 물을 건너 한없이 왔다. 그 보이지 않는 음악소리는 처음에는 아지랭이같이 희미하게 보이게 변하고 또 그 다음에는 지평선 위로 떠오르는 흰 구름 같은 것으로 변하고 나중에는 육체를 가진 여신으로 변하였다. 그는 사막 위로 걸어 철하에게 가까이 왔다. 철하가 그 여신의 빛나는 눈을 볼 때 아아, 모든 근심으로 눈물은 사라졌다. 자기가 그 여신 같기도 하고 여신이 자기 같기도 하였다, 그러나 그 여신의 눈에는 눈물이 있었다. 새로운 아침빛이 그것을 비치었다. 음악의 여신은 아무 말도 없었다. 그는 다만 철하의 손을 잡고 물끄러미 쳐다볼 뿐이었다. 그 여신은 감정적인 여신이었다. 그의 눈에서는 눈물이 자꾸자꾸 흘렀다. 그 눈물은 철하의 손등에 떨어졌다. 그 여신은 철하를 끼어 안고 어머니가 어린 자식을 어루만지는 듯하였다. 철하는 그 여신을 단단히 쥐었다. 그러나 그 여신은 돌아가려 하였다. 철하는 놓지 않았다. 그때 여신의 몸은 구름같이 변하고 아지랭이같이 변하고, 보이지 않는 소리로 변하였다. 그리고 저쪽 지평선으로 넘어갔다. 철하는 여신의 사라진 손만 쥐고 있었다. 그는 다시 엎드려 울었다. 철하가 눈을 떴을 때에는 그 여신을 잡았던 손에 자기 누이의 고운 손이 잡혀 있었다. 자기 누이는 자기 손을 잡고 그 위에 눈물을 뿌리고 있었다.